U0117116

夫唯不争，故天下莫能与之争。

——老子

中国不怕

[徐滇庆论汇率、贸易战与粮食安全]

徐滇庆　李　昕◎著

社会科学文献出版社

SOCIAL SCIENCES ACADEMIC PRESS (CHINA)

谨以此书献给恩师张培刚先生百岁寿辰

本书写作得到了国家自然科学基金国际
重大合作项目（7081017020）和教育部人文社会科学
重点研究基地项目（2009JJD790002）的资助

序　言

应徐滇庆教授的邀请，我很高兴为他的新作《中国不怕——徐滇庆论汇率、贸易战与粮食安全》写上几句话。

粮食安全不仅是保障人民生活的必需，也是保障国家独立、稳定的重要条件。在吸取和总结了 20 世纪 60 年代初期的经验、教训之后，我们在粮食安全问题上特别谨慎小心。在改革开放之后，我们相当成功地解决了中国人民的吃饭问题。近年来，农产品市场非常繁荣，供给充足。在 2008 年全球粮食价格大幅度波动的情况下，我国粮食市场依然保持价格稳定。事实雄辩地证明，中国人不仅能够养活自己，而且能够活得很好。所谓"中国崩溃论"是毫无根据的。

我在几十年经济研究中深切地体会到，在研究经济发展政策的时候，要特别防止一个倾向掩盖另外一个倾向。在粮食问题上强调自力更生、基本实现自给自足是正确的，但是这并不排斥打开国门，通过国际贸易，互通有无，改善资源配置效率。因此，有必要认真研究一下，目前农业生产结构是否已经达到了最优状态，是否还可以通过制度创新，在土地、劳动力和资金之间实现最优配置。众所周知，在国家之间，土地和劳动力资源都不可能自由流动，可是，通过粮食贸易，从某种意义上来说，我们可以充分利用外国闲置的土地资源。我国人多地少，而有些国家地多人少，有大量闲置的土地资源。如果进口一些粮食和饲料，就能够将我们的一些土地资源从生产低效益的粮食作物转变为生产需要较多劳动力、附加值较高的经济作物，从而提高农民的收入。如果能让一部分土地得到休耕轮作，还可以缓解我国土地资源、水资源的紧张状态，保护生态环境。

有些人担心，一旦打开国门，假若外方撕毁粮食和其他农产品的进口合同，就有可能使我国农产品市场受到冲击。显然，在这个问题上有一个量的概念。如果在农产品供给上过度依赖外国，难免会受人制约，陷入被动。如果进口的农产品被控制在一定程度内，我们完全可以持有主动权，防范可能出现的风险。调整产业结构，优化国土利用，无疑可以借助国际市场的有利条件。但对于国家安全至关重要的粮食安全则不能依靠国际市场来保障，需要由国家政策、计划对市场进行必要的调控。知己知彼，百战不殆。为了解除人们的顾虑，有必要认真研究一下历史上贸易战的案例，特别是涉及农业制裁的案例，从中找出规律，作为政策、计划调控的依据，从而采取有力措施保证我们在贸易中始终处于主动态势。徐滇庆教授的研究为我们提供了大量的贸易战案例和具体的数据，能帮助我们掌握贸易战的一般规律，做到有备无患。就像驾船一样，只要熟悉水性，就能够驾驭水流，提高运输效率。既不要盲目冒险也不必望而生畏。在学术研究上就要大胆探索，广开思路，敢于创新，与时俱进。

我认识徐滇庆教授已经很多年了。他在海外执教多年，非常热爱祖国，曾经在税制改革、社会保障体制改革和金融改革等方面提出过许多很好的建议。他每年差不多有一半的时间在国内，还有一半的时间在北美和世界各地工作、研究。这种状态给他提供了比较独特的观察问题的角度。我在十年前访问加拿大的时候，曾经和徐滇庆教授一起讨论过农业问题。他经过考察后提出的中国粮食储存体制改革的建议，得到了领导层的首肯。在本书中他总结了历史上各次贸易战的案例，提出了在保障粮食安全的基础上扩大对外农业合作的政策建议，其中有许多观点值得有关方面认真推敲、思考。

本书中还有许多新的观点值得关注。例如作者指出中国不缺粮，由于粮食库存过高，造成了一些损耗和浪费。他建议在保证粮食安全的基础上，适度降低粮食库存。这些观点都很值得重视和研究。为此，我非常乐意向大家推荐这本书。

刘国光

2010 年 7 月 12 日

自　序

老子在《道德经》中说，"上善若水，水善利万物而不争"。他的意思是，看起来水很柔顺，有利于万物而不同别人争抢，实际上水是无敌的。

改革开放以来，中国经济高速增长，经济规模跃居世界第二。树大招风！世界上大多数人为中国的发展和成就喝彩，可是也有个别人对中国挑三拣四，横加指责，甚至不断地发出经济制裁的威胁。

经济制裁的幽灵一直在国门外徘徊。

20世纪50年代，美国和一些西方国家封锁中国，全面禁运。

60年代，苏联撕毁协议，撤退专家，对华经济制裁。

进入新世纪以后，各种针对中国的反倾销案件越来越多。2010年，美国的克鲁格曼等学者指责中国操纵汇率，美国一群议员联名要求给中国贴上"汇率操纵国"的标签。山雨欲来风满楼，会不会再来一次经济制裁？

在各种经济制裁中，中国人最担心的恐怕就是粮食制裁。年过五十的人对"三年灾荒"的惨痛教训记忆犹新，对于粮食安全总有些莫名其妙的恐惧。2008年，国际市场粮价暴涨，"粮食危机"、"粮食战争"等字样频频出现在各类媒体上。流言四起，人心惶惶。海外有些人趁着粮价暴涨之机将污水泼向中国，"中国威胁论"和"中国崩溃论"再度沉渣泛起。有些友好人士和某些国际组织的负责人也说些不着边际的话，弄得许多人神经紧张，好像真的发生了粮食危机，就要大祸临头了。三个看起来似乎并不直接相关的课题被串联在一起：汇率之争会不会引起贸易战？贸易战会不会威胁到中国的粮食安全？

对于外来的压力和挑衅中国人民从来就没有低过头，可是，较少看到对于经济制裁原理和策略的分析研究。回顾历史，在应对外部经济制裁上，我们有些事情做得很好，有些事情还有改进余地。正是由于对经济制裁缺乏研究，才在有些地方过度紧张，造成不必要的浪费。显然，只有对经济规律了解更深，才能有备无患，采用正确对策，降低成本，在应对各种挑战的同时加快中国的经济发展。看起来，2008 年出现的所谓粮食危机，以及 2010 年出现的汇率之争都牵涉到贸易战。有些西方人动不动就用贸易战来威胁中国。因此，有必要很好地研究探讨贸易战的基本原理和应对策略。提高危机意识，破除迷信，未雨绸缪，积极做好应对各种危机的准备，坚定不移地走自己的路。

不论某些外国人的声名如何显赫，他们对中国的情况只不过是一知半解，隔靴搔痒。中国的事情还是要问中国人！并不是说中国人一定比老外高明，而是各有所长。如果让中国人去谈北美或欧洲的问题恐怕也好不到哪里去。外国专家从不同的角度观察中国，他们的建议值得认真思考，但千万不能迷信、盲从。

毫无疑问，粮食安全，事关重要，万万不能掉以轻心。可是，过犹不及，如果由于缺乏研究而过度谨慎，不敢放手调整农业生产结构，那就走到另外一个极端去了。千万注意，在历史上出现过许多类似的教训，一个倾向掩盖了另外一个倾向。目前，对许多重要的问题尚未展开深入的探讨和争论，人们各持一端，似是而非，好像各方说的都有理，结果，举棋不定，犹豫徘徊，因循守旧，在传统农业结构上打圈圈，走不出新路来。正确的经济政策必然来源于调查研究。需要尽可能全面地掌握信息，去粗取精，去伪存真，由此及彼，由表及里。讨论经济问题一定要进行效益和成本定量分析，寻找最适合国情的发展途径。只有真正了解国际粮食市场的格局和历史上粮食制裁的机理与始末才能打破旧观念的束缚，破除对粮食制裁的恐惧，大胆地改革农业生产和粮食库存结构。

面对着这样的局势，有必要认真讨论一下：

第一，中国是不是"汇率操纵国"？

第二，到底有没有爆发粮食危机？如果说有"粮食战争"的话，究竟是谁跟谁打起来了？

第三，粮价暴涨和中国有多大关系？是不是中国惹的祸？

第四，中国的粮食安全有没有问题？库存的粮食够不够？

第五，会不会爆发一场针对中国的粮食贸易战？如果有这样的可能，中国应采取什么对策，需要付出多大代价？

经过一番研究，我们得出的结论是：

第一，中国没有也不可能操纵汇率。

第二，根本就没有爆发过粮食危机。2008 年粮价暴涨属于商业周期波动，只不过由于处置失当，导致波动幅度偏大。

第三，国际市场谷物价格暴涨和中国毫无关系。中国大量进口大豆，确实推高了大豆价格，但是中国大量出口水产品，压低了国际市场水产品价格，给大豆生产国提供了大量就业机会。中国农民进口大豆并没有吃亏，外国农民出口大豆获利匪浅，是一个典型的合作双赢的案例。

第四，迄今为止，中国不缺粮，粮食安全没有问题，恰恰相反，中国粮食库存过高，造成了不应该的损耗和浪费。在保证粮食安全的基础上，完全可以将中国的粮食库存下降4500万吨。

第五，妄图通过粮食制裁来遏制中国，只能搬起石头砸自己的脚。中国应付粮食制裁的能力绰绰有余，完全没有必要惧怕粮食制裁。谷物自给率可以从当前的100%下降5个百分点，增加进口玉米和小麦2500万吨。

在考虑粮食安全的时候，要区分饲料和口粮，以谷物自给率作为粮食安全的主要指标。如果我们对粮食安全有信心，可以大幅度调整农业生产结构，减少土地密集型作物播种面积，进口饲料，置换出土地种植经济作物，从而帮助农民提高收入。如果进口饲料在经济上合算，宁肯将部分土地休耕也要增加进口。但是务必保持农田性质不变，保持粮食生产结构调整弹性。要区分粮食生产能力和实际粮食产量这两个概念。只要粮食生产能力保持在需求总量的95%以上就符合粮食安全的要求，实际自给率可以低于这个标准。在连续6年获得农业丰收之后，如今已经到了在保障粮食安全的前提下大幅度调整农业生产和粮食库存结构的关键时刻。

改革和开放是密切相关的一个有机整体。从数学模型上来讲，改革是提高效率，尽可能靠近可行集的边界。而国际贸易则可以进一步优化资源配置，提高社会福利。在扩大对外交流合作的同时，必须花大力气改革农业生产结构。

正如老子所说："夫唯不争，天下莫能与之争。"只要我们有所防备，根本就无须惧怕外国发动贸易战。我们用不着和别人去争，也用不着害怕别人来和我们争。我们完全可以顺应时代潮流，大幅度调整农业生产结构，节约水资源和土地资源，保护宝贵的生态环境，为子孙后代留下更多、质量更高的自然资源。

显然，本书的结论和媒体上比较流行的说法有些不一样，究竟谁是谁非？不妨展开一场严肃的学术讨论，让各种观点相互碰撞，在相互切磋和争论中发现真理。不过，学术讨论一定要有一个良好的学风。心平气和，摆事实，讲道理。目前国内学风浮躁，海外有些人捕风捉影，毫无根据地猜测，特别是一些政治人物，为了迎合舆论发表一些不负责任的言论。几乎每天都有大量的关于操纵汇率、粮食安全的议论，其中真话和谬误混杂，实在让人感到困惑。说真话不仅需要知识，有的时候还需要勇气。普及经济学知识是一个非常艰巨的任务，但是更为艰巨的任务是端正学风、坚持真理。

并不是所有的经济问题都能定量研究，也并不需要对每个课题都建立数学模型。可是，任何有关农业的研究必须有数据支持，千万不能信口开河，随意发挥。直到今天，我仍然肯定莱斯特·布朗先生的善意，可是由于他缺乏经济学训练，对中国的数据缺乏了解，对中国粮食安全的判断屡屡失误，有损声名。在本书的研究中凡是引用数据的地方都反复核实，凡是能够建立数学模型的地方，我们都尽力而为，希望能够通过定量分析得出更为清晰的结论。即使不同意我们观点的朋友，也可以直接依托这些数据和模型来批评指教。如果是数据错了就更正，如果是模型错了就修改。只有建立在事实基础上的讨论才能深化人们的认识。

刘国光老师是我们经济学界的老前辈，他亲身参与中国经济改革政策的研究和制定，作出了不可磨灭的贡献。他对后进学人非常关怀，不吝指教，多方提携。多年来我有幸多次聆听他的教诲，受益良多。他特地为本书撰写序言，令我感到在无比幸运之外还有几分惶恐。

我曾经多次参加天则经济研究所的学术活动，非常赞赏他们严谨的学风。当我们的研究已经进展过半之后才看到他们的报告《粮食安全与耕地保护》。拜读之后获益匪浅。不过，觉得在很多问题上意犹未尽，需要补充、发挥。如果当初他们写报告的时候，我们能够参与其中，也许有助于提高报告的质量。可以说，我们的这本书在某种意义上是天则所报告的续篇。

在写作这本书的过程中我们还得到了许多朋友的帮助。丁声俊教授是研究粮食问题的专家，2009年夏，他冒着酷暑，不辞辛苦赶到北大来，给我不少帮助和指点。周其仁教授、卢锋教授在中国农业研究上造诣颇深。我每当有困惑之时，都大大得益于与他们的讨论和切磋。衷心地感谢姚洋、茅于轼、张曙光、盛洪、郑玉歆、汤敏、左小蕾、文贯中、李玲、许定波、李稻葵、霍德明、巴曙松、赵晓、钟伟等人的支持和帮助。

衷心感谢北京大学中国经济研究中心为本研究提供了无与伦比的学术环境。在这里没有偏见，没有禁忌，每个人都可以发挥自己的专长，勇于探索。名义上我每年4个月在北大，8个月在加拿大，实际上几乎全部时间都花在关于中国经济研究上。非常感谢加拿大西安大略大学休伦学院（Huron College, University of Western Ontario）给我提供了极好的研究条件和各种支持。

如果还像以前一样表达对夫人的谢意，似乎重复次数太多。可是，确实如此，如果没有关克勤提供的后勤支持和各方面的帮助，根本就不可能在这么短的时间内完成这本书的写作。

李昕于2008年来到加拿大跟随我写博士学位论文，并于2009年顺利获得中山大学经济学博士学位。在我带过的博士研究生中，她的基本功非常扎实，敬业而有效率。她能够以最快的速度，高质量地完成交给她的科研任务。本书中大部分数据处理和回归分析都是她完成的。目前她在北京大学中国经济研究中心做博士后研究，只要持之以恒，前途无量。

我的恩师张培刚教授早在1945年发表的论文《农业与工业化》中就论述了粮食安全问题。他老人家很快就要作百岁大寿，作为张老师在"文化大革命"后指导的第一个研究生，我愿意将本书作为奉献给老师的一份微薄的贺礼。

我和社会科学文献出版社在 10 年前曾经有过一次非常成功的合作，出版了《从危机走向复苏——东亚能否再度起飞》。社会科学文献出版社在经济学界的口碑甚好。大家都非常钦佩他们严谨、认真的工作作风。他们在收到本书的初稿之后，提出了一些宝贵的意见，大大提高了本书的内在逻辑性，增强了可读性。对此表示衷心的感谢。

本书写作得到了国家自然科学基金国际重大合作项目（7081017020）和教育部人文社会科学重点研究基地项目（2009JJD790002）的资助。

我以前很少涉及农业经济课题，学识浅薄，难免说些"外行"话。在本书中我直率地谈出自己的一些观点，抛砖引玉，难免有错误的地方，衷心地欢迎各位朋友批评指正。

徐滇庆

2010 年 10 月 16 日

目　录

CONTENTS

■─**■**─**■** 汇率篇 **■**─**■**─**■**

※—※　贸易战篇　※—※

❈❈❈❈ **粮食安全篇** ❈❈❈❈

汇

率

篇

第一章 中国是汇率操纵国吗？

● 央行购进或者增发本币以维持币值稳定，这正是央行的职责。稳定币值与操纵货币是两回事，没有一个国家对其他国家拥有操纵货币的特权。人民币盯住美元，操纵一说，从何谈起？

● 从经济学理论上来说，如果大量资金流入中国，外贸顺差较高，外汇储备保持较高的水平，确实存在着人民币升值的空间。为了改变经济增长模式，扩大内需，人民币升值可能对中国长期稳定发展有利。

● 在世界最大的50个经济体中，中国的经常项目占GDP的比重为3.37%，排名第13。目前有7个国家（地区）的经常项目占GDP的比重高于5%。不知道某些人为什么跳过了前12名，专门盯上中国？这难道不是双重标准吗？

第一节　稳定币值不等于操纵汇率

2010 年 3 月 24 日，美国彼得森国际经济研究所的所长伯格斯坦（Fred Bergsten）在美国国会作证的时候要求把中国列为汇率操纵国（currency manipulator）。在经济和金融学教科书上很少见到"汇率操纵国"的提法和有关案例分析。既然伯格斯坦提出了这个问题，我们有必要刨根问底，认真探讨一下汇率制度设计的基本原理和汇率操纵国的定义。

汇率制度从浮动汇率到固定汇率，中间有十几种选择①。世界上没有十全十美的汇率制度，一国采取何种汇率制度取决于该国的贸易、金融、经济状况以及预期达到的目标。

在浮动汇率制度下，汇率高低取决于外汇市场的需求和供给。好处是政府无须干预，也用不着高额的外汇储备。坏处是汇率上下波动，很不稳定，不利于国际贸易，也不利于外国直接投资。由于浮动汇率比较容易遭到金融投机集团的炒作和投机，即便是主张货币自由化的国际货币基金组织（IMF）也并不鼓励发展中国家采取完全浮动的汇率制度。

在固定汇率制度下，一国货币盯住某种基础货币，保持稳定的汇率。当前，由于美元是国际基础货币，许多国家的货币盯住美元。众所周知，外汇市场上对各种货币的供给和需求随时都在变化，为了实现固定汇率，中央银行不得不扮演非常重要的稳定器作用。当外汇市场上对本币的需求增加而供给不足时，央行就提供本币，回收美元；当外汇市场对美元需求上升而供给不足时，央行就提供美元，回收本币。要做到这一点，央行手上必须拥有足够多的外汇储备。在亚洲金

---

① 参见 IMF 关于汇率制度的有关文献。

融危机中,国际金融集团就是看准了泰国、印尼等国的外汇储备有限,突然大量抛出这些国家的本币,兑换美元,直到这些国家的央行耗尽了手中的美元储备,导致汇率体系崩溃,从而从中牟取暴利。

央行购进或者增发本币以维持币值稳定,这正是央行的职责。央行是货币发行者。你印的票子,你就有责任维持票子的信誉,保持货币拥有稳定的购买力。世界各国的央行都以稳定币值作为主要目标。如果本币的币值不稳定,就是央行的失职。世界上所有国家都是这样干的,稳定币值与操纵货币是两回事。

第二节 操纵货币的前提条件

在货币金融学中,"操纵货币"特指货币金融当局利用自己的特权,通过货币发行来剥夺民众和他人的资产。例如,如果执政者突然大量增发货币,必然降低货币的含金量,导致恶性通货膨胀。从表面来看,老百姓手里的货币和银行中的存款还是那个数字,可是购买力却严重受损。政府印刷钞票的成本很低。大量印刷钞票实质上就是剥夺了民众的财富,将民众的财富转移到政府手中。这就是最常见的操纵货币行为。

操纵货币的前提是具有特权。在任何国家中只有中央银行才有印刷钞票的权力,老百姓不能印刷钞票,私印钞票是严重的违法行为。因此,只有政府才能操纵本国的货币。

在国际贸易和金融中,世界各国有各自的货币发行制度。你能印钞票,我也能印。你印你的,我印我的。世界上绝大部分国家只允许本国货币在境内流通。毫无疑问,中央银行只在自己国内有权威,而管不着其他国家的事情。

如果某个国家违反常规,大量印刷钞票,其结果是在这个国家引发恶性通货膨胀。无论本国人还是外国人都不愿意持有这种货币,其汇率急剧下降。在前些年，非洲的津巴布韦大量印刷钞票，面值高达10亿，票面上一大串零，可是其购买力还不到1美元。由此可见，大量印刷钞票，可以剥夺国内居民的财富，却很难剥夺他国的财富。如果突然增发本币，顶多在短期内略微起到"强心针"作用，其他国家很快就会警觉，拒绝按照原有汇率进行兑换，导致汇率调整。因此，没有一个国家对其他国家拥有操纵货币的特权。大量印刷钞票只能是搬起石头砸自己的脚。

第三节　什么叫汇率操纵国？

按照一般的理解，如果某个国家通过变动本币兑外币的汇率，从而使得货币向有利于本国的方向流动，这个国家叫做汇率操纵国。

"操纵"这个词在这里意味着利用权势或其他不正当手段来达到自己的目的。给一个国家贴上货币操纵国的标签需要两个基本条件：第一，这个国家具有控制国际市场的某种特殊权势；第二，这个国家不断地通过调整汇率为自己牟取利益。

汇率影响商品的相对价格。在商务谈判中，双方对等，自由贸易，没有任何一方可以强迫对方接受贸易。如果嫌对方的商品价格高，尽可讨价还价，谈不拢，就分手。买卖不在，仁义在。没有人能把刀子架在你脖子上，非逼你做生意不可。嫌人家的东西贵，不买就是了，用不着说三道四。如果对方卖不出去，不怕他不降价。汇率是各国货币之间的相对价格。市场交易会调节供求关系，直到市场出现一个合理的价格。

在国际贸易中，能够控制对方的权威并不多见。像19世纪殖民主义用炮舰轰开对方国门的事情，如今已经行不通了。迄今为止，美国是世界上唯一的超级大国，没有人能强迫美方接受不平等的贸易条件。

是否通过调高或调低汇率来牟利，这是确认货币操纵国的一个重要准则。退一万步说，如果中国玩弄操纵汇率的手法，那么应当在对美贸易中通过不断贬值来扩大对美出口。可是，众所周知，中国人民币在 2005 年到 2008 年 7 月相对美元升值16.1%。2008 年美国遭遇金融危机，人民币再度盯住美元。近年来，人民币汇率相对于美元并没有下降，操纵一说从何谈起？

伯格斯坦没准会说，人民币对美元虽然没有发生变化，可是对其他货币却贬值了。之所以出现这个问题是因为美元贬值了。人民币盯住美元，才导致对其他货币相对贬值。说了半天，币值变动的原因是美元。如果美元保持坚挺，人民币和其他货币的汇率也必然维持稳定。由于人民币盯住美元，如果说有人操纵汇率，那么只能是美国人。怎么能反过来说中国操纵货币？

第四节　货币操纵与反倾销

和"货币操纵国"概念比较接近的是"反倾销"。

按照国际经贸法规，倾销的定义是：以低于本国市场的销售价格（normal price）出口某一产品，并对进口国的某项工业造成严重损害，或造成严重损害的威胁，或严重阻碍某项工业的建立[1]。进口国为了抵制国外商品倾销，而在正常关税之外另外课征的关税便称为"反倾销税"[2]。认定是否属于倾销的关键在于对进口国损害的评估。

套用反倾销的定义，是否操纵货币要看是否对进口国的某项工业造成严重损害，或造成严重损害的威胁，或严重阻碍某项工业的建

---

[1]　参见"国际经贸法律法规"，见董光祖主编《新编实用国际贸易辞典》，经济科学出版社，1997，第 372 页。

[2]　参见中华征信所编《国际金融贸易大辞典》，经济科学出版社，1997，第 37 页。

立。从表1-1可见，2009年美国从中国进口的商品中，机械设备、服装、玩具、家具、鞋帽等是主要部分。由于美国的平均工资比中国高22倍，直接去中国采购更合算。美国企业早就不生产这些商品了。事实上，如果在美国生产这些劳动力密集型产品，生产越多，亏损越高。中国和美国在进出口贸易上处于互补状态。中国出口的商品美国基本上不生产。倘若中国降低汇率，只会使得中国商品变得更便宜，有利于美国的消费者，而绝对不会损害美国的就业机会。倾销必然是以对方的产业为目标，打击对方的产业，争取市场份额。如果对方根本就没有这些产业或者不生产这些产品，那么就谈不上什么倾销。从2009年美中贸易数据来看，美国从中国进口的商品，除了钢铁之外，都在不同程度上出现萎缩。由于许多机电和发电设备利润率低，美国已经放弃生产多年。如果中国制造的产品对美国产业并没有什么损害，那么有什么理由指责中国操纵货币？

表1-1 美国从中国进口商品结构（2009年）

	价值（十亿美元）	与2008年比较（%）
机电设备	72.9	-9.2
发电设备	62.4	-4.2
服 装	24.3	1.5
玩 具	23.2	-14.6
家 具	16.0	-17.4
钢 铁	8.0	45.9
鞋及其他	13.3	-7.9
塑料制品	8.0	-10.1
毛皮及旅行用品	6.0	-18.9
眼镜和医用设备	5.6	-9.4

数据来源：US International Trade Commission。

　　有人以为，低估汇率就可以增加出口，多赚钱，发大财。如此说来，莫非只要穷国货币贬值就可以富起来？倘若如此，摆脱贫穷就太简单了，世界上就没有穷国了。恰恰相反，对于发展中国家来说，最重要的是保持汇率稳定。宏观经济环境稳定是经济起飞的必要条件。在理论上，货币贬值并不一定能够改善这个国家的经常项目态势。按照马歇尔—勒纳条件（Marshall-Lerner Condition），只有进出口的价格弹性之和大于1，贬值才可能有利于增加经常项目顺差①。否则，货币贬值就等于是廉价地将本国产品出口，补贴他国，损害自身的经济利益。

第五节　人民币保持和美元固定汇率是否损害美国人的利益？

　　美国的超级大国地位有两大支柱：军事霸权和金融霸权。如果全世界的货币都盯住美元，或者干脆把美元当做全球货币，那么美国岂不是实现了金融霸主梦想？可是，按照伯格斯坦的逻辑，外国货币盯住美元反倒有损美国的利益，那么，大家都盯住欧元，把欧元当做世界基础货币是否符合美国的利益？仔细想想，伯格斯坦的逻辑是不是有点吃里爬外，帮欧盟挖美国的墙角？

　　在国际货币市场上，人民币还是一种小货币。为了保持人民币币值稳定，必然要选择一组货币作为锚定基准。在全球金融动荡之中，选择美元锚定是处理危机的一个手段。当危机过后，理应选择一组国际主要货币作为汇率调整的参照体系。在这个篮子中各种货币的权重可以适度调整。人民币是否应当适度升值，原本属于中国人民银行的决策范围，目标是维护人民币的稳定，谋求中国的最大

---

① 参见 R. Caves et al.，*World Trade and Payments*，7th Edition，2005，p. 359。

利益。从经济学理论上来说，如果大量资金流入中国，外贸顺差较高，外汇储备保持较高的水平，确实存在着人民币升值的空间。为了改变经济增长模式，扩大内需，人民币升值可能对中国长期稳定发展有利。伯格斯坦试图给中国施加压力，反而给中国主动调整汇率增添了几分麻烦。

第六节　伯格斯坦的双重标准

2010 年 3 月 24 日，美国彼得森国际经济研究所负责人伯格斯坦在美国国会作证时建议给中国贴上"汇率操纵国"的标签，他指责中国低估人民币汇率是严重的贸易保护主义的案例。他说，低估人民币汇率等于给中国出口商品提供了 25%～40% 的补贴，或者说是给所有进口商品增加了等值的关税，降低了中国人购买外国商品的意愿。他辩解说，不能把美国压人民币升值视同贸易保护主义，而应当说美国此举是"反贸易保护主义"。

伯格斯坦此举引起了一场轩然大波，使得美中贸易关系顿时紧张起来。

人民币是否应当升值、升多少，原本是一个可以讨论的问题。近年来，中国商品畅销世界，连续多年出现高额贸易顺差，与此同时，大量资金流入中国，外汇储备已经超过了 2.4 万亿美元。在这种情况下，人民币适度升值有助于调整经济结构，扩大内需。一旦升值，进口石油、铁矿砂等原材料可以省下不少钱，中国学生出国留学、老百姓出国旅游也可以节省不少。

究竟伯格斯坦对不对，要看他说的是否符合事实。

伯格斯坦在美国国会作证时说：中国在 2007 年经常项目顺差超过 4000 亿美元，占中国 GDP 的 11%。在全球金融危机爆发之后，尽管外部市场急剧萎缩，中国在 2009 年仍然保持了 2750 亿美元的贸易顺差，相当于 GDP 的 5%。他认为，按照贸易权重法（Trade Weighted）的原则，一般国家的经常项目和 GDP 的比值应当控制在正负5%之内。中国大大超过了这个区间，因此，人民币理应升值24%以上，从而使得中国的出口减少、进口增加，把经常项目顺差缩小到5%之内。

按照伯格斯坦的论证，似乎中国的外贸顺差占 GDP 的比例已经恶化到不可容忍的地步。且慢，他说的是真的吗？

既然伯格斯坦提出经常项目和国内生产总值的比例，我们不妨对世界各国的经济统计数据进行一番分析比较。为了让伯格斯坦心服口服，我们采用美国中央情报局（CIA）的数据。世界银行的数据和CIA 的数据基本上吻合。如果伯格斯坦对 CIA 的数据有什么疑问，不用出远门，CIA 离开他的研究所不远，可以就地求教。

我们选择全世界 GDP 规模最大的 50 个经济体的数据，分别列出它们的经常项目、GDP，根据这些数据算出二者的比例（见表 1－2）。从表 1－2 可见，这 50 个经济体中有外贸顺差的 24 个，另外 26个有贸易逆差。

从逆差方面来看，美国的经常项目逆差占 GDP 的 2.67%。在世界上 50 个主要经济体中排在倒数第 11 名。加拿大的这个比例是2.82%；意大利，3.16%；澳大利亚，4.07%；葡萄牙，8.01%；希腊最高，12.03%。

从经常项目顺差绝对值来看，中国排名第 1。按照 CIA 数据，中国在 2009 年的贸易顺差为 2962 亿美元。排名第 2 的是日本，1312 亿美元。众所周知，经济规模大的经济体贸易额也较大，单凭绝对值高低并不能判断汇率是否扭曲。伯格斯坦和他的同事们依据的贸易权重法，是通过观察经常项目占 GDP 的比例来判断汇率是否扭曲。好吧，就按这个原则来检查一番。在世界最大的 50 个经济体中，经常项目顺差占 GDP 比例最高的是瑞士，高达 25%。第 2 名是挪威，21.2%。

第 3 名是新加坡, 11.1%。中国香港第 4, 9.4%。随后是马来西亚、瑞典、荷兰、中国台湾、沙特阿拉伯、德国、泰国、以色列。中国的经常项目占 GDP 的比重为 3.37%, 排名第 13 (见表 1 - 2)。

根据伯格斯坦的观点, 如果经常项目占 GDP 的比重大于 5%, 说明这个国家 (地区) 的汇率被低估了, 应当升高汇率, 不升高就是"汇率操纵国"。目前有 7 个国家 (地区) 的经常项目占 GDP 的比重高于 5%。伯格斯坦是否打算建议美国政府给这些国家 (地区) 统统贴上"汇率操纵国"的标签, 从高到低, 强迫那些国家 (地区) 货币升值?

不知道他为什么跳过了前 12 名, 专门盯上中国?

这难道不是双重标准吗?

表 1 - 2　世界 50 个主要经济体经常项目顺差占 GDP 比例 (2009 年)

	经济体	GDP (千亿美元)	经常项目顺差 (十亿美元)	经常项目顺差/GDP (%)
1	瑞士	3.16	79.18	25.06
2	挪威	2.77	58.56	21.14
3	新加坡	2.36	26.22	11.11
4	中国香港	3.01	28.34	9.42
5	马来西亚	3.79	27.76	7.32
6	瑞典	3.33	18.93	5.68
7	荷兰	6.52	33.72	5.17
8	中国台湾	7.08	31.10	4.39
9	沙特阿拉伯	5.81	24.56	4.23
10	德国	28.12	109.70	3.90
11	泰国	5.40	20.29	3.76
12	以色列	2.07	7.20	3.48

经济体	GDP（千亿美元）	经常项目顺差（十亿美元）	经常项目顺差/GDP（％）
13 中国	87.91	296.20	3.37
14 日本	41.41	131.20	3.17
15 阿根廷	5.58	14.43	2.59
16 菲律宾	3.25	8.16	2.51
17 韩国	13.43	30.38	2.26
18 阿尔及利亚	2.44	5.50	2.25
19 奥地利	3.23	7.00	2.17
20 俄国	21.17	42.08	1.99
21 孟加拉	2.42	2.80	1.16
22 印尼	9.69	10.70	1.10
23 委内瑞拉	3.55	2.56	0.72
24 伊朗	8.76	2.25	0.26
25 智利	2.44	－0.50	－0.20
26 印度	35.61	－8.40	－0.24
27 秘鲁	2.53	－0.82	－0.32
28 波兰	6.86	－3.59	－0.52
29 巴基斯坦	4.48	－2.42	－0.54
30 巴西	20.24	－11.28	－0.56
31 乌克兰	2.94	－1.90	－0.65
32 墨西哥	14.83	－10.12	－0.68
33 埃及	4.70	－3.32	－0.71
34 土耳其	8.60	－11.00	－1.28
35 英国	21.65	－32.37	－1.50
36 捷克	2.57	－3.88	－1.51

	经济体	GDP（千亿美元）	经常项目顺差（十亿美元）	经常项目顺差/GDP（%）
37	哥伦比亚	4.00	－7.13	－1.78
38	法国	21.13	－43.67	－2.07
39	尼日利亚	3.53	－9.39	－2.66
40	美国	142.60	－380.10	－2.67
41	加拿大	12.87	－36.32	－2.82
42	意大利	17.56	－55.44	－3.16
43	南非	4.89	－15.60	－3.19
44	罗马尼亚	2.56	－8.35	－3.26
45	越南	2.58	－9.17	－3.55
46	澳大利亚	8.19	－33.31	－4.07
47	比利时	3.81	－18.92	－4.97
48	西班牙	13.68	－69.46	－5.08
49	葡萄牙	2.32	－18.61	－8.02
50	希腊	3.39	－40.82	－12.04

数据来源：CIA, *World Factbook*, 2010, 4。

第七节　汇率和逆差的关系

据一些美国官员、学者说，是由于中国低估了人民币汇率导致美国高额贸易逆差。

人们不禁要问：美国的外贸赤字是从什么时候开始的？

在第二次世界大战之后，美国作为世界工厂，生产大量产品向全世界出口，其中包括大量劳动力密集型产品。美国的贸易顺差持续了几十年。从1982年6月开始，美国出现外贸赤字，此后，一年又一年，美国的外贸赤字有增无减，不可收拾。20世纪80年代初期中国进出口数字微乎其微，那个时候美国的贸易赤字无论如何赖不到中国头上。美国贸易由顺差转变为逆差，和中国毫无关系。

从历史数据来看，美元的汇率和美国贸易赤字之间并没有明显的相关关系。1981~1985年期间，美元持续升值，1985~1988年期间美元处于贬值态势。尽管美元汇率上下波动，可是，美国的贸易逆差一直居高不下。著名金融专家麦金农教授（McKinnon）2007年指出，美国出现贸易逆差的最根本的原因并不是汇率扭曲，而是美国政府的财政赤字、美国人的储蓄率和全球化的影响。他所说的全球化影响，主要是指世界各国根据资源禀赋的比较优势，通过贸易实现产业分工。劳动力充沛、工资低的国家（主要是发展中国家），多生产一些劳动力密集型产品，而资本充足，具有较强科研、开发能力的国家多生产一些资本密集型和高科技产品。通过贸易，互通有无，互利共赢。美国在资本密集和高科技产品上具有比较优势，原本不应该出现如此高额的贸易逆差，可是，美国政府出于政治原因，设置种种障碍，限制高科技产品出口。这就让美国处于一个非常尴尬的境地：高科技产品限制出口，普通产品又竞争不过别人，怎么会没有贸易逆差呢？

1994~2005年，人民币兑美元的汇率基本保持不变。在2002年之前，美国一直有高额的贸易逆差，但是没有人认为美国的贸易逆差和人民币低估有关。恰恰相反，1997~1999年亚洲金融危机期间，人们普遍担心人民币被高估。由于中国周边国家货币的汇率剧烈下跌，而人民币汇率保持稳定，很可能高估人民币币值，严重地影响中国的出口。事实证明，这种估计错了。人民币在亚洲金融危机过程中保持币值稳定，不仅为亚洲经济复苏作出了巨大的贡献，也促进了中国本身的经济发展。

2000~2004年，中国每年的外贸顺差保持在225亿~320亿美元之间（见表1-3），渐渐出现了要求人民币升值的声音。

表 1-3　中国进出口与汇率的关系

年份	出口 （亿美元）	进口 （亿美元）	汇率	出口变化率 （％）	汇率变化率 （％）	顺差 （亿美元）
2000	2492.0	2250.9	827.84	27.84	0.0	241.1
2001	2661.0	2435.5	827.70	6.78	0.0	225.5
2002	3256.0	2951.7	827.70	22.36	0.0	304.3
2003	4382.3	4127.6	827.70	34.59	0.0	254.7
2004	5933.7	5614.2	827.68	35.40	0.0	319.5
2005	7619.5	6318.0	819.17	28.41	1.0	1301.5
2006	9689.4	7914.6	797.18	27.17	2.7	1774.8
2007	12177.8	9559.5	760.40	25.68	4.6	2618.3
2008	14285.5	11330.9	694.51	17.31	8.7	2954.6
2009	12016.6	10055.6	683.10	15.88	1.6	1961.0

注："汇率"指 100 美元兑换人民币的数量。

数据来源：《中国统计摘要 2009》。

　　从 2005 年 8 月开始，人民币汇率逐步升高。2005 年人民币升值 1％，2006 年升值 2.7％，2007 年升值 4.6％，2008 年升值 8.7％。在 4 年内合计升值 16.1％。按照一般的理解，人民币升值会导致出口减少，进口增加，外贸顺差下降。可是，数据显示，就在人民币升值的过程中外贸顺差非但没有下降，反而迅速上升，2005 年为 1302 亿美元，2006 年上升到 1775 亿美元，2007 年为 2618 亿美元，2008 年高达 2955 亿美元。显然，这种市井流传的说法——汇率升高会减少贸易顺差——不能解释中国数据的变化。

　　如果把考察的重点放在中国和美国之间的贸易上，很容易发现：美国对华贸易的逆差和人民币汇率之间不仅没有正相关的关系，反而很明显地呈现剪刀差。

　　2005 年 6 月之前，人民币兑美元的汇率固定为 8.2725，中国对美顺差月均约为 80 亿美元。2005 年 8 月后人民币兑美元保持升值态势，但中国对美国的贸易顺差进一步扩大。从 2005 年月均 95.16 亿美元，扩大至 2006 年的月均 120.24 亿美元，2008 更增至月均 142.4 亿美元的历史高位（见表 1-4）。

表 1-4　人民币兑美元汇率与中美贸易失衡变化趋势

年　份	2005	2006	2007	2008	2009
人民币兑美元汇率变动（%）	-0.2032	-0.2638	-0.499	-0.6126	-0.1777
中美贸易顺差变动（%）	2.2086	3.2993	0.8435	0.1196	3.1847
中国对美贸易月均顺差额（百万美元）	9516	12024	13576	14240	11953

数据来源：人民币汇率、中国对美国贸易月均顺差额均根据《中国经济景气月报》计算。

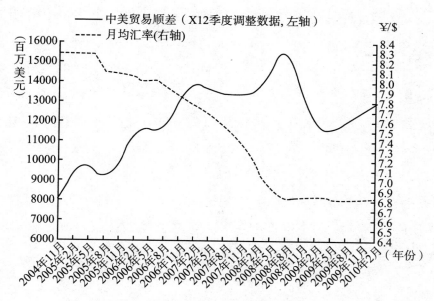

图 1-1　中美贸易失衡与人民币汇率

图1-1清楚地说明，人民币升值与美国贸易逆差没有相关关系。在2005年以后人民币升值，美国对华贸易逆差进一步扩大（两曲线呈剪刀交叉状）。当2008年8月人民币再度盯住美元（维持在6.827左右的水平）后，美国对中国的贸易逆差反而下降16.1%。美国逆差占GDP的比例从2008年的5.7%下降到2009年的3.5%。真实数据显示出来的规律与某些美国经济学家和官员所说的趋势恰恰相反。

中美两国之间的贸易逆差取决于许多因素，其中包括：双方贸易政策、经济结构、全球贸易和产业的分工、美国金融危机对自身和外部市场的冲击程度、美国金融体系的稳定程度、美国的货币和财政政策等。至今还没有证据显示，美国对华贸易逆差与人民币汇率相关。

第二章　汇率的度量标准

● 外汇市场是一个典型的寡头垄断市场。考虑到美元的供给量大幅度增加，根本就计算不出货币供求平衡的"均衡汇率"，在国际外汇市场上不存在纳什均衡。

● 按照马歇尔—勒纳条件，只有在进口和出口的价格弹性系数之和大于 1 的情况下，本币贬值才有利于改善经常项目。估计进出口价格弹性的误差非常大，缺乏实用价值。

● 克鲁格曼和他的同事们起码犯了三个原则性错误：第一，他们错误地估算了中国的 GDP 数值；第二，错误地估算了中国经常项目顺差的数值；第三，错误地估算了中国进出口价格弹性。由于他们在使用贸易权重法时将模型中三个主要数据都弄错了，输入的是垃圾，输出的自然还是垃圾。

第一节　众说纷纭的汇率度量标准

许多西方新闻媒体断言，人民币的汇率被低估了。国内则有一些学者认为人民币的汇率被高估了。究竟凭什么来判断汇率高低？

在经济学研究中，人们常常拿均衡价格作为参照系。高于均衡价格就称为价格偏高，低于均衡价格称为价格偏低。指责中国低估人民币汇率的西方学者和官员们也常常把均衡汇率挂在嘴边。盘点一下各种观点，其实，他们所说的"均衡汇率"并不是一回事。

（1）计算出一个"均衡汇率"使得外汇市场上货币供给等于货币需求。

（2）计算出一个"均衡汇率"使得所有参与贸易的国家都不可能通过进一步调整汇率改善它们的福利，而不伤害其他参与者。

（3）计算出一个"均衡汇率"使得某个国家的进出口基本保持平衡。

（4）采用贸易权重法，让世界各国的经常项目和国内生产总值的比例都保持在一定的区间之内。

让我们逐一分析这四种方法的理论依据和必要的背景假设。

第二节　依据货币供求关系决定汇率

第一种方法最直观也最简单。在经济学教科书上经常见到这样的图：供给曲线具有正斜率，需求曲线具有负斜率。两条曲线相交决定了均衡价格。如果市场价格低于均衡价格，供不应求，出现涨价压力，反之，存在降价的压力。在商品市场上，商品供求关系决定了均衡价格。在劳动力市场上，劳动力供求关系决定了工资水平。在资本市场上，资金供求关系决定了利率。在国际金融学里也有这样的曲线：如果货币供给等于货币需求，例如，对美元的需求刚好等于市场能够提供的美元，这个时候两种货币之间的比率就可以称为均衡汇率。货币供给和需求两条曲线共同决定了均衡汇率。

乍看起来，外汇市场和普通商品差不多，实际上两者的背景假设相差甚远。

在商品市场上，供给曲线表示生产者在资源和生产能力约束的条件下实现利润最优的结果。需求曲线是消费者在收入预算约束下实现成本最低的结果。在画出这两条曲线的时候必然假定商品市场是一个完全竞争市场（Perfect Competitive Market）。如果画一条向上倾斜的货币供给曲线和一条向下倾斜的货币需求曲线，两条曲线的交点决定均衡汇率，实际上不知不觉地假设外汇市场也是一个完全竞争市场。也就是说，在外汇市场上有无穷多个货币供给者和需求者，进入或退出这个市场没有什么门槛，任何一个参与者都不能决定价格。显然，这种假设不符合外汇市场的实际情况。

虽然每天都有大量的人在外汇市场兑换货币，可是，无论哪个公司和个人对市场的影响都无法和各国央行比较。央行发行货币，它们有责任维护自己发行的货币购买力稳定，因此，央行必然会频频干预货币市场，购进或售出本币。无论在哪个国家的外汇市场上都可以发现央行的身影。外汇市场是一个典型的寡头垄断市场（Oligopoly Market）。当今，在国际外汇市场上举足轻重的货币有美元、欧元、日元，没准今后还要加上人民币。这是一个多元博弈。每个国家的决策都会对其他国家产生影响。

博弈论告诉我们，如果想得到最佳决策的话，必须拥有充分信息，其中包括对方的决策。在谋求某方利益最大化时，并不能保证对方也实现利益最大化，甚至不能保证对方不受到损害。在这种情况下得出来的是某个国家的优化方案，别的国家不一定能够接受。显然，这不能称之为均衡。

如果央行参与交易，由于央行的交易量往往很大，本币的供给曲线就会移动，从而改变原有的均衡。在图 2-1 中，如果某国央行突然增加本币供给，均衡点由 A 移到 B，有可能显著地压低汇率。

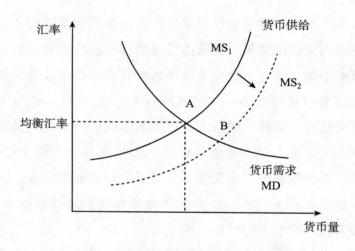

图 2-1 央行增加货币供给压低汇率

在图 2-2 中，如果外界对本币需求增加，有可能抬高汇率，均衡点由 A 移动到 B。为了稳定汇率，央行抛出本币，回收美元，使得均衡点从 B 移动到 C，保持汇率稳定在原先的水平上。

当前，如果谈及这种"均衡"，人们就会遇到一个很大的问题：美国政府究竟额外发行了多少美元，近期内还打算增发多少？

众所周知，自从 2008 年美国遭遇次级债危机以来，美联储向那些濒临崩溃的商业银行注入了大量现金。除此之外，人们不知道五大投资银行破产、倒闭、兼并，还有多少烂账没有清算；美国政府在 2010 年 3 月通过的社保改革方案，还要投入多少美元。这些钱从何而

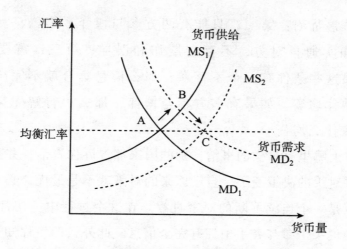

图 2 - 2　货币需求增加后央行稳定币值

来？美国政府负债累累，增发债券的空间不大，于是，人们理性预期，美国有可能大规模增发货币。

如果某人扬言已经计算出当今（2010 年）的"均衡汇率"，请问奥巴马有没有打电话给他，告知美国政府准备印多少钞票？很明显，如果美国政府改变美元投放量，他算出的"均衡汇率"就错了。如果考虑到国际基础货币——美元的供给量有可能大幅度增加，哪里还有什么"均衡汇率"？

第三节　在外汇市场上没有纳什均衡

根据博弈论，在得知对方的对策之后，本方可以相应调整，以改进收益。在本方决策之后，对方也可以根据得到的信息再次调整。经过多次交易、交换信息，双方多次调整对策，最终有可能达到一个均衡，在这个状态下，没有任何一方能够继续改善自身收益而不损害对方的利益。如此得到的均衡常常被称为"纳什均衡"。

国际外汇市场能不能达到纳什均衡？几乎不可能。纳什均衡的条件非常苛刻：第一，只能有两方参与博弈；第二，需要将本方决策如实通报对方，不存在欺诈和误导；第三，需要多次博弈。如果这些条件有一个不存在，那么信息集合就不完全，就寻找不到纳什均衡。如果有多方参与博弈，那么可行解无穷，根本就不存在什么均衡。

世界上哪里有这样的事情：别的国家都告诉你真话，并且保持不变？如果对手的决策变了，自己原来的对策就不是最优，必须相应调整。这就是一个连续不断的对策过程。在这个过程中一切都在变化。永远不能说某个参与者手中拥有完全信息。此外，即使你知道对方的最佳决策，却无法预测对方会犯什么样的错误。在世界上正确的答案可能只有一个，而错误的选择无穷。世界各国领导和他们的经济智囊们就那么高明？翻开历史书，通篇都是各国政要犯错误的记录。过去如此，今后必然也如此。

别看有些人口口声声说均衡汇率，其实，他们心里很清楚，在国际外汇市场上根本就不存在均衡状态。在多元博弈中尔虞我诈，钩心斗角，甚至故意隐瞒重要信息。不仅信息不对称，而且严重失真。所谓的"均衡汇率"仅仅存在于纯理论的研究之中。

有些人采用了很复杂的数学模型来估算均衡汇率。可是，他们采用的模型都过于理想化，背景假设太多。模型越复杂，离开现实越远，按照这些模型计算出来的"均衡汇率"并没有多大现实意义。

第四节　市币贬值未必改善经常项目

如果两个国家之间的贸易出口量刚好等于进口量，既没有顺差也没有逆差，或者放宽一点，贸易顺差或逆差保持在一定范围之内，有人把这个时候的汇率叫做均衡汇率。在这种情况下，不至于由于某方出现很高的贸易逆差而使其丧失支付能力，或者导致很高的债务负担丧失经济增长势头。在这个汇率水平下，双边贸易保持可持续状态，根据人们日常经验，汇率直接影响进出口商品或服务的价格。如果一个国家货币的汇率降低，会增加出口、减少进口，导致贸易顺差。进出口商品相对价格变化对进出口量的影响被称为价格弹性。按照马歇尔—勒纳条件（Marshall-Lerner Condition），只有在进口和出口的价格弹性系数之和大于 1 的情况下，本币贬值才有利于改善经常项目。

可是估计这两个弹性在理论上存在着四个困难。

第一，同期偏差（error in simultaneity）。当汇率变化时，不仅进口数量受到影响，出口也受到影响。当本币的需求曲线移动的时候，供给曲线也在移动。只有假定某一曲线不动，才能够从历史数据回归中得出价格弹性，可是，在现实中两条曲线都在动，因此，估计出来的价格弹性必然包含着同期偏差。

第二，进口数量统计偏差（error in the measurement of the variable）。由于通常进口商品需要支付较高的关税，而出口的关税较低（或者还有退税补贴等），因此，人们往往有低报进口值的倾向。在外汇管制情况下，要求出口企业将所得外汇全数交给国家外汇管理局。为了持有较多外汇，企业倾向于少报出口值。这些随机误差会影响到价格弹性。

第三，汇总数据误差（error in aggregation）。众所周知，不同商品有不同的价格弹性。可是在讨论汇率的时候，必须将所有的进出口商品都汇总在一起，不可能针对某一个商品。例如，农产品和矿产品的价格弹性较低，而价格变化幅度较大。由于各国出口原料和农产品的比重各不相同，按照汇总数据计量出来的弹性就包含了误差。

第四，时间区间误差。如果考察的时间段较长，那么进出口弹性系数较高，更容易满足马歇尔—勒纳条件，进出口弹性系数之和大于1，货币贬值有可能增加外贸顺差。可是，由于外部政策环境在不断变化，许多研究只能采用短期数据进行回归，进出口弹性系数都不高，因此，货币贬值未必能够改变经常项目态势。进出口弹性系数是一个区间，而并非一个确定的数值①。

有些人（例如 Cline 的研究）不顾这些问题，直接采用进口、出口弹性系数来估计调整汇率对进出口的影响。他们计算出来的进出口弹性存在着相当大的误差，稍加调整，就可以显著地改变弹性系数，从而改变分析结果。他们的研究是"刻舟求剑"，随意性很大，充其量也只能仅供参考。

第五节　贸易权重法的误差

一　输入的是垃圾，输出的自然还是垃圾

普林斯顿大学教授克鲁格曼（Paul Krugman），2010 年 3 月在《纽约时报》发表文章认为，中国保持人民币低币值的政策，已经成为全球经济复苏的毒药，鼓吹要让中国在人民币汇率问题上"承担责任"。由于他在 2008 年获得诺贝尔经济学奖，因此他说的话影响特别大。克鲁格曼坦承自己并没有计算过人民币汇率，他引用的数据来自于彼得森国际经济研究所的研究报告，据称人民币汇率被压低了 20% 到 40%。

2010 年 3 月 24 日，彼得森国际经济研究所的负责人伯格斯坦在美国国会作证的时候说明这个结论来自于"贸易权重法"，在他报告的附件中详细阐述了计算基础均衡汇率（Fundamental Equilibrium Ex-

---

① 关于进出口弹性系数的估计偏差请参阅 R. Caves 等人所著的教科书 *World Trade and Payments*, 7th Edition, 2005, p. 371。

change Rate）的过程①。

所谓贸易权重法是根据世界各国的经常项目顺差和 GDP 的比值来调整汇率，使得经常项目顺差和 GDP 的比值不超过正负 5%。如果某个国家的顺差比重偏高，说明这个国家货币的汇率被低估了。姑且不论贸易权重法是否符合经济学原理，克鲁格曼和他的同事们起码犯了三个原则性错误：第一，他们错误地估算了中国的 GDP 数值；第二，错误地估算了中国经常项目顺差的数值；第三，错误地估算了中国进出口价格弹性。由于他们在使用贸易权重法时将模型中三个主要数据都弄错了，输入的是垃圾，输出的自然还是垃圾。

二　中国 GDP 估计偏差

按照伯格斯坦的计算，在 2007 年中国外贸顺差 4000 亿美元，相当于 GDP 的 11%。简单折算，他估算的中国 GDP 是 36360 亿美元。

世界银行和国际货币基金组织公布的 GDP 数据有两组。第一组是按照购买力平价（PPP）计算，另一组是按照汇率法（Atlas Method）计算。从表 2 - 1 中可见，按照购买力平价计算的中国 GDP 在 2007 年是 71194 亿美元，按照汇率法计算是 33824 亿美元。前者是后者的 2.1 倍。显然，伯格斯坦采用的数据非常接近汇率法计算的 GDP。既然两种算法同时并存，伯格斯坦愿意选用汇率法亦无不可。不过，第一，所有国家都必须用同一种算法才能横向比较；第二，由于越来越多的国际组织和经济统计部门倾向于采用购买力平价，所以有必要指明汇率法的局限性。

---

① 除了彼得森国际经济研究所的论文之外，Goldstein 2006 年也用贸易权重法计算了人民币和美元之间的汇率，他的结论是人民币币值被低估了 20% ~ 35%。

表 2 - 1 用汇率法和购买力平价法估算中国 GDP

年　份	GDP（十亿元 人民币）	GDP（汇率法， 十亿美元）	GDP（PPP， 十亿美元）	PPP/汇率法 （％）
1980	463. 4	309. 3	247. 9	0. 80
1981	498. 8	292. 6	285. 4	0. 98
1982	532. 3	281. 3	330. 1	1. 17
1983	596. 3	301. 8	380. 5	1. 26
1984	720. 8	310. 7	454. 7	1. 46
1985	901. 6	307. 0	531. 6	1. 73
1986	1027. 5	297. 6	591. 5	1. 99
1987	1205. 9	324. 0	679. 1	2. 10
1988	1504. 3	404. 1	781. 5	1. 93
1989	1699. 2	451. 3	844. 1	1. 87
1990	1866. 8	390. 3	910. 2	2. 33
1991	2178. 2	409. 2	1029. 2	2. 52
1992	2692. 4	488. 2	1203. 2	2. 46
1993	3533. 4	613. 2	1402. 0	2. 29
1994	4819. 8	559. 2	1619. 0	2. 90
1995	6079. 4	727. 9	1833. 4	2. 52
1996	7117. 7	856. 0	2055. 1	2. 40
1997	7897. 3	952. 6	2285. 8	2. 40
1998	8440. 2	1019. 5	2491. 9	2. 44
1999	8967. 7	1083. 3	2720. 8	2. 51
2000	9921. 5	1198. 5	3013. 2	2. 51
2001	10965. 5	1324. 8	3337. 3	2. 52
2002	12033. 3	1453. 8	3700. 1	2. 55
2003	13582. 3	1641. 0	4157. 8	2. 53
2004	15987. 8	1931. 6	4697. 9	2. 43
2005	18321. 8	2235. 8	5314. 4	2. 38

年　份	GDP（十亿元人民币）	GDP（汇率法，十亿美元）	GDP（PPP，十亿美元）	PPP/汇率法（%）
2006	21192. 4	2657. 8	6124. 4	2. 30
2007	25730. 6	3382. 4	7119. 4	2. 10
2008	30067. 0	4327. 4	7926. 5	1. 83
2009	32528. 9	4757. 7	8734. 7	1. 84

数据来源：International Monetary Fund，World Economy Outlook Database。

凡是经常使用宏观经济数据的人都知道，按照汇率法计算出来的 GDP 有很大的误差。汇率法的计算公式为：

$$GDP = Ex \sum PY$$

其中，Ex 表示汇率；P 表示价格；Y 表示商品或服务的数量；$\sum$ 表示求和。在计算 GDP 的时候，通常人们将产品的数量乘以国内价格，再求和，再乘上汇率。假若仅仅用来讨论某个国家的内部经济变化，使用汇率法比较方便，如果要横向比较各国 GDP，这四个要素就带来了难以解决的矛盾。

第一，价格差异产生的偏差。在统计 GDP 的时候必定采用国内价格。由于世界各国价格差别非常大，同样是一美元，其在各地的购买力是不一样的。在日本东京买一个汉堡包的钱，在多伦多可以买三个。陕北出小米，国际市场上小米的价格比陕北当地价格高好多倍。陕北农民吃小米饭的时候根本就没想到这些小米在北美市场上居然卖很高的价钱。如果按照当地价格来计算小米的价值远远低于按照北美价格计算的结果。

第二，并非所有产品都进入国际贸易。在现实生活中有许多商品和服务（例如理发、家政服务等）不能在国家间流动。如果将 GDP

乘上汇率转换为美元，无形中假设所有的商品或服务都可投入国际贸易。在发展中国家里，外贸依存度不高，许多商品的货币化、市场化程度不高，在国内生产后又在国内消费。例如，江西、湖南农民酿制米酒，自产自销，绝大部分都被本地人喝了。米酒在本地销价极低，因此，统计不出什么产值来。日本也生产类似的米酒，但商品化了，价值很高。如果拿汇率法来折算，岂不是几十斤江西米酒才抵得上一斤日本米酒？中国是一个开放不久的发展中国家，许多产品的商品化程度还不高。使用汇率法时假设中国所有商品都参与国际市场交换，这个假设与客观现实不符。

第三，统计范围不同导致扭曲。如果要统计一个国家的 GDP，严格来讲，应该把这个国家所有的产品都包括进来。但是，世界上有成千上万种不同的产品和服务，在统计时囊括一切是根本办不到的。没有一个国家能够事无巨细地将所有产品和服务都包括在 GDP 统计之中。人们只能挑选一些具有代表性的产品进行统计。由于各国国情差异，人们选择的统计对象并不完全相同。在美国，律师、医疗、保险、教育等服务部门高度产业化，相应的税收制度比较完善。因此，人们可以通过律师、医生等缴纳的所得税来推算这个行业的 GDP。而许多发展中国家，包括中国在内，由于税收制度不够健全，民众纳税意识不强，因此很难统计某些服务行业的 GDP。有些服务部门根本就没有包括在统计范围之内。

第四，汇率波动会显著影响 GDP 数值。例如，20 世纪 80 年代日元升值时，按照汇率法计算出来的日本经济增长率高达 32%。这种超高的经济增长率只不过是由于汇率调整带来的假象。从 1979 年开始，人民币连续贬值，中国经济起飞，举世皆知，可是按照汇率法计算，有些年份甚至出现负增长。汇率法经常给人们研究经济问题带来不必要的困惑。

由于存在着上述差异，使用汇率法来比较各国 GDP 有其特定的前提条件：在这些国家之间必须存在一个相当发达的共同市场，通过市场交易使得各国价格差异不大，各国 GDP 统计口径基本一致。显然，西方各国基本符合这个条件，因此采用汇率法来比较它们之间的经济数据是可行的。工业七国 GDP 排序基本上可以反映它们的相对经济规模。中国是个大国，国内各地区差异很大，内地许多地区和外国交往不多，尚且处于从计划经济向市场经济转型过程之中，有些经济术语，字面相同，内涵却不同，有些统计口径相差悬殊。因此，采用汇率法来估算中国 GDP 必然带来很大的扭曲。

　　正是这些因素，使得许多人误解了中国的外贸形势。如果采用汇率法计算，中国的外贸依存度已经超过了 50%（在 2006 年甚至高达57.4%，见表 2－2）。如果采用 PPP 计算，中国的外贸依存度只有25%，和其他大国的状态差不多。

表 2－2　外贸依存度

年份	GDP（汇率法，十亿美元）	GDP（PPP，十亿美元）	外贸总值（亿美元）	外贸依存度（汇率法，%）	外贸依存度（PPP，%）
1980	309.3	247.9	98.5	3.2	4.0
1981	292.6	285.4	120.5	4.1	4.2
1982	281.3	330.1	119.1	4.2	3.6
1983	301.8	380.5	123.6	4.1	3.2
1984	310.7	454.7	163.0	5.2	3.6
1985	307.0	531.6	216.3	7.0	4.1
1986	297.6	591.5	270.5	9.1	4.6
1987	324.0	679.1	391.7	12.1	5.8
1988	404.1	781.5	529.8	13.1	6.8
1989	451.3	844.1	582.0	12.9	6.9
1990	390.3	910.2	645.9	16.6	7.1
1991	409.2	1029.2	828.0	20.2	8.0

续表 2 - 2

年份	GDP（汇率法，十亿美元）	GDP（PPP，十亿美元）	外贸总值（亿美元）	外贸依存度（汇率法,%）	外贸依存度（PPP,%）
1992	488.2	1203.2	1152.7	23.6	9.6
1993	613.2	1402.0	1719.9	28.0	12.3
1994	559.2	1619.0	2280.4	40.8	14.1
1995	727.9	1833.4	2671.0	36.7	14.6
1996	856.0	2055.1	2708.8	31.6	13.2
1997	952.6	2285.8	3081.0	32.3	13.5
1998	1019.5	2491.9	3071.7	30.1	12.3
1999	1083.3	2720.8	3404.8	31.4	12.5
2000	1198.5	3013.2	4389.6	36.6	14.6
2001	1324.8	3337.3	4724.0	35.7	14.2
2002	1453.8	3700.1	5739.3	39.5	15.5
2003	1641.0	4157.8	7730.1	47.1	18.6
2004	1931.6	4697.9	10448.4	54.1	22.2
2005	2235.8	5314.4	12688.8	56.8	23.9
2006	2657.8	6124.4	15261.6	57.4	24.9
2007	3382.4	7119.4	18074.2	53.4	25.4
2008	4327.4	7926.5	21353.0	49.3	26.9

数据来源：IMF, World Economy Outlook Database。

虽然购买力平价（PPP）也有些问题，但是经济学界普遍认为PPP要比汇率法好多了。我们应当用一组统一的价格来评估各种产品和服务，这样才能比较客观地度量出人们真实的购买力和生活水平。伯格斯坦不可能不知道这些常识。之所以他在这里采用汇率法很可能是为了强调自己的观点，试图尽量低估中国的GDP，从而突出美国的贸易逆差。

实际上，即使采用 PPP 也未必准确。在 2009 年，中国的第一产业（农业）占 GDP 的比例为 10.9%，第二产业（制造业）占 48.6%，第三产业（服务业）占 40.5%。这个数据也误导了许多人。看起来好像中国服务业占的比重太小，应当放手发展服务业。实际上，只要多走几个国家，稍加比较就可以看到，中国的服务业相当发达，甚至超过一些中等收入国家。

若检查全球 180 个经济体的数据，观察人均 GDP 和服务业在国民经济中的比重关系，可以很清晰地看到，随着人均 GDP 的增长，服务业占的比重不断升高。大致上，低收入国家服务业比重为 52% ~ 60%，中等收入国家服务业比重为 60% ~ 65%，高收入国家的服务业比重在 65% 以上。2009 年，美国的服务业占 GDP 的比例为 78.6%，日本为 73%，德国为 70%。低收入国家中，津巴布韦的服务业占 GDP 比重为 59%，菲律宾为 53%。毋庸置疑，中国的经济发展程度比津巴布韦和菲律宾等国强。中国的服务业比津巴布韦、菲律宾等国好得多，甚至比许多东欧国家要好。可是在统计数据上，中国的服务业比重只有 40.5%，居然比它们低了一大截儿。按照统计学规律，中国的服务业比重应当为 50% ~ 60%。中国的统计数据严重偏离了世界各国统计规律，显然在什么地方出错了。

之所以服务业数据被严重低估是因为中国正处于从计划经济向市场经济的转型阶段。由于税制改革严重落后，中国的税制结构和世界其他国家有很大的差别。在西方国家，个人所得税占总税收的 40% 以上，可是中国的个人所得税只占 7.8%。并不是中国的税收负担轻，而是征税的重点不同。计划经济的财税制度和市场经济的完全不同，税负主要落在企业头上。西方人拿到工资之后要交 30% 左右的税，而中国人交的个人所得税很少，个人拿到的工资相当于西方税后收入。无论是西方国家还是中国，许多统计数据都来源于税收数据。由于税制不同，中国服务业的数据被丢失了一大块。在西方实行累进税制，高收入群体的边际税率很高。如果他们雇用保姆，在报税的时候一定不会忘记声明支付给保姆多少钱。这样，他们可以得到数量可观的退税。中国税制根本就没有这一说。因此，中国大约有上千万保姆的收入没有被统计进 GDP。其他的小商小贩、手工服务等都存在着严重漏报、缺报收入的问题。如果按照国际统计规律，将中国的服务业比重上调到 GDP 的 50%，仍然低于津巴布韦，即使调整到 55% 也不为过。没有人会说，这样的调整夸大了中国的服务业水平。倘若这样一调整，中国的 GDP 马上增加了相当大一块。根据我们的研究，中国的 GDP 有可能比如今的统计数据（PPP）高出 10% ~ 15%①。

按照 CIA 数据，如果采用购买力平价，2008 年中国的外贸顺差为 2980 亿美元，GDP 为 80880 亿美元，两者比例为 3.68%；2009 年外贸顺差为 2725 亿美元，GDP 为 87910 亿美元，比例为 3.10%。这两年的比例都低于 5%。在全球经济规模前 50 名经济体中排名第 13。按照基础均衡汇率的原则，人民币的汇率处于合理的区间内，根本就不存在低估汇率的问题。

三　高估中国出口顺差

在讨论外贸的时候，人们依托海关统计数据。如果在 50 年前，通过中国海关出口的商品其产权肯定属于中国。中美两国之间贸易顺差（或逆差）完全可以依据海关数据来计算。可是，斗转星移，进入新世纪之后，情况发生了重大的变化。按照 2009 年前 4 个月的统计数据，一般贸易占贸易总值的 45.4%，加工贸易占贸易总值的 47.6%。通过中国海关向美国出口的商品当中将近有一半的产权属于跨国公司。

---

① 详细分析请参阅 Dianqing Xu，Christer Ljungwall，"What's the real size of China's economy"，*Chinas Economy Journal*，Vol. 1，No. 1，2008。

众所周知，众多的跨国公司来华投资，建立了各种工厂。它们从海外进口一些原料、部件，在国内生产一些部件，装配完工之后再出口海外。在加工贸易中，中国只得到了属于劳动力报酬的那一部分，而属于资本和技术的利润被转移到跨国公司总部所在地。例如，一双耐克运动鞋，在北美售价 100 多美元，可是，中国工人只得到其中的10%，其余90%的增值都归跨国公司所有。如果没有这么好的利润，就很难解释为什么有那么多的跨国公司争先恐后来华直接投资。可以说，在中国生产的产品还没有过海关的时候，很大一部分利润就已经到了纽约。对于跨国公司来说，它们并没有把商品价款交给中国，而是从自己的左口袋放进了右口袋。怎么能够把账都记到中国头上？

对于克鲁格曼和他的同事来说，有一个好消息和一个坏消息。好消息是，美国的贸易赤字并不像海关统计数字那么严重。由于资金流已经回到了美国，所以从总体上来讲，美国的贸易状况是可持续的。坏消息是彼得森国际经济研究所的报告犯了一个很大的错误。如果根据这个错误的报告制定政策，肯定是错上加错。

从当前的国际经济发展趋势来看，类似的问题不仅发生在中美贸易上，在欧盟内部也频频发生贸易顺差或逆差的争论。海关统计数字反映出来的矛盾在全球化进程中越来越严重。因此，人们需要找到一套新的方法来统计国与国之间的贸易状况。必须将资金流和物流分开。为了实现这一点，有必要将各国的投入产出表中的贸易数据都分解为一般贸易和加工贸易。加工贸易的资本、技术、品牌等非劳动力收益形成特定的资金流，流向产权所有国。据此定义计算出来的是国民生产总值（GNP），显然这个数据不同于按照地理边境计算出来的国内生产总值（GDP）。GDP 强调的是地理边境，GNP 强调的是产权。早先，国际经济交往有限。用 GDP 基本上可以反映出一个国家的经济活动和贸易状态。可是，随着经济全球化的进展，国与国之间的经济边界越来越模糊，而产权归属的影响越来越大。

倘若按照贸易权重法计算，使用海关统计数据，2009年中国经常项目顺差占GDP（PPP）的比重为3.37%。如果将GDP数据增加一些，将经常项目顺差再减少一些，这个比例将显著地低于3%。从任何一个角度来看，也得不出人民币汇率被高估的结论。

四 错误估算进出口弹性数据

按照经济学理论，在估计进口产品数量和汇率变化之间的弹性系数时必须假定出口不变。同理，在估计出口弹性系数的时候必须假定进口不变。可是，在贸易权重法中，同时使用两个弹性系数，在统计学上叫做同期性偏差。

如前所述，中国进出口数据来自于海关统计，并没有如实反映产权归属。如果不把跨国公司的利润算清楚，就会错误地将资金流和物流混淆在一起。按照失真的进出口数据估计出来的价格弹性自然是错上加错，很难让人相信。

伯格斯坦在计算汇率时犯了一系列错误。事实上，美国经济学界中许多人已经不止一次犯过类似的错误。在1997年亚洲金融危机时，许多美国经济学家断言中国将是继泰国、马来西亚、印尼之后的下一个牺牲者，人民币就要崩溃了。实践证明，他们全错了。在亚洲金融危机中，人民币保持稳定，中国经济逆势而上，取得了辉煌的成就。我们不是在翻老账，只是想告诉华盛顿的某些先生，千万不要盛气凌人，自以为是。还是平心静气，大家坐下来讨论，找到双赢的解决方案为好。

第三章 人民币汇率与美国就业机会

●伯格斯坦认为，人民币汇率和美国的就业机会存在着紧密的联系。只要人民币升值，美国就可以扩大出口，增加国内的就业机会。可是，伯格斯坦没有说明人民币汇率和美国就业机会之间有什么联系。

●美国至今还有几十项法令和法规用来禁止向中国出口高科技产品。美国政府的贸易禁令是造成贸易不平衡的重要原因之一。

●高工资、高消费的社会结构使得美国在传统产业领域失去了竞争优势。除非美国科学家再有一些重大的科技突破，否则谁都不知道怎么才能为美国人创造就业机会。

●任何人企图从外部冲击人民币汇率体系，成功概率几乎等于零。

●美中之间可能会剑拔弩张，可是，真正爆发贸易战的可能性并不高。

第一节　伯格斯坦的假设

2010 年 3 月 24 日，伯格斯坦在美国国会作证时说，如果采用贸易权重法计算，中国人民币的汇率被人为压低了 25%。他抱怨，由于中国操纵汇率，取得了竞争优势，保持高额贸易顺差，实际上是在向世界各国出口失业，其中包括美国，还有欧洲、巴西、印度、墨西哥和南非。

伯格斯坦说，如果中国调整汇率，人民币升值 25%～40%，就可以每年减少美国贸易逆差 1000 亿～1500 亿美元。每增加 10 亿美元出口，可以为美国增加 6000～8000 个就业机会。如此一来，人民币升值可以给美国带来 60 万～120 万个就业机会。他说，美国总统必须抓紧办理压人民币升值，这对美国来说，成本为零，效果极好。

在这里，伯格斯坦的论证建立在一个假设的基础上：人民币汇率和美国的就业机会存在着紧密的联系——只要人民币升值，美国就可以扩大出口，增加国内的就业机会。可是，伯格斯坦没有说明人民币汇率和美国就业机会之间有什么联系。作为一个严谨的学术研究或政策报告必须保证每一个环节都有理有据，在逻辑上能够自圆其说。

第二节　作茧自缚，加大美方逆差

人民币汇率和美国就业有什么联系呢？

表 3－1 给出了 2009 年美国与其最大的 10 个贸易伙伴的双边贸易数据。美国最大的贸易伙伴是加拿大，中国排名第二，日本排在墨西哥后面，名列第四。从贸易逆差来看，中国名列第一，日本第

二。按照美国的统计数据，2009 年美中贸易逆差 2563 亿美元，占美国逆差的 32.4%。美国从中国进口 3215 亿美元，从加拿大进口 3133 亿美元，从墨西哥进口 2108 亿美元，从日本进口 1455 亿美元。可是，美国向中国出口只有 652 亿美元，远远低于向加拿大和墨西哥的出口。

表 3 - 1   2009 年美国对外贸易

排名	国家（地区）	出口（十亿美元）	进口（十亿美元）	贸易总额（十亿美元）	占贸易总额比重（%）	经常项目逆差（十亿美元）	占美国逆差比例（%）
1	加拿大	248.9	313.3	562.2	18.0	- 64.4	8.1
2	中 国	65.2	321.5	386.7	12.4	- 256.3	32.4
3	墨西哥	136.5	210.8	347.3	11.1	- 74.3	9.4
4	日 本	62.7	145.5	208.2	6.7	- 82.8	10.5
5	德 国	49.7	94.4	144.1	4.6	- 44.7	5.7
6	英 国	50.3	56.9	107.2	3.4	- 6.6	0.8
7	韩 国	34.7	47.6	82.3	2.6	- 12.9	1.6
8	法 国	27.4	41.6	69.0	2.2	- 14.2	1.8
9	中国台湾	26.4	38.3	64.7	2.1	- 11.9	1.5
10	荷 兰	33.0	18.4	51.4	1.6	14.6	- 1.8
总 计		1163.3	1953.6	3116.9	100.0	- 790.3	100.0

数据来源：US Census Bureau, 2010。

从中国的角度来看，在 2008 年中国对日本、韩国和东南亚各国有贸易逆差，对美国和欧盟有贸易顺差（见表 3 - 2）。

表 3 − 2   2008 年中国对外贸易

单位：百万美元

目 标 国	出　　口	进　　口	经常项目差额
美 国	252297	81440	170857
日 本	116134	150650	− 34516
欧 盟	292878	132699	160179
韩 国	73950	112162	− 38212
东南亚	114142	116974	− 2832

数据来源：《中国经济景气月报》，2009 年 4 月。

　　贸易不平衡固然和双方的经济结构有关，但不能不指出美国政府的贸易禁令是造成这个不平衡的重要原因之一。美国至今还有几十项法令和法规用来禁止向中国出口高科技产品。在冷战期间通过的这些法规、法令早就该清理、作废了，可是某些美国议员对经济制裁中国却很积极，忘记了自己应当干的事情。几年前，几位美国国会议员联名指责波音飞机导航系统的电脑运行速度超过了法规上限，应当受罚。波音公司管理层气得暴跳如雷，他们说中国早就有了超高速电脑，比波音飞机上的电脑速度快好多倍。如果波音飞机连这样的电脑都不让用，干脆把美国的飞机工业关掉算了。可能那几位议员也觉得理屈，闭嘴不响了。

　　众所周知，劳动力密集型产品的附加值低于资本密集型和技术密集型产品。如果将各种产品按照生产附加值高低排列起来，就像太阳光的光谱一样，红橙黄绿青蓝紫。劳动力密集型产品在这个"光谱"的低端，高科技产品在高端。劳动力密集型产品利润低，劳动力成本占的比重大，因此，只能由低工资的工人生产。中国自从改革开放至今才三十多年，要摆脱贫穷，进入小康社会还需要继续努力很长时期。大量剩余劳动力拖住了工资水平。中国工人的人均工资水平很低，在实现充分就业之前，劳动生产率上升的速度超过了工资上升速度。近年来单位劳动力成本（Per Unit Labor Cost）非但没有上升，在很多地方还出现下降趋势。毫无疑问，中国生产劳动力密集型产品具有较强的竞争力。

美国的科学技术在世界上名列前茅，在资本密集和高科技产品领域中拥有明显的优势。中国在劳动力密集型产品上具有比较优势。两国在贸易中处于互补状态。美国出口的商品，中国基本上不出口，而中国出口的商品，美国也不出口。从理论上讲，这样的贸易伙伴最容易合作，充分发挥各自优势，互通有无，双赢互利。在美国市场上到处可以发现中国生产的廉价商品，从玩具、雨伞、服装到电动工具、冰箱、彩电等等。中国非常欢迎美国生产的高科技产品。可是，美国当局却设置种种障碍，限制高科技产品出口中国。连波音飞机都要受到牵连，就不要说一般的公司了，谁都不敢触犯那些禁令。每个国家都有一些涉及国防安全的机密，人们对此是充分理解的。可是对于一些已经不是秘密，对方早已掌握了的技术也设置贸易障碍，只能说是作茧自缚。从目前的态势来看，中国产品在市场"光谱"上占有的区间越来越宽。最近几年，中国已经开始向美国市场出口手提电脑、计算器等高级电子产品。而美国依然坚守陈规，不愿意重新审视那些早已过期的法规、法令。美国在这个"光谱"中占有的区间越来越窄。难怪美国对华贸易的逆差会越来越大。

有些人遇到矛盾总喜欢从别人身上找茬。压迫人民币升值，无非是减少从中国进口的商品数量，可是，数量少了，价格却高了。美国消费者需要的商品只好从其他国家进口。美国能否缩小贸易逆差还难以确定。倘若美方真的想降低贸易逆差，最简单的办法不是打击别人，而是好好检查一下那些过时、落后的法规和法令，打开大门来多出口一些高科技产品，这才是平衡双边贸易的正确做法。

第三节　美国的就业机会在哪里？

即使中国减少对美国出口，美国能不能增加就业机会？不一定。

外贸商品可以分为竞争性和非竞争性两大类。如果国内生产的产品和外国产品处于竞争状态，那么减少进口，就有可能为国内企业提供一些机会。可是对于那些非竞争性商品来说，完全不是这么回事，即使不从中国进口，也得从其他国家进口。

由于世界各国资源禀赋不同，所以在国际经济体系中必然出现合理分工。美国的平均工资比中国高 22 倍，比印度等发展中国家高 30 倍以上。美国从中国进口的商品大部分是服装、玩具、家具、旅行用品、眼镜等劳动力密集程度较高的产品。如果阻止中国向美国出口鞋帽、玩具，美国企业就能生产吗？

拿雨伞为例。在美国廉价商店中出售的雨伞，1 美元一把，几乎全部是中国制造。国际货币基金组织做过专题研究，出口一把雨伞，中国只得 0.37 美元。企业的生产成本为 0.27 美元，利润只有 0.10 美元。由于印度的劳动生产率低于中国，生产雨伞的单位成本超过 0.6 美元。没有人计算过美国生产一把雨伞的成本是多少，因为美国的工资水平太高，人们断定美国不可能生产雨伞。若要生产雨伞，美国在资金、技术上都没有问题。2010 年，美国的失业率高达 10.6%，几百万人在寻找工作，在劳动力供给上也毫无问题。可是，哪怕美国的失业率再高，也不会有企业家动脑筋新建一家雨伞厂。因为美国有最低工资法的约束。生产一把雨伞，光劳动力成本起码就要好几美元。倘若美国企业生产雨伞，肯定亏损。哪里还有什么竞争力？

如果美中之间爆发贸易战，不进口中国雨伞，那就只好进口印度的雨伞。无论如何，印度、巴基斯坦等国生产的雨伞也比美国生产的便宜。美国消费者不得不多花些钱，把街上的"一美元店"改成

"二美元店"。即便如此，美国依然没有增加就业机会。除非把美国人的最低工资降到每小时 1 美元以下，否则美国绝对没有可能恢复生产劳动力密集型产品。可是，修改最低工资法，降低最低工资标准，在美国几乎是不可能完成的任务。

从 2008 年遭遇金融危机以来，美国的失业率居高不下，确实让白宫头痛。2010 年春，美国许多州的失业率超过 13%。议员们只要喊上几嗓子"降低失业率"，就很容易吸引人们的注意力。可是，只要研究一下美国的经济数据就可以发现，降低失业率，没有那么容易。金融危机重创了美国银行，尽管美国政府大量注资，但是银行依然困扰于高额不良贷款，结构脆弱，信心不足，不敢放手发放贷款。缺乏贷款，缺乏有利可图的项目，导致投资上不去，失业率怎么可能降下来？迄今为止，美国政府采取的刺激经济政策主要落实在消费上，发放购车补贴、购房补贴、健康保健补贴等。投资没有上升，债台高筑，通胀抬头。有些经济学家认为，在传统产业领域中很难替美国找到新的增长点。想回过头捡起当年丢失的产业，无奈工资水平和员工福利降不得。高工资、高消费的社会结构使得美国在传统产业领域失去了竞争优势。除非美国科学家再有一些重大的科技突破，带动一个新的产业，譬如新能源、新材料等，否则谁都不知道怎么才能为美国人创造就业机会。

美国经济遭遇瓶颈，理应好好反省，开源节流，探索出路，创造就业机会，但是有些人试图把祸水引向中国，转移视线。压人民币升值并不能给美国创造就业，这是一个非常简单的道理。

第四节　美中贸易的发展趋势

美国是世界上最大的经济体，中国是世界上最大的发展中国家。两国完全有理由和平相处，携手并进。合则两利，斗则两伤。从美中贸易数据可见，在 2008 年 8～10 月，美方贸易逆差达到高峰，每月 175 亿美元左右。随后，中国政府和企业界派出规模庞大的采购团赴美采购，经过努力，逐渐缩小逆差，每月逆差降到 120 亿美元左右（见表 3－3）。实践证明，只要双方都有诚意，逆差过大的现象是可

表 3－3　美中贸易顺差

单位：百万美元

年　份	月　份	中国出口	中国进口	中方顺差
2008	4	20861	7808	13053
	5	21214	6921	14293
	6	21278	6563	14715
	7	23599	7213	16386
	8	24063	6531	17532
	9	24683	7128	17555
	10	23646	6198	17448
	11	20356	6165	14191
	12	19165	6747	12418
2009	1	17290	4954	12336
	2	11778	5412	6366
	3	16453	6196	10257
	4	17178	6582	10596
	5	16706	5738	10968
	6	17737	6136	11601
	7	20265	6317	13948
	8	18817	6286	12531
	9	21155	6922	14233
	10	21304	6182	15122
	11	20006	7196	12810
	12	22212	9534	12678

年　份	月　份	中国出口	中国进口	中方顺差
2010	1	18725	7756	10969
	2	16395	6441	9954
	3	19330	9462	9868
	4	20467	8607	11860

数据来源：《中国经济景气月报》，2010 年 5 月，第 46 页。

以逐步消除的。特别需要指出的是，如果美方清除那些不合时宜的陈规旧律，放宽对中国出口高科技产品的限制，很快就可以扭转逆差过高的局面。

第五节　两种汇率调整

汇率波动，有升有降，司空见惯。可是，让克鲁格曼、伯格斯坦等几个美国人一闹，好像中国调整汇率成了政治问题。有人问，在美国的压力下，中国会不会按照伯格斯坦的要求将汇率升高25%～40%？

汇率调整无非两种：主动调整和被动调整。

被动调整指的是无可奈何，在外力冲击之下打了败仗。譬如，在亚洲金融危机中，泰国、印度尼西亚、韩国面对强大的外来冲击，耗尽了外汇储备，依然挡不住挤兑美元的狂潮，被迫宣告弃守固定汇率制，大量资金外逃，遭遇严重的金融危机，损失惨重。

国际金融投机集团攻击一个货币体系的一个前提条件是必须持有大量本币。如果没有掌握足够的本币，就好像打仗没有子弹，根本没有办法搞垮对方的汇率体系。除此之外，还要综合考虑外部冲击的强度能否超过中央银行维持汇率稳定的能力。如果一个国家的外汇储备不足，短期外债较高，外贸赤字居高不下，外部融资途径不畅，就比较容易招来投机集团的攻击。如果这个国家的货币在国际外汇市场上可自由兑换，投机集团往往会制造流言飞语，动摇民心，竭力放大外部冲击强度①。

根据中国目前的金融状况，根本就不存在外部攻击得手的条件。外资金融机构从事人民币业务尚属初级阶段，它们持有人民币的数量有限，而且处于严格的监管之下。在 2009 年底，中国拥有 2.4 万亿美元的外汇储备，短期外债为数有限，连年外贸顺差，外资持续流入。中国央行稳定金融的能力远远超过潜在的国际金融投机集团的冲击能力极限。目前，人民币还没有实现自由兑换。美元可以自由兑换人民币，而人民币兑换美元尚需申请批准。外币兑换基本上是条"单行道"。在这种情况下，就是把所有的国际金融投机集团凑到一起也动摇不了人民币的汇率体系。任何人企图从外部冲击人民币汇率体系，成功概率几乎等于零。

第六节　25 年前的老戏会不会重演?

美国政府能否动用压力，强迫中国就范? 有人说，1985 年美国通过"广场协议"成功地迫使日元升值，他们担心会不会老戏重演。其实，中国目前的处境和日本当年截然不同。当年，日本和美国的产业结构高度趋同。日本出口的汽车、电子产品价廉物美，直接抢占美国市场，逼得美国企业走投无路。两国的出口商品在市场争夺中，你进我退。美国企业为了自己的生存非限制日本商品不可。

日本屈服于美国的压力有几点原因。第一，战后日本经济是美国

---

① 关于金融危机中外部冲击的定量分析请参阅于宗先、徐滇庆主编《从危机走向复苏——东亚能否再度起飞》，社会科学文献出版社，2000。

一手扶植起来的，在日本经济界和各大财团中美国的影响力很强。第二，日本汽车和电子产品的主要出口市场在美国。日本产品对美国市场具有相当大的依附性。对于许多日本企业来说，与其被征收惩罚性关税还不如日元升值。第三，当时日元已是可兑换货币，受到国际金融市场的多方面制约。第四，日本执行了宽松的货币政策，流动性过剩。在这种情况下如果日本和美国闹翻，几乎没有办法收拾局面，只好在美国的压力下将日元升值。

中国的情况和日本完全不一样。中国出口商品基本属于劳动力密集型产品，和美国货并不形成竞争格局。打压中国出口并不能给美国商品开拓市场。实际上美国朝野对此早有清醒的共识。如果和中国打场贸易战，两败俱伤，便宜了欧盟和日本。美国绝对不会为竞争对手火中取栗。

中美之间会不会爆发一场贸易战？要看美国有没有这个能力。1950 年美国全面封锁中国。在那个时候，美国经济规模远远超过中国。经济制裁中国对美国没有多大伤害。可是，2010 年，时过境迁，美国不是当年的美国，中国也不是当年的中国。老皇历翻不得了。

取得贸易战胜利的必要条件是以大欺小。就像在大海上航行的两条船。如果一条是万吨巨轮，而另一条是 100 吨的小渔船。对于大船来说，撞就撞，好像挠挠痒痒。小船就惨了，十有八九要沉。假若一条万吨船撞上一艘 5000 吨的船，麻烦了，弄得不好，两条船都要沉。中国经济规模在世界上仅次于美国。美国人甚至在 2009 年提出 G2 的说法①。如果世界上两个最大的经济体厮杀起来，中国损失严重，美国人恐怕损失更重。譬如，美国给中国商品施加 10 亿美元的惩罚性关税，这些惩罚将分散到成千上万种商品身上，很难监管。拿雨伞为例，如果雨伞厂的老板是新加坡人，当他看到"中国制造"的雨伞要

---

① 有趣的是，提出 G2 的就是伯格斯坦本人。

被征收惩罚性关税，他将雨伞运回新加坡，贴上"新加坡制造"的标签再出口。美方如何才能确定这把雨伞的原产地？美方一网下去，也许会捞到几条小鱼，可是漏网之鱼肯定不少。

如果中方针锋相对，回敬美方，也征收 10 亿美元的惩罚性关税。这个惩罚性关税必定落在有限几家公司头上。用不着专家，普通老百姓都能区分波音飞机和空客飞机，一打一个准。中方的监督实施成本很低，打击准确度很高，而且打击力度集中，在美国会造成很大的冲击波。

迄今为止，世界上还没有出现过一个大国经济制裁另外一个大国取得成功的案例。大国之间的贸易战往往是旷日持久，有头无尾。如果美中之间爆发贸易战，肯定要拖下去。对于这样的事情，美国人历来缺乏耐心。要不了多久，美国国内就会闹将起来。在很多案例中，不是美国打不下去，而是美国人不愿意打下去。不管有多么强大，美国常常输给自己。

在商务谈判中往往需要将目标分解，化成若干筹码，一张一张打出去，最终双方各让一步，相互妥协，达成交易。谈判的目标是谋求本身的收益，不能越谈亏得越多。伯格斯坦等人面临一个尴尬的局面，手中除了全面开展贸易战之外没有什么筹码。要不然就全面开战，要不然就偃旗息鼓。在这种态势下跳出来叫板，实在不怎么高明。

如同以往一样，美中之间可能会剑拔弩张，可是，真正爆发贸易战的可能性并不高。至于说有几个议员闹上一闹，没有什么可大惊小怪的，不这样，下次竞选的时候上哪里去拉选票？

第七节 主动调整汇率的目的和策略

美国没有什么筹码来强迫中国调升汇率。中国主动调整人民币汇率只有一个理由，为了中国的利益。

金融学常识告诉我们，无论是固定汇率还是浮动汇率都没有绝对的优势。需要按照各国的具体情况来确定汇率制度。中国正处于从计划经济向市场经济转型过程中，汇率形成机制还有待改革。中国选择什么汇率机制，取决于中国人民的利益。

对于这一点，美国人毫不隐晦。1972 年，为了实现中美关系正常化，尼克松飞到北京。他下飞机的第一句话是："为了美国的利益，我来到北京。"他实话实说，作为美国总统，他当然要为美国利益着想，无可非议。如果中国主动调整人民币汇率，也只有一个目的：为了中国的利益。

当然，在国际贸易中只有双赢，贸易才可能持续下去。在商贸谈判中往往需要让步、妥协，互信互谅，才有可能达成交易。只有保持国际贸易的可持续性才对双方有利。

经过计算，人民币确实存在着升值空间。人民币有可能遵循小步爬行的策略在近期内逐步升值。也就是说，如果人民币升值 3% ~ 5%，不仅不会导致大量就业机会流失，还有可能改善中国的社会福利。不过，国际金融市场动荡不安，全球通货膨胀预期已经非常严重，人民币的汇率政策也必须随着国际金融市场的态势而随机调整。只要能够知己知彼，就能为中国争取到较大的收益，避免损失。

贸

易

战

篇

第四章　以史为鉴谈制裁

● 经济制裁是处理国际关系的一个手段。经济制裁不是目的，不带有任何意识形态色彩，是政治的继续，其比舆论声讨和外交谈判更有效，但破坏性又不像战争那么强。

● 在 199 次经济制裁当中，联合国和其他国际组织发起的经济制裁共 27 次，占总数的 13.6%。美国共参与 160 次经济制裁。美国主导或参与了 80.4% 的经济制裁。

● 经济制裁，特别是粮食制裁的效果似乎越来越差。根据美国法律，美国政府如要动用粮食制裁，不仅要支付农民的赔偿金，还要等到 270 天以后才能产生效果。历史证明，粮食制裁更能对其使用者而不是其目标对象造成伤害。

第一节 为什么会有经济制裁?

改革开放 30 多年来，中国人逐步摆脱了闭关自守状态下的愚昧，快步走向世界，驾轻就熟地和外国公司做买卖、打交道。人们普遍认识到，国际贸易可以提高资源配置效率，充分发挥比较优势，创造更多的就业机会，更快地富起来。可是，一谈到粮食安全，许多人不由得踌躇起来，万一对方不卖粮食，卡住我们的脖子，用粮食作为要挟的武器，怎么办？正是这种担心使得中国农业改革动作迟缓，在无形中浪费了许多宝贵的资源。因此，我们有必要认真研究一下贸易战和粮食制裁，为进一步推动农业生产结构改革做好理论上的准备。

从鸦片战争以来，中国人总是受帝国主义和殖民主义的欺负。在 1949 年以后中国受到以美国为首的西方世界的经济制裁，在 1959 年又受到苏联的经济制裁。有些中国人一听到经济制裁就非常反感，认为这是帝国主义欺负弱小民族的霸权行径，总担心什么时候外国强权又要通过经济制裁来整我们。一朝被蛇咬，十年怕井绳，在粮食安全问题上尤其如此。对海外的粮食来源始终抱有怀疑，一提到对外开放粮食政策就瞻前顾后、步履蹒跚。

这种心态可以理解，但是并不正确。其实，经济制裁是处理国际关系的一个手段。经济制裁不是目的，也不带有任何意识形态色彩。中国要融入世界，就必须了解什么是经济制裁？取得经济制裁的成功需要哪些条件？在什么情况下对方会发动经济制裁？面对经济制裁应当采取什么对策？在最近 30 多年内，中国并不是总被别人制裁，我们也曾经发起过 3 次经济制裁，有的很成功，有的效果不尽如人意①。中国若要平等地融入国际社会，就得了解贸易战的规则。别人能干的我们也能干。只有把有关粮食制裁的理论和历史案例搞清楚，我们才能坚定信心，扫清进行粮食体制改革的心理和理论障碍。

小小寰球，有200多个国家和地区。由于经济、思想、政治、文化不同，在国际关系中难免会有各种分歧、争端和冲突。在多数情况下，各国和平相处，互通有无，即使有矛盾也大抵上能够做到"井水不犯河水"，相安无事。可是，有的时候矛盾激化，冲突升级，甚至发展到兵戎相见的程度。例如，阿拉伯国家和以色列、南非和莱索托、伊朗和伊拉克由于领土纠纷几度相互厮杀，打得难解难分。或者由于历史恩怨，陷入新的纷争，例如，法国和突尼斯、印度尼西亚和荷兰等。或者由于产权、知识产权、贸易不平等待遇等等经济纠纷闹得翻天覆地。此外，超级大国试图干预别国内政，而对方又不那么听话，往往出现紧张局势。

当一个国家对另外一个国家非常不满意，甚至不可容忍，能干些什么呢？

（1）舆论战。在报纸、电台、电视台或者在公众集会上，由一些作家、记者或政治人物发表文章、演讲，指责对方，表达不满。发展下去会出现民间或官方主导的游行、示威。

（2）外交战。如果舆论谴责达不到目的，必然会在政府层次上进行交涉。当一般性的外交接触解决不了问题时，就会升级为抗议、严重抗议、关闭领事馆、降低外交关系等级、撤回大使，以至于完全中断外交关系。

---

① 1978～1983年因为阿尔巴尼亚领导人猖狂反华，中国发动经济制裁，停止对阿尔巴尼亚的经济援助。1978～1988年为了制止越南侵略柬埔寨，中国宣布对越南禁运。1992～1994年为了反对法国对台军售，中国发动针对法国的经济制裁。

（3）经济战。在外交战的同时也许会出现经济战。挑战的一方发起经济制裁，试图用经济手段表达愤怒，迫使对方改变态度或屈服。

（4）准军事行动。陈兵边界、军事威胁、和他国结成军事联盟、举行军事演习、封锁、颠覆、破坏等等都是表达强烈不满的常用手段。

（5）军事行动。如果一切手段都用过，并且被证明无效，只好动手开打。局部战争或全面战争可能是最后的解决手段。

从舆论战到战争的升级过程可能比较慢，几个月甚至几年，也可能相当快。

在第二次世界大战以前，世界各国之间动武交战相当多。大国欺负小国，强国欺负弱国，不讲道理，说打就打，肆无忌惮。像日本在1931年"九·一八"后侵略中国，希特勒德国在1933年入侵波兰、1941年入侵苏联。

打了两次世界大战，人们学到了许多东西。特别是在核武器出现以后，战争胜负的概念发生了根本性的转变。在核战争中没有胜利者。在冷战结束以后，世界格局发生了重大的变化。为了防止毁灭世界，挑起战争的一方往往会引起世界各国的公愤。人们普遍认识到战争并不一定能够最终解决问题，其代价越来越高。

由于军事行动的代价非常高，如果靠舆论声讨、外交谈判不能解决问题，那么，经济制裁位处中间，必然成为一项政策选择。德国著名的军事理论家克劳塞维兹说："战争是政治以另外一种方式的继续。"① 今天可以这样说，经济制裁也是政治的继续。它比舆论声讨和外交谈判更强，其破坏性又不像战争那么强。

从1914年至2008年，世界上总共发生199次经济制裁。在第二

---

① 引自 Connie Robertson, *The Oxford Dictionary of Quotations*, 3rd., New York, Oxford University Press, 1979, p. 152。

次世界大战之前发生 11 次，平均每年发生 0.44 次经济制裁。在 1945～1990 年冷战期间，爆发经济制裁 116 次，平均每年发生 2.58 次。在冷战结束之后，国际环境趋于缓和，两大阵营的尖锐对立消失了，不再像 20 世纪 50 年代那样剑拔弩张，针锋相对，可是从 1990 年到 2005 年，在 15 年内爆发的经济制裁有 57 次，平均每年发生 3.8 次[①]。经济制裁出现的频率比以往更高。

就在世界走向全球一体化的同时，贸易制裁的数量非但没有减少，反而持续增加。除了美国和苏联这两个当年的超级大国在经济制裁中担当主角之外，发起经济制裁的还有英国、法国、加拿大、中国、印度、澳大利亚等，除了第二次世界大战的战败国日本和德国之外，世界上几乎没有一个大国没有动用过经济制裁。联合国、欧盟等国际组织也都频繁地参与各种经济制裁。

只要还有国家之间的冲突，人们就不会忘记经济制裁。

第二节　199 次经济制裁

以铜为鉴，可以整容；以史为鉴，可知兴衰。

在古代就有贸易战的记录。古希腊史诗记载，为了抗议被绑架 3 名美女，希腊对邻国实行了多年的禁运。在中国历史上也有不少经济制裁的实例。汉朝和宋朝都曾经对北方游牧民族实行粮食和铁器禁运。在清朝末年，昏庸的王公大臣们对外部世界缺乏最基本的了解，居然认为西方各国一日不可没有茶叶，只要中国拒绝出口茶叶，西方列强就会俯首听命。像这样的"经济制裁"只会是一个笑话。

在 20 世纪初期，许多人非常推崇经济制裁，主张用经济制裁作

---

① 哈堡、斯克特和伊留特等人总结了历年来的经济制裁案例，提供了丰富的资料。参见 G. Haufbauer, J. Schott, K. Elliontt and O. Barbara, *Economic Sanctions Reconsidered*, Peterson Institute for International Economic, 2009。

为解决国际纠纷的手段。美国总统威尔森在 1919 年说："经济制裁是和平的、静悄悄的，无须使用武力，但却是击中要害的治疗方法。经济制裁不需要在被制裁国以外支付生命的代价，但是却给被制裁的国家带来巨大的压力。以我的判断，没有一个现代国家可以承受这种压力。"①

威尔森的判断有点道理却不太准确。经济制裁的确可以产生压力，但是，许多国家都能够承受这种压力。由于这种压力不一定能够保证达到预期的目标，所以经济制裁的使用范围受到了挑战。经济学家总结了有史以来的经济制裁案例，发现经济制裁的成功率只有35%左右。因此，应当好好研究，为什么有些经济制裁能取得成功，有些却注定要失败。

让我们看一下将近 100 年来全世界出现过的经济制裁案例（见表 4 - 1）。

表 4 - 1 1914 年以来的经济制裁

制裁时间	发起国（组织）	目标国（地区）	制裁动机
1914 ~ 1918 年	英国	德国	第一次世界大战
1917 年	美国	日本	阻止日本在亚洲实力扩张
1918 ~ 1920 年	英国	苏联	反对苏维埃政权
1921 年	国联	南斯拉夫	阻止南斯拉夫侵占阿尔巴尼亚领土
1925 年	国联	希腊	从保加利亚边境撤军
1932 ~ 1935 年	国联	葡萄牙、玻利维亚	制止战争
1933 年	英国	苏联	要求苏联释放两名英国公民

---

① 转引自 G. Haufbauer, J. Schott, K. Elliontt and O. Barbara, *Economic Sanctions Reconsidered*, Peterson Institute for International Economics, 2009, p.1。

制裁时间	发起国（组织）	目标国（地区）	制裁动机
1935 ~ 1936 年	国联	意大利	反对意大利入侵埃塞俄比亚
1938 ~ 1947 年	英国、美国	墨西哥	反对墨西哥没收私有财产
1935 ~ 1945 年	协约国	日本、德国	第二次世界大战
1940 ~ 1941 年	美国	日本	制止日本侵略东南亚
1944 ~ 1947 年	美国	阿根廷	消除纳粹残余
1946 年至今	阿拉伯联盟	以色列	反对以色列建国
1948 ~ 1949 年	美国	荷兰	要求承认印度尼西亚
1948 年	印度	海德拉巴（印、巴边界）	将海德拉巴归入印度
1948 ~ 1949 年	苏联	美国、英国、法国	阻止西德独立
1948 ~ 1955 年	苏联	南斯拉夫	反对南斯拉夫独立行动
1948 年至今	北约	苏联/俄罗斯	阻止苏联/俄罗斯扩张
1949 ~ 1970 年	美国	中国	朝鲜战争
1950 年至今	美国、英国	朝鲜	朝鲜战争
1951 ~ 1953 年	美国、英国	伊朗	反对伊朗将英伊石油公司国有化
1954 年	苏联	澳大利亚	澳大利亚拒绝引渡叛逃的苏联公民
1954 ~ 1961 年	印度	葡萄牙	要求进口印度产品
1954 ~ 1984 年	西班牙	英国	直布罗陀地区主权
1954 ~ 1974 年	美国、南越	北越	制止北越的军事活动
1975 ~ 1998 年	美国	越南	改善人权，战俘问题
1956 ~ 1983 年	美国	以色列	从西奈半岛撤军
1956 年	美国、英国、法国	埃及	免费通行苏伊士运河
1956 年	美国	英国、法国	要求英法从苏伊士运河撤军
1956 ~ 1962 年	美国	老挝	反对老挝政府

制裁时间	发起国（组织）	目标国（地区）	制裁动机
1957～1962 年	印度尼西亚	荷兰	控制西伊里安
1957～1963 年	法国	突尼斯	支持在阿尔及利亚的独立活动
1958～1959 年	苏联	芬兰	两个亲苏政党没有得到新成立的芬兰内阁席位
1960～1962 年	美国	多米尼加	禁止在委内瑞拉的颠覆活动
1960～1970 年	苏联	中国	意识形态争端
1960 年至今	美国	古巴	古巴向苏联靠拢及将美国炼油厂收归国有
1961～1965 年	美国	斯里兰卡	反对私人财产公有化
1961～1965 年	苏联	阿尔巴尼亚	在莫斯科会议上阿尔巴尼亚公开支持中国
1961～1962 年	西方国家	东德	反对建筑柏林墙
1962～1964 年	美国	巴西	反对私人财产公有化
1962～1994 年	联合国	南非	反对种族隔离
1962～1965 年	苏联	罗马尼亚	限制经济独立
1963～1965 年	美国	阿拉伯联合酋长国	停止在也门和刚果的军事行动
1963～1966 年	印度尼西亚	马来西亚	制止两国争端
1963～1966 年	美国	印度尼西亚	反对苏加诺政权
1963 年	美国	南越	反对南越政府镇压民众
1965 年	联合国	葡萄牙	反对葡萄牙镇压海外非洲地区独立运动
1964～1966 年	法国	突尼斯	反对私人财产公有化
1965～1967 年	美国	智利	反对铜产品降价
1965～1967 年	美国	印度	改变农业政策
1965～1979 年	英国、联合国	赞比亚	种族歧视
1965 年至今	美国	阿拉伯联盟	反对因抵制以色列而对美国公司实行制裁

续表 4 − 1

制裁时间	发起国（组织）	目标国（地区）	制裁动机
1967 ~ 1970 年	尼日利亚	比夫拉	停止内战
1968 年	美国	秘鲁	反对从法国购买飞机
1968 ~ 1974 年	美国	秘鲁	反对私人财产公有化
1970 ~ 1973 年	美国	智利	反对私人财产公有化
1971 年	美国	印度、巴基斯坦	制止在孟加拉的内战
1971 年	英国	马耳他	防务协定
1972 年至今	美国	恐怖主义国家	反对恐怖主义
1972 ~ 1979 年	美国、英国	乌干达	保护人权
1973 年至今	美国	反人权国家	保护人权
1973 ~ 1974 年	阿拉伯联盟	美国	制止美国在犹太人赎罪日向以色列提供武器
1973 ~ 1977 年	美国	韩国	保护人权
1973 年至今	美国	智利	保护人权
1974 年至今	美国、加拿大	核试验国家	反对进行核试验
1974 ~ 1978 年	美国	土耳其	从塞浦路斯撤军
1974 ~ 1976 年	加拿大	印度	反对进行核试验
1975 ~ 1976 年	美国、加拿大	韩国	防止核武器扩散
1975 年至今	美国	苏联/俄罗斯	犹太人定居点争端
1975 ~ 1982 年	美国	南非	防止核武器扩散
1975 ~ 1979 年	美国	柬埔寨	促进人权
1975 ~ 1979 年	美国	柬埔寨	促进人权，制止越南扩张
1975 ~ 1990 年	美国	智利	改善人权，恢复民主
1976 ~ 1981 年	美国	乌拉圭	促进人权
1976 ~ 1977 年	美国	中国台湾	放弃发展核武器
1976 年至今	美国	埃塞俄比亚	保护人权
1977 ~ 1981 年	美国	巴拉圭	保护人权

制裁时间	发起国（组织）	目标国（地区）	制裁动机
1977～1986 年	美国	危地马拉	保护人权
1977～1983 年	美国	阿根廷	保护人权
1977～1978 年	加拿大	日本、欧盟	促进核武器监管
1977～1979 年	美国	尼加拉瓜	反对现政府制度
1977～1981 年	美国	萨尔瓦多（巴西）	保护人权
1977～1984 年	美国	巴西	保护人权
1977～1992 年	美国	埃塞俄比亚	保护人权
1978～1983 年	中国	阿尔巴尼亚	反击反华言论
1978～1981 年	美国	巴西	反对核扩散
1978～1982 年	美国	阿根廷	反对核扩散
1978～1982 年	美国	印度	反对核扩散
1978～1980 年	美国	苏联	反对苏联入侵阿富汗
1978～1983 年	阿拉伯联盟	埃及	退出戴维营谈判
1978～1988 年	中国	越南	从柬埔寨撤军
1978 年至今	美国	利比亚	反对恐怖主义
1979～1981 年	美国	伊朗	反对没收美国财产
1979 年至今	美国	巴基斯坦	反对核扩散
1979 年	阿拉伯联盟	加拿大	反对加拿大将驻以色列大使馆移至耶路撒冷
1979～1982 年	美国	玻利维亚	改善人权
1980～1981 年	美国	苏联	要求苏联军队撤出阿富汗
1980 年至今	美国	伊拉克	反对恐怖主义
1981～1990 年	美国	尼加拉瓜	停止支持萨尔瓦多游击队和颠覆桑地诺政府
1981～1987 年	美国	波兰	苏联的压力导致波兰宣布戒严
1981～1982 年	美国	苏联	取消天然气管道项目

续表 4 - 1

制裁时间	发起国（组织）	目标国（地区）	制裁动机
1981～1982 年	欧盟	土耳其	恢复民主
1982 年	欧洲经济共同体	阿根廷	阿根廷军队在马尔维纳斯群岛登陆
1982～1988 年	荷兰、美国	苏里南	改善人权
1982～1986 年	南非	莱索托	难民问题
1983～1986 年	澳大利亚	法国	在南太平洋试验核武器
1983 年	美国	苏联	抗议击落韩国民用飞机
1983～1988 年	美国	津巴布韦	反美
1983 年	东加勒比海地区	格林纳达	反对奥斯汀政权
1983～1989 年	美国	罗马尼亚	保护人权，放宽移民限制和建立民主选举
1990～1993 年	美国	罗马尼亚	改善人权，放宽移民限制和建立民主选举
1984 年至今	美国	伊朗	结束伊朗和伊拉克之间的战争
1984～1997 年	美国	黎巴嫩	反对扣押人质和解除真主党武装
1985～1994 年	美国	南非	结束种族歧视
1986 年至今	美国	叙利亚	反对恐怖主义
1986 年至今	美国	安哥拉	要求古巴撤军
1986～1999 年	希腊	土耳其	放弃索赔爱琴海岛屿，从塞浦路斯撤军和保护人权
1986 年	法国	新西兰	遣返法国特工
1987～1990 年	美国	巴拿马	反对诺列加政权
1987～1990 年	美国	海地	改善人权
1987～1988 年	美国	萨尔瓦多（巴西）	改变大赦决定
1987～2001 年	印度、澳大利亚、新西兰	斐济	恢复民主和修改宪法来保护少数民族权利
1988 年至今	美国、欧盟、日本	缅甸	改善人权

制裁时间	发起国（组织）	目标国（地区）	制裁动机
1988 年至今	美国、日本、德国	缅甸	改善人权
1988 年至今	美国、英国	索马里	改善人权
1989 ~ 1990 年	印度	尼泊尔	减少与中国的沟通
1989 ~ 1990 年	美国	中国	1989 年政治动乱
1989 年至今	美国	苏丹	改善人权
1989 年至今	土耳其、阿塞拜疆	亚美尼亚	从纳戈尔诺—卡拉巴赫撤军
1990 ~ 1991 年	联合国	伊拉克	释放人质，从科威特撤军
1991 ~ 2003 年	联合国、美国	伊拉克	销毁大规模杀伤性武器，颠覆萨达姆政府
1990 ~ 1993 年	美国	萨尔瓦多（巴西）	改善人权和结束内战
1990 ~ 1993 年	美国、西方国家	肯尼亚	结束政治压迫和建立民主
1990 ~ 1997 年	美国、比利时、法国	扎伊尔	建立民主
1990 年	苏联	立陶宛	撤销宣布独立
1990 ~ 1997 年	美国、沙特阿拉伯	约旦、也门等	执行联合国对伊拉克禁运
1991 ~ 2001 年	联合国、美国、欧共体	南斯拉夫、塞尔维亚	结束在波斯尼亚、克罗地亚的内战
1991 年至今	美国	中国	停止武器扩散
1991 ~ 1992 年	美国	泰国	恢复宪法制度
1991 ~ 1997 年	美国、荷兰	印度尼西亚	在东帝汶改善人权和结束冲突
1999 ~ 2002 年	美国、荷兰	印度尼西亚	东帝汶独立
1991 ~ 1994 年	美国、联合国、美洲国家组织	海地	恢复民主
1991 年	美国、欧共体	苏联	支持恢复戈尔巴乔夫政府
1991 ~ 1995 年	苏联/俄罗斯	土库曼斯坦	提高俄罗斯族的权利

续表 4 - 1

制裁时间	发起国（组织）	目标国（地区）	制裁动机
1991～1995 年	美国	秘鲁	恢复民主，改善人权
1992～1998 年	西非经济共同体、联合国	利比里亚	结束冲突
2000～2006 年	西非经济共同体、联合国	利比里亚	停止在塞拉利昂支持革命联合阵线
1992 年至今	欧盟、法国、德国	多哥	恢复民主，改善人权
1992～1993 年	美国、英国	马拉维	恢复民主，改善人权
1992～2000 年	欧盟、西班牙	赤道几内亚	恢复民主，改善人权
1992～1994 年	欧盟	阿尔及利亚	恢复民主
1992～1998 年	美国	喀麦隆	恢复民主，改善人权
1992～2002 年	美国	阿塞拜疆	结束对亚美尼亚的禁运
1992 年至今	欧盟、美国、德国	柬埔寨	反对红色高棉和建立民主制度
1992～1999 年	俄罗斯	爱沙尼亚	提高俄罗斯族的权利
1992～1994 年	中国	法国	取消对台军售
1992～1995 年	美国	尼加拉瓜	加强控制军队及解决征用索赔
1992～2003 年	联合国	利比亚	引渡嫌疑人潘阿呒
1992～1998 年	俄罗斯	拉脱维亚	提高俄罗斯族的权利
1993～1994 年	美国、联合国	朝鲜	放弃核武器
2002 年至今	美国、联合国	朝鲜	放弃核武器
1993 年	美国、欧盟	危地马拉	停止政变
1993～2002 年	联合国	安哥拉	结束内战和促进民主
1993～1998 年	美国、欧盟	尼日利亚	改善人权，建立民主和停止贩毒
1993 年	美国	苏丹	终止支持国际恐怖主义
1993～1997 年	俄罗斯	乌克兰	承认俄罗斯控制黑海舰队和放弃核武器

制裁时间	发起国（组织）	目标国（地区）	制裁动机
1993～1996 年	俄罗斯	哈萨克斯坦	俄罗斯核安全和军事权利，能源资源
1994～1995 年	希腊	马其顿	变更国家名称
1994～1995 年	希腊	阿尔巴尼亚	释放被捕的希族领导人
1994～1995 年	联合国、美国	卢旺达	停止内战
1994～1998 年	美国、欧盟、日本	冈比亚	恢复民主
1995～1998 年	美国	秘鲁、厄瓜多尔	结束边界冲突
1995 年	欧盟	土耳其	改善人权
1996～1999 年	东非联盟	布隆迪	恢复民主
1996～2000 年	美国、欧盟	尼日尔	恢复民主
1996～1998 年	美国、西方国家	赞比亚	改善人权和宪法改革
1996～1998 年	美国	哥伦比亚	停止贩毒和改善人权
1996 年	美国、南美共同市场	巴拉圭	阻止政变企图
1997～2003 年	联合国、西非经济共同体	塞拉利昂	停止内战
1998～2001 年	美国	印度	报复印度核试验
1998～2001 年	美国、欧盟	南斯拉夫、塞尔维亚	停止在科索沃的暴力活动，颠覆米洛舍维奇政权
1998～1999 年	土耳其	意大利	引渡库尔德工人党领袖
1999～2002 年	美国、联合国	阿富汗	引渡拉登
1999～2002 年	美国、欧盟、法国	象牙海岸	恢复民主
1999～2001 年	美国、日本	巴基斯坦	恢复民主
2000 年	美国	厄瓜多尔	防止政变企图
2001～2005 年	美国	海地	反对党抵制选举
2002 年至今	美国	国际法庭	签署法令支持反恐
2002 年至今	美国、欧盟	津巴布韦	反对镇压内部反对派
2003～2004 年	美国	几内亚比绍	反对政变

制裁时间	发起国（组织）	目标国（地区）	制裁动机
2003～2005 年	美国、欧盟和非盟	中非共和国	反对军事政变
2004 年至今	法国、联合国	象牙海岸	制止内战
2003 年至今	联合国	刚果	制止部落战争
2005 年至今	欧盟	几内亚	推动民主选举和政治改革
2005 年至今	美国、欧盟和瑞典	乌兹别克斯坦	制止政府镇压民众
2006 年至今	美国、欧盟	白俄罗斯	反对竞选舞弊
2006 年至今	美国、欧盟、以色列	哈马斯	放弃暴力和恐怖手段
2006 年至今	俄罗斯	格鲁吉亚	领土争执和敌对言论
2006 年至今	美国、欧盟、澳大利亚、新西兰	斐济	反对军事政变推翻民选政府

资料来源：G. Haufbauer, J. Schott, K. Elliontt and O. Barbara, *Economic Sanctions Reconsidered*, Peterson Institute for Internationd Economic, 2009, pp. 20 - 34.

从发起方来看，在上述 199 次经济制裁当中，联合国和其他国际组织发起的经济制裁共 27 次，占总数的 13.6%。美国作为世界上唯一的超级大国，单独或领头发起了 133 次经济制裁。如果算上参与联合国的经济制裁，美国共参与 160 次经济制裁。换言之，美国主导或参与了 80.4% 的经济制裁。除已经实施的经济制裁之外，美国还对中国、日本、韩国、中国台湾等频频发出经济制裁的威胁。毋庸置疑，在很多情况下美国扮演了国际警察的角色。经济制裁好像已经成了美国手中的一根指挥棒。苏联/俄罗斯先后发起 19 次经济制裁。英国挑起或参与经济制裁 28 次，其中被美国制裁了 1 次。阿拉伯联盟发起了 4 次。

第三节 新千年以来的经济制裁

2000 年以来，全球爆发了 15 次经济制裁。有些经济制裁直到今天还在进行之中。有些经济制裁起源于 20 世纪中叶，拖了几乎半个世纪。有大国制裁小国，也有小国之间的经济制裁。可是，经济制裁，特别是粮食制裁的效果似乎越来越差。即使很小的国家，例如洪都拉斯、格鲁吉亚等国也顶住了经济制裁。显然，这和当初发起经济制裁的期望相差实在太远了。反思这些经济制裁的案例，可以使人坚定这样一个信心，即使经济制裁比战争手段要好一些、温和一些，也未必能最终解决矛盾。当国家和国家之间发生矛盾或冲突的时候，还是坐下来谈判更好。不要动不动就祭出经济制裁的法宝，害人不利己，甚至搬起石头砸了自己的脚。

一　制裁洪都拉斯

2009 年 6 月 28 日洪都拉斯发生政变，民选左翼政府被推翻。美洲国家组织有史以来第一次一致地谴责政变。美国、欧盟都宣布对洪都拉斯实施经济制裁，中止包括军援在内的一切援助。泛美发展银行（BID）和中美洲经济一体化银行（BCIE）切断了与洪都拉斯的联系。世界银行冻结了 2.7 亿美元的援款。洪都拉斯人口只有 750 万，国土面积 11 万平方公里。长期以来，洪都拉斯的经济非常困难，人均GDP 不到 2000 美元，根本就做不到自给自足。在拉丁美洲国家中排名倒数第三。2007 年的进口额是 85.56 亿美元，出口额为 55.97 亿美元。外汇储备仅够满足三个半月的进口。外贸赤字将近 30 亿美元，GDP 只有 130 亿美元。洪都拉斯严重依赖外部贷款，许多基础设施、饮用水工程和农业项目都依靠国际贷款。

2009 年 8 月 3 日，洪都拉斯临时总统米切莱蒂表示，洪都拉斯的粮食库存，包括玉米、大米等等，可以维持全国供应到 2010 年 2 月，甚至 3 月，因此洪都拉斯不会惧怕国际粮食制裁。他还说，部分向洪都拉斯提供粮食的私人企业也表示不会改变基本食物的价格。按理说，对洪都拉斯这样经济非常脆弱的小国实施经济制裁比较容易见效，可是，洪都拉斯政变当局居然还能对抗下去。

二　制裁缅甸

2009 年 5 月 15 日美国总统奥巴马宣布延长美国对缅甸的经济制裁，向缅甸政府施加压力，迫使其释放长期被软禁的反对派领导人缅甸全国民主联盟总书记昂山素季。其实，早在 2003 年 8 月布什政府就宣布对缅甸实施经济制裁。2007 年 9 月，布什政府强化制裁措施，严格控制对缅甸的出口，冻结更多的缅甸政府官员在美国的资产，禁止美国公司或个人与受到制裁的缅甸官员进行商业往来等。尽管经济制裁已经持续 7 年，但至今还没有看到缅甸政府改弦更张的动向。谁都不知道这样的经济制裁能够起到什么作用。

缅甸总理登盛 2009 年 2 月 3 日呼吁联合国致力于解除国际社会对缅甸的制裁，以使缅甸经济能够正常发展。联合国世界粮食计划署警告：一旦加重对缅甸军政府的制裁，有可能伤及广大贫民，必须增加对该国的人道援助。缅甸人口 5700 万，估计有 10% 的民众食物短缺。许多国际组织呼吁增加对缅甸的人道援助。目前的国际粮食援助计划仅能满足紧急需求的 10%。指望经济制裁能起到重大作用的人越来越少。

三　制裁朝鲜

由于朝鲜不顾国际舆论的谴责，悍然进行核试验，2009 年 7 月 16 日，联合国安理会通过决议对朝鲜实施经济制裁：禁止去朝鲜旅行，冻结朝鲜的海外资产，制裁 5 个与研制弹道导弹、核武器和其他大规模杀伤性武器项目有关的企业。美国总统奥巴马 7 月 24 日延长了美国对朝鲜的经济制裁。不过，在联合国制裁朝鲜的决议中并不包括粮食制裁。

根据联合国粮食署统计，朝鲜在 2008 年的粮食产量为 431 万吨，总需求为 540 万吨，缺口 109 万吨，高达粮食产量的 25.3%。2009 年朝鲜人口 2266 万，据说有 870 万人严重缺粮。世界粮食计划署国际粮食援助信息系统（International Food Aid Information System）数据显示，2005 年中国支援朝鲜粮食 57 万吨，韩国供应近 40 万吨粮食，日本提供 4.8 万吨粮食，美国提供 2.8 万吨粮食。

从 2008 年 6 月开始，美国承诺通过国际组织和非政府机构对朝鲜进行 12 个月的粮食援助，总量为 50 万吨。这个援助计划属于人道援助，不管六方会谈结果如何，都会继续进行粮食援助。可是，援助的粮食刚运了三分之一，朝鲜突然宣布拒绝美国的粮食援助，坚持核武器和导弹试验。由此可见，即使在制裁朝鲜的措施中包括粮食制裁也未必能实现预期目标。

四 制裁伊朗

近年来，美国等西方国家多次指责伊朗以和平利用核能为掩护，秘密研发核武器，可是，伊朗死不认账，坚决否认外界的指控。因为伊朗拥有丰富的石油和天然气，伊朗核问题成了国际油价暴涨的主因之一。

由于伊朗坚持核试验，2008 年 12 月，联合国安理会通过了制裁伊朗的第 1737 号决议。美国提出伊朗可能从外部融资用于核计划，甚至资助恐怖组织，要求欧洲各家银行限制或停止与伊朗银行的业务。美国众议院于 2009 年 10 月 14 日通过对伊朗加大经济制裁的议案，禁止对伊朗石油和天然气领域进行 2000 万美元以上的投资，希望以此对伊朗施压。

迄今为止，对伊朗的经济制裁中尚未包括粮食禁运。看起来，大多数国家都明白，如果不让伊朗出口石油，国际油价肯定暴涨。大家都受不了。只要伊朗继续出口石油，手里有钱，粮食禁运就很难实施。既然喊了白喊，还不如不喊。

五 制裁格鲁吉亚

格鲁吉亚位于高加索地区，人口只有 467 万，面积 6.97 万平方公里。俄罗斯的国土面积是格鲁吉亚的 245 倍，人口比格鲁吉亚多 31 倍，GDP 比格鲁吉亚大 102 倍。双方的军事力量天差地别，绝对不成比例。格鲁吉亚在经济上严重依赖俄罗斯。美国标准普尔公司估计，俄罗斯是格鲁吉亚最大贸易伙伴，双边贸易占其进口总额的 16.6% 和出口总额的 11.2%。数十万格鲁吉亚人在俄罗斯境内工作和生活，他们为格鲁吉亚创造的收入占 GDP 的 4.7%。格鲁吉亚出产的葡萄酒闻名全球，每年出口 63 万瓶，其中 90% 销往俄罗斯。最糟糕的是格鲁吉亚的粮食不能自给。从一般常识来说，格鲁吉亚严重受制于俄罗斯。俄罗斯制裁格鲁吉亚，如同泰山压顶，易如反掌。

2008 年 8 月，为了领土纠纷，俄罗斯与格鲁吉亚打了 5 天仗，格鲁吉亚输得一塌糊涂。2008 年 10 月 2 日，俄总理普京主持俄联邦安全会议，决定对格鲁吉亚进行全面交通和邮递制裁。从 10 月 2 日起，单方面中止了两国之间的航空、公路、铁路和海路交通，同时禁止邮递往来。随后，俄罗斯政府禁止向格鲁吉亚汇款。大量在俄罗斯打工的格鲁吉亚人无法给亲人汇钱。俄罗斯还取消了从格鲁吉亚进口数百万美元电气火车零部件的计划。葡萄酒和矿泉水是格鲁吉亚最大的两项出口产品。俄罗斯禁止从格鲁吉亚进口葡萄酒，导致格鲁吉亚的葡萄酒出口量急剧下降 60% 多。根据俄罗斯《消息报》估计，切断交通和通邮使格鲁吉亚遭受 2 亿美元损失，每天损失超过 200 万美元。

在这种高压之下，格鲁吉亚并没有屈服。俄罗斯无法要求世界上其他国家都配合它对格鲁吉亚的制裁。不仅西方国家拆俄罗斯的台，连原苏联的加盟共和国也不肯合作。格鲁吉亚从国际市场上得到了足够的粮食和各种物资。在俄罗斯制裁格鲁吉亚的时候，阿塞拜疆表示要帮助格鲁吉亚，提供更多的天然气和电力。乌克兰继续向格鲁吉亚提供各种武器。俄罗斯火冒三丈，咬牙切齿地发出威胁，谁给格鲁吉亚提供军火就制裁谁，乌克兰只当耳旁风，毫不在乎。葡萄酒商会格鲁吉亚委员会（格鲁吉亚酿酒商联盟）主席莱文说，格鲁吉亚葡萄酒价廉物美，不愁没人买。中国就是格鲁吉亚葡萄酒的一个巨大的潜在市场。只要再过 4～5 年，格鲁吉亚的葡萄酒就能恢复 2005 年的出口量。美国副总统约瑟夫·拜登在 2009 年访问乌克兰和格鲁吉亚，阐述美国鼎力支持这两个国家加入北大西洋公约组织的立场。欧盟对外关系委员瓦尔德纳说："我们希望俄罗斯能尽快解除这些制裁措施，因为制裁不能带来任何结果。只有克制言论和行为，双方关系才能回到正常状态。"

直到 2009 年 12 月，俄罗斯对格鲁吉亚的经济制裁仍在继续。就和当年苏联制裁南斯拉夫一样，虽然来势汹汹，却虎头蛇尾。对于格鲁吉亚来说，只要顶过第一波冲击之后，经济制裁的威力必将逐渐衰弱。俄罗斯连家门口小小的格鲁吉亚都制裁不了，明眼人都能看出：除非直接军事打击，经济制裁不过是虚张声势。

六　制裁科索沃

1999 年 3 月 24 日起北约连续轰炸南斯拉夫联盟长达 78 天。6 月 10 日，联合国安理会通过了政治解决科索沃问题的第 1244 号决议，重申南联盟对科索沃地区拥有主权，要求所有联合国成员国充分尊重南联盟的主权与领土完整。1999 年 6 月战争结束后科索沃由联合国托管。2007 年 7 月，联合国安理会因无法取得共识而搁置了有关科索沃未来地位的决议。2007 年 8 月国际联络小组主持的科索沃未来地位谈判启动。由于塞尔维亚和科索沃双方分歧巨大，谈判未取得任何突破性进展，为期 4 个月共六轮的谈判宣告失败。

塞尔维亚政府宣布，科索沃单方面宣布独立是对塞尔维亚的主权和领土完整的侵犯，因此科索沃独立无效。塞尔维亚政府呼吁联合国所有成员国遵守国际法、联合国宪章和联合国安理会第 1244 号决议，反对科索沃独立。塞尔维亚总统塔迪奇宣布经济制裁科索沃，塞尔维亚与那些承认科索沃独立的国家之间的关系将进入"冷对抗阶段"。世界各国对这个声明无动于衷，只要不开火厮杀，所谓的经济制裁不痛不痒，随便啦。

七　制裁叙利亚

2001 年"9·11"事件后，美国指责叙利亚支持巴勒斯坦伊斯兰抵抗运动（哈马斯），为军火和人员进出伊拉克提供便利。美国多次要求叙利亚关闭哈马斯等组织在大马士革的办事处，叙利亚没有照办。美国非常恼火，把叙利亚列入 6 个"支持恐怖活动国家"的名单。2003 年，伊拉克战争爆发，叙利亚公开支持伊拉克，更让美国忍无可忍。于是，美国布什总统在 2004 年 5 月 11 日签署法令，对叙利亚实施经济制裁。美国的声明说，鉴于叙利亚继续支持恐怖主义，占领黎巴嫩领土，开发大规模杀伤性武器和导弹，损害美国和其他国家为稳定和重建伊拉克所做的努力，因此，美国决定对叙利亚实施经济制裁。制裁内容包括：禁止向叙利亚出口除食品和药品之外的商品，冻结叙利亚在美国的资产，禁止叙利亚民航飞机进入美国领空，限制美国与叙利亚的银行业务往来。美国国务院官员称，尽管美国对叙利亚实施制裁，但美国仍将允许向叙利亚出口民用飞机零部件和通信设备，而且也没有禁止美国公司到叙利亚做生意。2005 年，美国召回驻叙利亚大使，至今未向叙利亚派遣大使。

2009 年 5 月 8 日，美国国务院副发言人伍德宣称，出于对叙利亚在中东地区多种行为、活动的严重关切，美国将继续对叙利亚实施经济和外交制裁。叙利亚政府和民众都表示强烈不满。叙利亚总理说，叙利亚"将一如既往地面对一切试图迫使其改变原则立场的挑战和外部压力"。在伦敦出版的阿拉伯文《生活报》也说，叙利亚在政治和经济上都保持独立，因此美国的制裁不会给叙利亚带来多大影响，相反，对美国来说，制裁的负面影响可能更大。

因为叙利亚和美国的经贸总额每年只有3亿美元，所以美国对叙利亚经济制裁的实际效果十分有限。没有人知道美国对叙利亚的经济制裁还要持续多久，也没有人知道这些制裁能得出什么结果。

八　制裁伊拉克

1990年8月2日，伊拉克出兵入侵科威特，美国随即宣布对伊拉克实施经济制裁。联合国安理会于1990年8月6日通过决议，对伊拉克实施包括石油禁运、贸易和投资在内的全面制裁。1991年1月，以美国为首的多国部队发动海湾战争，迫使萨达姆从科威特撤军。作为对萨达姆政权侵略邻国的一种惩罚，联合国通过专门决议，勒令伊拉克拿出石油销售收入的30%用做战争赔偿。萨达姆桀骜不驯，继续顽抗。

经济制裁给伊拉克人民带来深重的灾难。由于伊拉克连年战乱，农业凋零落后，60%以上的食品依靠进口。长期以来伊拉克依靠石油出口换取外汇，大量进口粮食。一旦遭遇粮食禁运，人民生活将变得极为困难。在长达14年的经济制裁过程中，173.2万伊拉克人因缺医少药和营养不良而死亡，其中近半数为儿童，而5岁以下的儿童比例最高。仅2001年，就有近19万伊拉克人因饥饿或得不到有效治疗而死亡，其中8.4万人不足5周岁。遭受制裁之后，伊拉克没有资金投入教育，适龄儿童的入学率从1980年的67%下降至1994年的53%。海湾战争前，伊拉克曾一度扫除了文盲，而在制裁期间新文盲以每年15%的速度递增。

为了避免平民受到更大的伤害，1995年4月，联合国安理会第986号决议制定了"石油换食品"计划。1997年2月，联合国根据教科文组织制定的人均生存保障线，规定伊拉克每6个月可以出口价值

20 亿美元的石油，其中 72% 用于伊拉克的粮食、药品和人道主义用品；25% 缴给联合国赔偿基金，补偿给海湾战争的外国受害者；2.2% 用于联合国管理该方案的费用，0.8% 作联合国特别委员会（UNSCOM）的行政费用。"石油换食品"计划是联合国在解除对伊拉克制裁前的一项出于人道主义考虑的临时措施。在 2003 年 3 月推翻萨达姆政权后，联合国安理会废除了针对伊拉克的"石油换食品"计划。2003 年 5 月 22 日联合国通过第 1483 号决议，终止了实施长达近 13 年的经济制裁。2009 年 7 月 22 日美国总统奥巴马要求联合国取消 1991 年海湾战争以来对伊拉克所实施的经济制裁。

对伊拉克的经济制裁具备最好的成功条件。可是，平心静气地想想，经济制裁有没有达到预定的目的？毫无疑问，经济制裁给伊拉克人民造成极为严重的损害，可是，如果没有大军杀入伊拉克，萨达姆会下台吗？

九 制裁古巴

在 1959 年，菲德尔·卡斯特罗领导的起义推翻了美国支持的巴蒂斯塔政权，于 1 月 13 日成立古巴共和国。由于政见分歧，美国于 1961 年 1 月 5 日宣布与古巴断绝外交关系，同时实施全面经济制裁。古巴经济相当落后，制糖业是国民经济最主要支柱。大部分食糖出口美国。美国政府双管齐下，一方面从经济上卡住古巴的咽喉，另一方面在 1961 年 4 月 15 日策划古巴流亡分子在猪湾登陆，入侵古巴，试图推翻卡斯特罗政权。古巴向苏联求援，加入社会主义阵营。从此，美国对古巴的经济制裁没完没了，一直搞了 40 多年。

美国政府于 2000 年缓和了针对古巴的经济制裁，允许对古巴出口粮食和医药品。古巴于 2001 年决定进口美国粮食。2009 年从美国进口粮食的金额预计只有 5.9 亿美元，比上年减少 32%。奥巴马政府有可能在其任期内最终结束对古巴的经济制裁。

古巴和美国相比，经济规模、国家实力和发展程度都相差悬殊，古巴在加勒比地区，位于美国"后院"，按理说美国的经济制裁应当迅速奏效，可是，美国人花了半个世纪就是搞不定一个小小的古巴。

十　制裁利比亚

1986 年，利比亚被控制造了柏林迪斯科舞厅爆炸案，造成 3 人死亡，229 人受伤，其中包括 79 名美国人。美国政府随后根据《国际紧急经济权力法》开始对利比亚实施经济制裁。1988 年 12 月 21 日，泛美航空 103 航班在苏格兰边境小镇洛克比上空爆炸，270 人罹难。美英两国指责利比亚制造了这起空难，联合国安理会对利比亚实施了一系列制裁，要求交出恐怖袭击的嫌疑人，停止所有大规模杀伤性武器开发计划。

迫于国际社会压力，利比亚于 1999 年交出了嫌疑犯。之后，利比亚和美英达成协议，利比亚同意向遇难者的家属提供总额达 27 亿美元的赔偿，并表示对空难负责，以此换得安理会终止制裁。2004年 2 月美国取消了长达 23 年的旅游禁令，允许美国公民赴利比亚旅行。4 月，布什政府又宣布解除对利比亚的大部分制裁，允许美国公司到利比亚经商、投资，利比亚的学生也可以到美国留学。美国总统布什于 2004 年 9 月 20 日签署命令，解除对利比亚的全部经济制裁。

制裁利比亚的起因是 2 件涉及恐怖袭击的事件。即使恐怖分子和利比亚有关，冤有头、债有主，尽可通过法律途径追捕凶手。动用经济制裁手段给利比亚民众带来极大的损害，花了 23 年才勉强有个说法，代价未免太高了。

第四节　历史上荒诞的粮食制裁

在有史可考的 199 起经济制裁当中，纯粹的粮食制裁并不多见。

粮食制裁通常是全面经济制裁的一部分，很少单独使用。

历史上最著名的粮食制裁案例是1980年美国对苏联的粮食制裁。

20世纪70年代末，苏联的计划经济几乎走到山穷水尽的地步，体制僵化，效率低下，内部矛盾重重，农业连年歉收，不得不大量进口粮食。1972年与1975年，粮食净进口分别为2100万吨与2500万吨。1979～1980年，由于农业歉收，苏联计划进口3400万～3700万吨粮食，其中从美国进口2500万吨粮食，占其粮食进口计划数量的70%左右。勃列日涅夫集团不思改革，反而穷兵黩武，1979年12月24日，派兵入侵阿富汗，引起全世界一片抗议之声。这种形势似乎为美国粮食禁运提供了极为有利的时机。

美国总统吉米·卡特于1980年1月4日宣布对苏联实施粮食禁运，中断1700万吨粮食贸易的出口合同。1980年1月12日，加拿大、澳大利亚等美国传统盟国纷纷表态，同意参与这次粮食禁运，并保证它们向苏联出口粮食不超过"正常和传统"水平。

卡特政府预期禁运政策将对苏联的饲料供给及肉类消费造成显著的破坏性影响，从而在苏联国内产生压力，迫使其从阿富汗撤军。没有料到，粮食禁运首先使美国农业集团的利益遭受严重损失。它们吵得地覆天翻，迫使国会在1981年12月立法规定，如再次发生粮食禁运，政府将对农民提供赔偿。修订后的《期货贸易法》规定无论实施何种禁运，必须执行在禁运发起前270天内签订的出口合同。这些法规使美国的粮食禁运变得异常困难。

尽管这次粮食禁运声势浩大，可是，事与愿违。卡特总统预言禁运会使苏联肉类消费下降20%，而苏联当年粮食进口高达3120万吨，饲料供给率仅下降2%，对肉类消费并没有产生显著影响。苏联对美国发起的粮食制裁毫不在乎，继续在阿富汗大打出手。

在冷战环境下，苏联政府的意识形态宣传扭曲了真相，苏联老百姓没有获得外部信息的渠道，不可能形成来自于民众的有效压力。在苏联的计划经济体制下，粮价受到政府直接控制。西方的粮食禁运丝毫没有改变苏联的粮食价格，没有直接冲击一般民众的日常生活。

此外，美国过高估计了构筑统一战线的能力，忘记了世界经济的多元性。

阿根廷在禁运一开始就拒绝合作。尽管阿根廷在 1980 年遭灾歉收，但由于苏联愿意支付较高的价格，所以阿根廷削减了对意大利、西班牙、日本、智利等国的出口，卖给苏联玉米、高粱等谷物 450 万吨。利润提高了 25%[①]。

美国的其他盟国虽然都表态参加对苏联的粮食制裁，不过，欧洲盟国、加拿大、澳大利亚只承诺把向苏联出口的谷物维持在"正常和传统"的水平以下。这个水平究竟多高，很模糊。各国阳奉阴违，只要有利可图就绝不放弃任何一笔买卖。澳大利亚在 1979～1980 年期间向苏联出口谷物 430 万吨，其中一部分是在美国发起粮食禁运之后售出的。欧洲盟国在此期间向苏联出口 80 万吨粮食，同比增加 4 倍多。加拿大在 1980 年 2 月向苏联追加销售 200 万吨粮食，在一年期间内销售粮食总量达到 350 万吨，远远超出过去三年的平均量。在 1980 年夏季，加拿大对苏联出口谷物增加到 500 万吨。同年 8 月加拿大与苏联签订每年出口 500 万吨粮食的协议。1980 年 11 月，由于美国与中国签订了长期粮食贸易协定，加拿大认为美国挖了自己的墙角，宣布再增加向苏联出口粮食 210 万吨。从 1980 年 6 月到 1981 年 6 月，加拿大向苏联出口谷物达 680 万吨。卡特政府号召各国制裁苏联，可是盟国在利益驱使下各行其是，美国政府无可奈何，只好睁只眼、闭只眼，原本脆弱的统一战线很快就分崩离析。

---

① 参见 Paarlbeag, R. L. , "Lessons of the Grain Embargo", *Foreign Affairs*, Vol. 59, No. 1, 1980, p. 153。

　　美国没有能力关闭国际粮食市场。卡特政府切断了直接向苏联出口小麦的渠道，却给世界上粮食贸易集团提供了难得的商机。它们通过第三国将粮食转口卖给苏联，从中牟取暴利。其中，西班牙、瑞典和泰国的贸易公司表现尤为积极，获利甚厚。美国人自己也不甘落后，美国最大的几家粮商在海外都有分公司，这些分公司很快就变成了转运站。粮商们以商业秘密为由，绕过各级政府监管部门，将谷物"泄漏"出境，去向不明。据估计，美国流出的谷物高达500万吨。东欧各国原计划在1980年从美国进口1600万吨粮食，禁运开始之后，它们进口的谷物骤然上升到1800多万吨，其中相当一部分被转运去了苏联。美国政府要求所有的粮商申报出口谷物的目的地，却没有办法检查在到达目的地之后是否被转运，更没有办法监督转运粮食的去向。美国监管部门哀叹，只要商船一离开大湖区（The Great Lake）就没有办法监管了①。砍头的买卖有人做，赔本的生意没人干。正是这些粮商把卡特禁运的城墙挖开一个大洞，使得粮食禁运徒具虚名。如何监督、制止和惩罚这些中间商？美国的法律管不了那么宽。按下葫芦浮起瓢，弄得美国政府很恼火。

　　也许是最重要的，美国的粮食禁运直接打击了美国自己的农场主。美国政府突然下达禁令，他们手中的小麦卖给谁？于是农场主联合起来，要求政府给予补偿。美国政府只好花费22亿美元收购农场主无法销售的1700万吨粮食。由于粮仓的容积不够，打下来的粮食没有地方保存，损失难以避免，只好千方百计推销。结果，许多粮食落入投机商手中，通过各种渠道流出。明知道其中有一部分最终流去苏联，可是，没有人愿意认真查处。绝大部分禁运的谷物在1980年夏季就都售出了。卡特的粮食制裁来势汹汹，却扑了一场空，赔了夫

---

① 参见 Gilmore，R.，1982，*A Poor Harvest——The Clash of Policies and Interets in the Grain Trade*，New York and London，Longman，p. 171。

人又折兵。

在 1980 年大选中，共和党的里根猛烈抨击卡特政府的粮食制裁政策，他的理由很有说服力：粮食禁运对苏联这样的大国根本不起作用，反而严重损害了美国农场主的利益。里根许诺一旦当选就结束粮食禁运。毫无疑问，大量农场主的选票转向里根，最终让卡特丢掉了总统宝座。1981 年 4 月，里根入主白宫，几个月后便宣布解除禁运，终结了这次历史上规模最大的、历时 16 个月的粮食贸易战①。

美国农场主要求美国政府赔偿他们在粮食制裁中的损失，里根政府当然不愿意掏钱为民主党政府买单。为了安抚农场主，美国国会在 1981 年 12 月通过一项立法，如果再一次发生粮食禁运，政府必须赔偿农民的经济损失②。同时修订《期货贸易法》，明确规定即使发起粮食制裁也必须执行在此之前 270 天内签订的粮食购销合同。也就是说，如果签了粮食合同，就必须执行。粮食制裁只能管下一年的交易。对于农场主来说，只要他们签了合同，就可以放心种植、收获、销售。政府无权干预他们手中的合同，只不过下一年就别和被制裁的对象签合同了。这两项立法大大提高了粮食制裁的成本，美国政府如果要动用粮食制裁，首先要考虑支付给农民多少赔偿金。其次，即使下决心执行粮食制裁，也要等到下一年才有效。这就完全排除了粮食制裁的突然袭击的可能，给对方提供了相当长的喘息时间，可以安排对策，化解粮食制裁的压力。

非常具有讽刺意味的是，在 1980 年的粮食制裁中苏联是被制裁

---

① 卢锋对俄罗斯遭遇的粮食制裁进行了很有说服力的分析。见卢锋：《我国粮食贸易政策调整与粮食禁运风险评价》，北京大学中国经济研究中心讨论稿，1997 年 8 月。

② 如何计算农民的损失？光这个问题打起官司来，其费用就非常可观。在发展中国家高度分散的农民往往是弱势群体。可是美国农场主协会却是一个非常强势的组织，对广大农户具有很强的号召力，在选举中谁都不敢忽视它能动员的选票。

国，可是，在数年之后苏联又掉过头来制裁别人：1989 年为了阻止立陶宛独立，苏联宣布实行粮食禁运。立陶宛毫不在乎，直接从欧洲进口一些粮食就解决了问题。如果要成功地实行粮食制裁，首先需要把全球粮食的来源都控制起来，说禁运就全面禁运，一颗粮食也不卖。这样的联盟还从来没有出现过。

正如 Gilmore 所总结的，"大量证据表明，使用食物武器的努力更可能危害而不是培植美国的利益。历史已证明，食物武器更能对其使用者而不是其目标对象造成伤害……食物武器已被验证为无效的武器"①。

---

① Gilmore, R., 1982, *A Poor Harvest——The Clash of Policies and Interests in the Grain Trade*, New York and London, Longman.

第五章　剖析经济制裁

● 经济制裁的手段有限制金融、限制进口和限制出口等三种选择。其中，限制出口会干扰或损害本国企业的生产和供销程序，可能导致本国失业率的上升。金融手段制裁对本国经济的损伤最小。

● 经济制裁是以自己的经济损失为代价来迫使对方也承受经济损失，损人不利己。只有非经济因素的考虑大大超过经济因素，经济制裁才会有其用武之地。

● 近年来，经济制裁的频率升高，但成功率只有约35%。1990～2000年期间美国单独发起的经济制裁的成功率只有18.2%。如果只限制出口，成功率为17.9%。限制进口的成功率为20%。同时限制进出口的成功率为25%。如果将金融制裁和进出口制裁结合起来，成功率可以上升到40.3%。

● 最佳的经济制裁方案是：选择那些和本国关系密切的弱国、小国作为经济制裁的对象；谨慎地选择有限的目标；结成最广泛的国际统一战线；加大制裁力度，争取速战速决。

第一节　经济制裁的目的

经济制裁往往有多重目标。首先，施加压力，警告、惩罚被制裁国。其次，对盟国来说是表示遵守诺言，维持威信，显示力量。另外，对于国内来说则表示政府是在积极主动地维护国家利益。在相当多的情况下，平衡国内压力、争取选票是发起对外国经济制裁的主要原因。

截至 2009 年底，全球比较重要的经济制裁有 199 次，经济制裁的目的可以归纳为以下 12 种。

一　在出现重大领土争执时，经济制裁是全面战争的序曲

在 1914 年到 1940 年期间，除了 2 起经济制裁以外，9 起经济制裁都和随后的军事行动有关。在第二次世界大战之前，领土之争不断。希特勒德国和日本都明确地宣示，它们需要更大的生存空间，要求重新划定势力范围。对于法西斯扩张主义而言，任何舆论谴责、外交努力以至于经济制裁都无法阻止战争的爆发。其中 2 起比较成功的经济制裁案例是：1925 年国联用经济制裁的手段迫使希腊从保加利亚撤军，1935 年国联迫使意大利从埃塞俄比亚撤军。其余的经济制裁不过是战争的开场锣鼓。

在第二次世界大战以后，虽然领土纠纷仍然层出不穷，但是出现全面战争的可能性明显减少了。经济制裁被经常使用来阻止对方的军事冒险。例如 1948 年至 1949 年美国用经济制裁迫使荷兰退出了印度尼西亚，1956 年美国迫使英国和法国从苏伊士运河撤军，1960 年美国迫使埃及从也门撤军，1982 年英国制裁阿根廷是为了争夺马尔维纳斯群岛，1990 年联合国制裁伊拉克是为了制止对科威特的侵略。

但是，也有一些不成功的案例：土耳其在 1975 年出兵塞浦路斯，

美国动用经济制裁要其撤军，土耳其就是不撤，硬顶了18年。1980年美国卡特政府为了抗议苏联出兵侵占阿富汗，实行粮食禁运，并且抵制莫斯科奥运会，可是，苏联置若罔闻，依然赖在阿富汗不走。经济制裁没有起到什么重要作用。

二　遏制对方经济增长，削弱对方的军事实力

例如，美国和北大西洋公约组织20世纪50年代对中国、苏联和东欧国家的经济封锁，苏联在1960年对中国的经济制裁等。实践证明，截断国际贸易纽带必然两败俱伤，在阻碍对方的经济增长的同时也给发起制裁的国家带来巨大的损失。至于能否削弱对方的军事实力则另当别论。经济制裁往往火上浇油，促使对方自力更生谋求发展，加剧矛盾双方的军备竞赛。有的时候外部高压反而促进了内部团结。

三　颠覆对方的政权

例如，1960年美国制裁古巴，1948年苏联制裁南斯拉夫和1961年制裁阿尔巴尼亚，1981年美国制裁尼加拉瓜，1987年美国制裁巴拿马等等。如果经济制裁设定的目标太高，往往一事无成。例如，1987年，为了将巴拿马的统治者诺列加赶下台，美国启动了经济制裁。可是诺列加仍然桀骜不驯，顽固对抗。巴拿马就在美国后院，美国这样一个超级大国却连一个小小的诺列加都制不服，最后只好派兵入侵把他活捉了事。事实证明，如果想要人家的命，对方宁肯少吃几口饭，也要挣扎到底。依靠经济制裁来推翻一个相对稳定的政权，这样的案例还很少见到成功的。

四　达到限定的政策目标

例如，1933年英国要求苏联释放两个被冤枉扣压的英国商人，1947年美国要求阿根廷清除纳粹分子，1965年美国要求印度改变农

业政策、要求智利稳定铜的价格。印度在 1989～1990 年发起的经济制裁是为了离间和破坏尼泊尔与中国的友好关系。由于这些经济制裁的目标具体、有限，比较容易实现。

五　没收财产问题

第二次世界大战以后，一大批新兴国家挣脱了殖民主义枷锁，赢得了民族独立。在民族主义的旗帜号召下，为了加速实现国家工业化，许多国家把斗争矛头对准了美国，没收了美国人在当地的财产。这种情绪是可以理解的，但是，这种做法忽视了国际法准则，必然碰壁。美国政府为保护美国人在海外财产而动用经济制裁 9 次。实践证明，在这些冲突中主动挑起经济纠纷的弱国、小国吃了很大的亏，得不偿失。不考虑国际法惯例，轻易没收外国人财产的做法，最终损害了发展中国家自身的利益。近年来这类问题已经很少发生了。

在第二次世界大战以后，经济制裁的目标日趋多元化。特别是在 20 世纪 60 年代以后，经济制裁多被用于试图改变对方的政策，不再和战争威胁相关。

六　反对核武器扩散

在 20 世纪 70～80 年代，美国和加拿大联手，使用经济制裁阻止巴基斯坦、韩国、中国台湾、巴西、阿根廷、印度、南非等取得核武器和核技术。澳大利亚为了反对法国在南太平洋上试验核武器也曾宣布对法国进行经济制裁。这些经济制裁取得了成功。1998 年，西方用同样的手段来制止印度和巴基斯坦进行核试验。南亚次大陆的这对冤家在对峙中打红了眼，根本不予理睬，先后试爆了核武器。西方各国无可奈何。过了几年，为了拉拢巴基斯坦反对恐怖活动，所谓的经济制裁不了了之。

七　反对恐怖活动

恐怖主义滥杀无辜，危害平民的安全，引起了全世界的公愤。有些恐怖活动震惊全球，例如，1972 年恐怖分子在慕尼黑奥运会上制造的流血惨案，在 2001 年劫持飞机撞毁纽约世界贸易中心。反对恐怖主义是启动经济制裁的另一个重要原因。美国政府指责利比亚、叙利亚、南也门、伊朗、阿富汗等国向恐怖活动提供武器和基地，支持、容忍恐怖主义的活动，发起经济制裁，在一定程度上遏制了恐怖主义的活动。

八　维护国际秩序，制止战争

在 1956 年英国和法国为维护产权，派遣军队前往苏伊士运河。埃及强烈反对，在苏联的支持下，战争一触即发。美国为了避免战争，扬言如果英法不撤军就动用经济制裁。在第二次世界大战之后，英法亟待恢复经济，严重依赖美国的援助，在权衡之后英法服从了美国的要求，从苏伊士运河撤军。当安哥拉、卢旺达、塞拉利昂、象牙海岸、刚果等地发生内战或种族屠杀等恶性事件时，联合国在劝说无效之后动用经济制裁，在"胡萝卜加大棒"交替使用的策略下取得一定成果。1999 年伊拉克出兵侵略邻国科威特，联合国立即通过决议对伊拉克实施经济制裁。萨达姆一意孤行，拒绝撤兵，最后还是动用武力才恢复了海湾秩序。

九　反对种族歧视政策

由于南非和津巴布韦的白人政权推行种族隔离和种族歧视政策，在世界上大多数国家的赞同下联合国对南非和津巴布韦实行了长期的经济制裁。这对于改善黑人处境，废除种族隔离制度起到了积极的作用。

十　保护野生动物

例如，台湾有些中药店出售犀牛角和虎骨。美国指责台湾违反了保护野生动物条例，扬言要实施经济制裁。台湾当局只好马上采取措施，严禁使用这些药材。

十一　国际贸易

经济制裁常常被用来当做打开对方关税壁垒的工具。在 20 世纪 80 年代之前，日本在农产品市场和汽车市场上是相当封闭的，关税壁垒和其他非关税壁垒很高。在美日双边旷日持久的谈判之后，美国扬言要对日本进行经济制裁，迫使日本人作出了让步。自 1988 年美国通过《综合贸易法案》以来，美国的出口逆差由 1988 年的 1371 亿美元逐年下降，到 1991 年只有 662 亿美元。美国的大棒确实有些威力。不少国家在经济制裁的威慑下作出了让步。于是华盛顿的一些人士得意忘形，动不动就拿"经济制裁"来吓唬人。

十二　人权和民主问题

为了改善人权状况，美国利用经济制裁压迫苏里南、海地、缅甸、索马里、苏丹等国就范。在 20 世纪 90 年代美国对中国、朝鲜等国都祭起过人权问题的法宝。近年来，人权问题频频触发经济制裁。在 2000 年以来，美国针对海地、津巴布韦、圭亚那、白俄罗斯等国选举舞弊多次实施经济制裁。

第二节　经济制裁的方式

经济制裁的手段有限制金融、限制进口和限制出口等三种选择。

第一，限制资金信贷、金融服务。例如取消经济、军事援助，冻结贷款，冻结或没收对方在本国的资产等等。

第二，限制出口。例如采取许可证等办法限制或禁止原料、能源、粮食、高科技产品、武器出口或实行部分、全面禁运。

第三，限制对方产品进口。通常采用的办法是向对方商品征收惩罚性高额关税、反倾销税，颁发许可证，限制进口数量，以至于全面禁止进口。

限制进口和限制出口的区别很大。

如果限制进口对方产品，通常只要执行惩罚性关税就可以关闭市场大门，使得对方产品难以进入本国市场。海关在自己的国土上，令行禁止，很容易贯彻执行。限制对方商品进口可以削减对方企业的订单，打击对方就业。通过加大对方的失业率破坏其经济增长和政治稳定。实施限制进口的前提条件是本国市场对这些进口商品的依赖度不大，对本土市场的冲击不大，或者比较容易找到替代的进口来源。

如果禁止向对方出口某种商品，必须对本国众多的企业实施管制，这会干扰或损害本国企业的生产和供销程序，甚至要冒增加本国失业率的风险。本国企业往往由于不能按照原计划生产或销售而蒙受损失。禁止出口的前提条件是对方高度依赖这些商品或技术。例如，限制向某些国家出口先进技术或武器装备，其前提条件是发起经济制裁的国家具有对这项技术或武器装备的垄断。如果发起制裁的国家并没有垄断地位，被制裁国家可能转向其他方面取得这类商品或技术。所谓的制裁没有达到打击、限制对方的目的，反而损伤了自己。

在这三种手段中，采取金融手段制裁对本国经济的损伤最小。前提条件是对方资金短缺，急于从外部取得资金。如果应战方严重依赖外部资金，取消贷款或外援可以立即造成很大的冲击。可是，这一招绝对不能用于资金实力雄厚的国家，人家本来就有钱，甚至资金过剩，根本就用不着从外部贷款，宣布对这样的国家实行金融制裁，岂不是个笑话？

第三节　经济制裁的代价

在国际关系中，经济制裁是矛盾双方在经济、贸易上的较量。必然有一方主动挑战，而另一方被动应战。众所周知，国际贸易和金融信贷促进商品和资金的流动，有利于提高全球的福利。虽然，参与贸易的双方不能均等地分享国际贸易所带来的好处，但是，既然是自由贸易，双方一定都有好处，否则，其中的一方完全可以"自由"地退出贸易。经济制裁实际上是挑战方为了达到自己的目的，主动退出了某些特定的国际经济交流，迫使应战方也不得不退出。毫无疑问，经济制裁必然引起对方的反制裁。挑战方和应战方都要付出代价。实际上，经济制裁是以自己的经济损失为代价来迫使对方也承受经济损失。单从经济利益上来说，经济制裁损人不利己。只有非经济因素的考虑大大超过经济因素，经济制裁才会有其用武之地。

经济制裁的成本包括市场份额和市场价格两个方面。

从市场份额来说，在贸易战中挑战方和迎战方一样都要失去对方的市场份额。如果只有两方参与博弈，那么当经济制裁结束以后，双方仍然有可能收回暂时失去的那一部分份额。如果直接或间接参与博弈的还有其他国家，那么在经济制裁结束以后，市场份额将在全球范围内重新分配。在贸易战中失去的份额有可能再也恢复不过来了。

丢失市场份额意味着许多企业没了订单，不得不降低产量，关闭一些生产线，裁减员工，从而导致失业率上升，人民生活水平下降。而失业率上升必然引起国内民众不满，加重社会保障负担。

从市场价格来说，在贸易战中，如果拒绝从对方进口，那么必然要转向从其他国家进口，其商品价格可能更高（否则早就从其他国家进口了）。也就是说国内的消费者将被迫支付更多的钱来维持相同的消费水平。通货膨胀压力上升，削弱了民众购买力。与此同时，由于放弃了原有的出口渠道，为了打开新的市场必然要花费广告和各种营销成本，甚至不得不降低价格，从而导致出口的利润下降。

第四节　经济制裁成功率

经济制裁的结果可以分为三种：成功、不确定和失败。在经济制裁结束后，往往双方都宣称自己取得了胜利，经济制裁成功与否存在着很宽的解释空间。什么叫做成功，什么叫做失败，并没有非常确切的定义。还有许多经济制裁尚未开始，对方就退让了，是否计入经济制裁统计？因此，各家统计数据差异较大也在情理之中。由于经济制裁的目标设定、实施办法区别很大，许多时候经济制裁和其他政治、军事手段结合使用，因此，很难比较准确地评价经济制裁的效果。然而，在研究经济制裁的时候无论如何还是需要一个可行的评判标准。

经济制裁失败的定义比较容易确定：事与愿违，根本不起作用。有许多经济制裁的结果并不明显，或者雷声大、雨点小，最后不了了之。如此制裁也只能定义为失败。

达到预期的目标自然可以定义为成功，可是还需要讨论达到目标所耗费的成本和时间。如果成本很高，或者靠别的手段达到目标，例如动武出兵，或者拖了很久才解决问题（对方更换了政府等），也不能算经济制裁成功。

哈堡（G. Haufbauer）等人花费了很多气力，试图定量分析经济制裁的成本和收益。他们将经济制裁的结果大致分为两类：达到预期目的的经济制裁定义为"成功"，没有达到目的或结果不明确的经济制裁定义为"失败"。尽管他们的划分方法值得推敲和改进，但目前看起来还没有更好的分类方法。

由表 5 - 1 中可见，第二次世界大战之前的经济制裁的成功率达到 43.8%。战后，经济制裁的频率升高，但是经济制裁的成功率在 35% 上下波动。

表 5 - 1　经济制裁成功率

年　　份	成功次数	失败次数	成功率（%）
1915 ~ 1944	7	9	43.8
1945 ~ 1969	16	31	34.0
1970 ~ 1989	23	52	30.7
1990 ~ 2000	24	42	36.4
美国参与的经济制裁			
1915 ~ 1944	3	5	37.5
1945 ~ 1969	14	14	50.0
1970 ~ 1989	13	41	24.1
1990 ~ 2000	17	33	34.0
美国单干的经济制裁			
1915 ~ 1944	0	3	0.0
1945 ~ 1969	10	6	62.5
1970 ~ 1989	8	33	19.5
1990 ~ 2000	2	9	18.2

数据来源：G. Hufbaver, J. Schott, K. Elliontt and O. Barbara, *Economic Sanctions Reconsidered*, Peterson Institute for International Economic, 2009, p. 170。

值得关注的是，美国不仅参与联合国主导的经济制裁，还经常单干。在第二次世界大战之前，美国在世界上的地位并不突出，因此，美国单独发起的经济制裁几乎都没有结果，成功率为零。在 1945 ~ 1969 年期间，相对其他国家来说，美国在经济和军事上的优势极为突出，因此，美国单独实施的经济制裁成功率高达 62.5%。由于世界格局多元化，美国的霸权地位逐渐衰落，单独发起的经济制裁的成功率每况愈下，美国在 1970～1989 年期间单干的成功率只有 19.5%。在 1990～2000 期间，美国单干的成功率更低，只有 18.2%。

哈堡和他的同事们总结了从 1914 年以来的 199 次经济制裁，得出不同制裁方式的成功率（见表 5－2）。如果只限制出口，成功率最低，只有 17.9%。限制进口的成功率为 20%。同时限制进出口的成功率为 25%。如果将金融制裁和进出口制裁结合起来，成功率可以上升到 40.3%。

表 5－2　各种经济制裁方式的成功率

	成　功	失　败	总　数	成功率（%）
金融和进出口	25	37	62	40.3
金融	19	34	53	35.8
进出口	10	30	40	25.0
进口	2	8	10	20.0
出口	5	23	28	17.9

数据来源：G. Hufbaver, J. Schott, K. Elliontt and O. Barbara, *Economic Sanctions Reconsidered*, Peterson Institute for International Economic, 2009, p. 170。

迄今为止，学界对于经济制裁成功率并没有统一的结论。芝加哥大学的罗伯特·佩普认为经济制裁的成功率只有 5%。即使应战国改变了政策，但也并非一定是屈服于经济压力。如果应战国担心遭到入侵或者国内失去控制而作出妥协，可能被误认为经济制裁成功。丹尼尔·德雷茨纳则认为经济制裁成功率可能高于 33%。如果把环保、劳动力标准以及反洗钱等争论都包括进来，每当谈不下去的时候，就有一方发出经济制裁的威胁，最后，双方恢复谈判，达成妥协。威胁并不一定付诸实践，但是确实起作用。例如，20世纪90年代初，以色列拒绝停止在约旦河西岸地区的定居点工程，美国威胁要收回100亿美元的贷款担保，以色列让步了。如果把这些事件都计算在内，经济制裁成功率自然显著提高。

第五节　经济制裁六条戒律

总结历史上199次经济制裁可以得出6条基本"戒律"。在发起经济制裁之前，决策者必须慎重思考。

一　第一条戒律：不要制裁大国

《孙子兵法》说："十则围之，五则攻之。"要取得经济制裁的成功，一定要先掂量一下，对方的经济规模有多大。经济制裁实质上就是围困对方。如果贸易战双方经济规模相差悬殊，己方的经济规模大于对方10倍以上，取得成功的把握比较大。

经济制裁必然给挑战者和应战者都带来损失。是否发动经济制裁，关键取决于双方承受损失的能力。

经济规模在经济制裁中起着决定性的作用。如果一个大国制裁一个小国或弱国，经济制裁所带来的损失，对大国来说可能是九牛一毛，对小国来说可能就是伤筋动骨、大损元气。对于同样的经济损失，譬如1亿美元，对于像智利这样的小国来说可能是一个很沉重的打击，但是对于一个像美国、俄罗斯、中国这样的大国来说，就算不上什么要紧的事情。由于国家大，人口众多，损失被分摊到每一个人头上就显得很少了。显然，大国的承受能力要比小国强。大国制裁小国比较容易获得成功。如果挑战者的国民生产总值比应战者大上10倍甚至100倍，成功的概率比较高。

毫无疑问，如果大国和大国发生贸易战，双方都要付出相当高的成本。好比是在大海上航行的两条船，如果一艘 5 万吨的大船撞上了一艘 50 吨的小帆船，肯定帆船倒霉，大船只不过是挠挠痒痒，没事。如果另一条船是 1 万吨，冲撞的结果就很难说了。1 万吨的船损失严重，5 万吨的船也很危险，说不定两艘船都要沉。

从双方经济规模来看，经济制裁可以分为三类：大国（或国际组织）制裁小国；大国（或国际组织）制裁大国；小国制裁小国。小国制裁大国的案例一个也没有。

小国之间的经济制裁有 3 例：1963～1966 年印度尼西亚制裁马来西亚，1994～1995 年希腊制裁马其顿，1994 年希腊制裁阿尔巴尼亚。这些所谓的经济制裁无非是发泄愤怒，断绝交往，双方混战一场，并没有什么实质性的结果。

1965 年美国制裁阿拉伯联盟，1973～1974 年阿拉伯联盟反过来制裁美国。虽然阿拉伯联盟在经济规模上远不如美国，但是手中有石油、有钱，双方相互制裁，闹腾一场，还得坐下来谈判。没有哪一方在经济制裁中达到目的。

大国制裁大国的案例共 25 起，只有一次成功，其余都失败了。

唯一成功的案例是 1933 年英国对苏联实施的经济制裁。引发经济制裁的理由是英国要求苏联释放 2 名被捕的英国人。也许斯大林觉得不值得为了这点鸡毛蒜皮的小事和英国人翻脸，悄悄地把 2 个英国人放了。

美国对中国实施经济制裁 3 次，苏联经济制裁中国 1 次，全部失败。

美国和西方世界制裁俄罗斯（苏联）9 次，全部失败。

在第二次世界大战之前，国际社会经济制裁德国和日本，全部失败。

经济制裁成功的案例几乎全部是以大制小，挑战方比应战方的经济规模大 10 倍以上。美国近来频频动用经济制裁，其制裁对象大部分是尼加拉瓜、津巴布韦、海地、索马里这样的小国。对于这些小经济体而言，贸易战导致的成本几乎是天文数字，而对于美国来说，无关紧要。

如果能够形成一个统一战线，最好是通过联合国这样的国际组织许多国家一起行动，挑战方的经济规模更大。由于制裁带来的损失被大家分摊了，所以制裁更加容易取得成功。例如，1990年联合国制裁伊拉克，得道多助，伊拉克连气都喘不过来①。

经济制裁最基本戒律是：不要指望通过经济制裁大国而取得成功。

二　第二条戒律：制裁你的朋友

若要取得经济制裁成功，要牢记这条准则：只能制裁你的朋友，在绝大多数情况下，放过你的敌人，因为制裁不制裁都一样。

各国对外贸的依赖度不同，受到的冲击程度也不一样。如果一个国家基本处于闭关自守的状态，或者对外贸易在国民经济中的比重非常小，对其根本就谈不上什么经济制裁。如果一个国家和挑战国之间的经贸往来极少，即使完全断绝外贸联系也无所谓，经济制裁就找不到着力点。

总结经济制裁取得成功的例子就可以发现，美国制裁它的朋友、盟国时最容易取得成功，例如美国制裁日本、韩国、中国台湾，或者制裁和美国有密切经贸联系的拉丁美洲国家，如巴西、萨尔瓦多等得心应手，轻而易举。这些国家（地区）和美国的经贸联系甚多，甚至在长期以来形成了对美国市场的严重依赖。一旦与美国决裂，对这些国家（地区）国民经济的冲击很大。

---

① 1990年联合国经济制裁伊拉克并不能算成功。萨达姆并没有屈服于经济制裁，而是顽抗到底，最终还是军事行动把萨达姆赶出了科威特。

终止援助是最有效的经济制裁手段，只伤害应战国，而对挑战国几乎没有负面影响。对美国来说，主动停止援助，损失很小，可以狠下决心，坚决制裁。受援国如果不听话，就拿不到钱了。应战国在美国的压力下面不得不屈服。在 1956 年由于苏伊士运河之争，美国制裁英国和法国，当时英国和法国在很大程度上依赖美国"马歇尔计划"的援助，不得不低头认输。

朝鲜、越南、蒙古、阿富汗等和美国没有多少经贸往来，美国扬言实施经济制裁，对方毫不在乎，所谓经济制裁岂不是一句空话？在冷战期间，敌对的两大阵营之间几乎没有什么经济往来，提出经济制裁岂非多此一举？

三 第二条戒律：泰山压顶，超过对方的承受能力

经济制裁的另一条基本戒律：别得罪人，否则就得罪到底。攻其不备，出其不意，一次施压，务必超过对方承受极限。

经济制裁一定要选择能够产生重大冲击的项目入手，击中要害。在贸易战中有些部位十分敏感，一旦受到损失，反应非常强烈，有些部位并不敏感，受些冲击也不要紧。对贸易战的承受能力取决于对失业率的敏感程度、受打击产业的集中程度、产业的应变能力、在贸易战中的监督成本以及政治上的稳定程度。贸易战的结局往往取决于双方对损失的承受能力。谁先受不了，谁就会先回到谈判桌上来。

在 1954 年苏联要求澳大利亚遣返几名逃亡者，澳大利亚不予理睬，苏联宣布对澳大利亚实行经济制裁。苏联制裁的内容是拒绝购买澳大利亚的木材。苏联购买澳大利亚木材的数量并不大。对于澳大利亚来说，不买就不买，没有什么了不起的损失。苏联的所谓制裁没有击中要害，等于是一场儿戏。

从目前形势来看，好像只有美国还有可能发动针对中国的经济制裁。别看美国经济实力强大，拥有先进的科学技术，可是在假设的贸

易战中，一方面，美国暴露出来的软肋，或者说敏感部位比较多；另一方面，对中国实施"精确"打击的难度很大。

毋庸置疑，贸易战将增加双方的失业率。如果中国和美国爆发贸易战，就看谁更能承受失业的压力。就算中美双方在贸易战中的损失是10：1——中国丢失100万个工作机会，而美国只丢掉10万个工作机会，按照一般的说法，美国在贸易战中大获全胜，但是让我们看看这一后果对美中双方都意味着什么。

一旦发生贸易战，中国东南沿海地区的许多工厂将因失去订单而减产甚至关闭。必须指出，中国大型国有企业在出口中的比重不大，生产出口商品的主力是遍布各地的中小企业和合资企业。这些部门的工人本来就没有"铁饭碗"。如果在贸易战中农民工丢掉了他们好不容易才找到的工作，自然很伤心、气愤。没事干了，只好回家。中国农村有大量剩余劳动力，如果有一个人外出找到了工作，就成了大家都羡慕的幸运儿。如果他丢了工作，回家之后也只是和其他人一个样，在经济上和心理上都比较容易接受。目前，中国农村剩余劳动力超过1.5亿，再加上100万，变化不大，很快就融入了农村的汪洋大海。中国尚未实行社会保险制度，政府无须向农民工支付失业保险。起码在短期内他们不会直接对中国政府形成巨大的压力。

反之，如果在贸易战中美国的大公司丢了10万个工作岗位，美国政府必须马上向这10万工人发放失业救济金。这是一笔不小的开支。更何况美国各行业的工会绝对不会满足于失业救济，它们会要求补偿，使得美国政府的负担更加沉重。

中国丢失的工作将分散在广大的地区，主要在农村。这些地方不是敏感部位。可是美国方面的损失将集中在像波音、通用、克莱斯勒等几个大企业和小麦农场主身上。这些部门在美国都是些喉咙大、惹不起的老爷。

1996年美国扬言要对中国实施经济制裁，美国贸易代表处的制裁清单上包括电器、鞋子、玩具以及其他中国主要输美产品，产品总值大约28亿美元。美方一下子把手里的王牌都打了出来，希望在声势上压住中方。中方以牙还牙，提出贸易反报复。中方提出了7项反报复措施。报复美方的商品只包括游戏机、烟、酒、化妆品等等，最厉害的一条也不过是暂停受理美国公司在华设立投资公司的申请。美国向中国出口的主要商品：飞机、小麦、计算机、各种机械尚且没有包含在内。中方手里还有不少牌可打。如果中方挺过了第一次冲击波，美方就再没有什么重要的增加压力的手段了。而中方可以一张一张出牌，逐步增加压力。飞机公司、汽车公司的大老板和农场主们会为了自己的利益而奔走，他们会问白宫，有什么理由要他们为这场贸易战付出重大代价？

产业的应变能力决定了敏感度。2008年中国出口商品中初级产品和轻纺产品占47.2%。如果爆发美中贸易战，这两个部门将受到严重的打击。可是，这两个部门都是劳动力密集型工业，资金投入和技术要求不高，容易转产。丢失了美国的订单之后，可以转行生产别的东西，或者转向别的国家出口。中国国内市场规模巨大，增长迅速，还可以吸收相当一部分产品。美国对中国出口的主要是飞机、计算机等高技术产品和小麦等农产品。生产飞机的工厂绝对不可能生产玩具。如果不能出口中国就非减产不可，没有多大的回旋余地。

在贸易战中，美中双方的信息不对称。美方的监督成本要远远高于中方。中国向美国出口的商品，例如家用电器、工具、衣服、鞋子、玩具等等，五花八门，品种成千上万。其中许多是港商、台商以及外资企业独资或合资生产的商品。小商品容易转产，其原产地很难鉴别、监督。美国政府一网下来必然会打到几条鱼，但是，漏网的小鱼小虾必定不少。可是，要鉴别波音飞机、美国小麦就太容易了，一打一个准，闭着眼睛也错不了。

另外，政治上的稳定程度在相当大的程度上决定了双方的承受能力。如果应战方国内已经是矛盾重重，处在不稳定的状态，那么，从外界稍稍施加些压力就有可能引起变化。如果应战方的政治结构十分稳定，经济制裁可能适得其反。外来的压力反而唤起了民族意识，加强了国内的团结，增强了抵抗的能力。

别看美国某些议员气壮如牛，喊得很凶，若真要开打贸易战，仔细算算，美国的承受能力未必强过中国，还是不打为妙。

四　第四条戒律：贪多嚼不烂，选择有限的目标

不要把经济制裁的目标定得太高，不要过高估计经济制裁的作用。

如果引起争执的题目不大，经济制裁比较容易达到目标。例如，1933 年苏联的克格勃抓了两个英国公民，英国屡次抗议不果，扬言要实行经济制裁。苏联正面对着世界大战的威胁，整军备战，比较一下利弊得失，不声不响就把人放了。

经济制裁不是万能的。经济制裁只能达到有限的经济和政治目标。如果经济制裁选择的目标是置对方于死地，这样的经济制裁很难达到预期目标。例如苏联在 1948 年制裁南斯拉夫，明摆着要铁托的命，当然，铁托要抵抗到底了。其结果，斯大林什么好处也没有捞到。

五　第五条戒律：铁壁合围，结成统一战线

经济制裁就像围城一样，要围就得围个水泄不通，使守军弹尽粮绝，不得不降。半围半不围，还不如干脆不围。在发动经济制裁之前就要好好盘算清楚，能不能断绝应战方的外援。为此，必须结成最广泛的统一战线，杜绝替代可能性。最好是请联合国通过一项法案，让世界各国都参加制裁。

当苏联在 1948 年开始经济制裁南斯拉夫的时候，南斯拉夫和苏

联之间的进出口量占南斯拉夫贸易总额的 50% 左右。在经济制裁的初期，南斯拉夫的确遇到了许多困难。据南斯拉夫称在 1948 年到 1954 年期间，南斯拉夫由于苏联的经济制裁所造成的经济损失高达 4 亿美元。不过，苏联的经济制裁迫使南斯拉夫把贸易转向西方。到了 1954 年，南斯拉夫和西方的贸易占了其对外贸易额的 80%。铁托从西方各国得到了更多的贸易信贷和援助。据一些西方经济学家的统计，在这段时间内，南斯拉夫"失于东墙，得之西隅"，实际上净收益 1.87 亿美元。苏联制裁南斯拉夫不仅没有达到预期的目的，反而帮了铁托的忙。

美国在 1960 年要制裁古巴，按理说，以大凌小，像泰山压顶一般，没有不成功的道理。哪知道，"一报还一报"，苏联伸了只手进来，古巴要什么就给什么，经济制裁只好不了了之。

阿拉伯国家联合起来制裁以色列，可是美国却给了以色列大量的援助，从而化解了经济制裁的压力。阿拉伯世界对以色列的经济制裁直到今天还只是徒具虚名。

通常挑起经济制裁的一方必须要好好考虑一下，是不是能够组成一条统一战线？这条统一战线可靠不可靠？如果久攻不下，师老兵疲，统一战线有可能被瓦解，使得经济制裁难以为继。

六　第六条戒律：速战速决

只有在最短的时间内给对方以沉重的打击，在对方国内产生巨大的冲击，经济制裁才有可能产生效果。所以挑战方最好把所有的牌一次都打出去，"添油"式的战术是不起作用的。拖的时间越久，经济制裁的效果就越差。

另一个方面，如果经济制裁拖的时间太长，挑战方自己家里有可能出现反对的声音，反对的力量将逐渐积累起来，到了一定的程度，将使得经济制裁的计划落空。

从以往经济制裁案例来看，凡是成功的制裁都是在几个月内解决问题，凡是拖的时间较长的经济制裁都失败了。

如果实施粮食制裁，必须在第二个收获期之前见效。对于应战国而言，只要能够坚持到第二个收获期就可以从容调整农业生产结构，扩大粮食播种面积，减少对进口粮食的依赖程度。尽管粮食制裁依然存在，人家已经能做到口粮自给自足，所谓粮食制裁不过徒具形式而已。

总而言之，最佳的经济制裁方案是：选择那些和本国关系密切的弱国、小国作为经济制裁的对象；谨慎地选择有限的目标；结成最广泛的国际统一战线；加大制裁力度，争取速战速决。

第六章　美中贸易战推演

● 爆发美中贸易战，中国肯定是输家。美国也将是一个大输家，很可能美国比中国输得更惨。

● 美国人只想赢，没有想过输，而且特别输不起。在美中贸易战中真正的赢家是不参加贸易战的日本、欧盟和其他国家。美国在经济上真正的对手是欧盟、日本，而不是中国。如果美国发起一场针对中国的贸易战，其结果只能是加速美国经济霸权地位的衰落。

● 在贸易谈判中退缩、妥协都是必要的。但是，要告诉对方退让的底线。制止贸易战的关键在于让美国的右翼势力知道贸易战对他们自身的损害，不要轻举妄动。

● 在过去几年里，美中贸易关系曾经几度临近贸易战的边缘，又几度有惊无险，握手言和。事实证明，双方在摸清对方的底线之后，都能够理智地采取合理的对策。有点冲突很正常，天塌不下来。

第一节　爆发美中贸易战的可能性

经济制裁像个幽灵，几十年来一直在中国人头上徘徊。

就像 19 世纪英国人看不惯美国崛起一样，对于中国的复兴，有些美国人看在眼里，别扭在心中，横挑鼻子竖挑眼。美国有些议员或者工会领袖动不动就吆喝制裁中国。美国政府的一些官员也经常敲敲打打，好像没有动用经济制裁是对中国的宽容。美国议员为了争夺选票，吸引选民的注意力，千方百计地制造一些耸人听闻的话题，扬言要经济制裁中国就是最常用的一招。他们也许以为经济制裁就是让中国吃些苦头，而美国无须付出代价，即使有点代价也是鸡毛蒜皮，无关紧要。奥巴马政府上台以后，美国方面好几次紧锣密鼓，叫嚷对华经济制裁。

2009 年 9 月 11 日，奥巴马宣布对中国轮胎实施三年惩罚性关税。

在轮胎特保案之后，美国政府频频出招。2009 年 10 月 28 日，美国商务部宣布对中国钢格栅板、钢绞线分别加征 7.44% 和 7.53% ~ 12.06% 不等的关税。此后，美国国际贸易委员会认为，中国输美无缝钢管对美国产业造成实质损害。11 月 3 日，美国商务部通过对中国金属丝网托盘产品作出反补贴初裁，征收 2.02% ~ 3.13% 不等的关税。11 月 5 日，美国商务部认定中国输美油井管产品存在倾销，反倾销税率高达 99.14%。11 月 6 日，美国国际贸易委员会初步裁定，对从中国和印度尼西亚进口的铜版纸，从中国进口的焦磷酸钾、磷酸二氢钾和磷酸氢二钾征收"双反"关税。

2009 年以来，美国对中国产品共发起 10 起反倾销和反补贴合并调查、2 起反倾销调查和 1 起特保调查，涉及轮胎、禽肉、铜版纸、油井管等多种产品。

"山雨欲来风满楼。"

究竟中国和美国之间会不会爆发一场贸易战？

不知道。

谁都不知道将来会不会出现像希特勒、东条英机那样的疯子。第二次世界大战之后，许多德国人和日本人怎么也想不明白，希特勒怎么敢打完法国之后马上掉头进攻苏联；日本法西斯已经陷在中国的抗战之中无法脱身，却胆敢袭击珍珠港，挑起太平洋战争。说不定什么时候又冒出几个狂妄自大、目无一切的疯子，干些惹火烧身的蠢事。在这些疯子周围也许有不少智商极高的政治家、科学家和经济学家，可是很少听见洞察局势的真知灼见。

美国曾经屡次三番威胁要制裁中国，类似的版本上演过多次，今后大概还要继续演下去。美国人动用经济制裁，整了张三整李四，上了瘾。岂不知，唯独中国整不得。与其费神瞎猜还不如在沙盘上推演一下，如果爆发贸易战会打成什么样子。有必要帮美国人好好算笔账，只有给那些狂人当头泼上一盆冷水，才能让他们清醒一点。

第二节　非不为，不能为

中国和美国的社会制度不同，文化背景差异很大，近年内在经济利益上发生了一些冲突。其实，美国朝野很清楚，两国之间没有根本利益冲突，也没有领土纠纷。中国是一个拥有 13 亿人口的大国，世界上没有一个国家能够有效地占领和统治中国。中美双方都是核大国，拥有足以摧毁对方的武器。在可预见的将来，在美国和中国之间不存在全面军事冲突的可能性。

在历史上美国曾经先后 3 次经济制裁中国，3 次都以失败告终。不过，美国有些人记吃不记打，自我感觉特别良好，总以为自己是唯一的超级大国，动不动就扬言要制裁中国。有位美国官员说：如果爆发美中贸易战，中国肯定是输家①。他的话没有错。倘若丢失美国市场，中国肯定损失惨重。不知道为什么这位先生没有提到，美国在这场贸易战中也将是一个大输家，很可能美国比中国输得更惨。

取得经济制裁成功的基本条件有：①不要制裁大国；②制裁你的朋友；③制裁强度超过对方承受的极限；④选择有限的目标；⑤结成统一战线；⑥速战速决。使用上述准则来判断，美国如果发动制裁中国的贸易战，犯了兵家大忌。

第一，实施经济制裁的最基本的准则是不要制裁大国，特别是不要制裁和自身经济规模相差无几的大国。违背了这项基本准则，就会搬起石头砸自己的脚。

按照购买力平价，在 2008 年美国的 GDP 是 14.26 兆美元，中国是 7.97 兆美元②。中国经济规模是美国的 56%。实际上，这个估计偏低。主要原因是中国的服务业被严重低估了。在全世界 180 多个经济体中，高收入国家服务业占 GDP 的比例在 70% 以上③，中等收入国家的比例为 60%~70%，穷国的比例为 55%~60%。服务业占 GDP 的比重随着人均收入的增加而上升。世界上最穷的国家，例如津巴布韦，服务业占 GDP 的比例为 59.3%。中国服务业占 GDP 的比重只有 40.1%，难道中国的经济发展程度还不如世界上最穷的国家？显然，这不是事实。因为中国个人所得税的征收方法与其他国家不同，所以在统计 GDP 的时候漏掉一大块。众所周知，全国家政服务人员（"小保姆"）超过 2000 万人，可是有哪一位报过个人所得税？此外还有许多服务业都没有被包括进 GDP，而类似的服务在其他国家毫无例外都统计进了 GDP。倘若将中国的服务业比重调整到 45% 或者

①　参见美国商务部副部长艾森斯达于 1996 年 5 月 16 日在美国国会的讲话。
②　数据来源：CIA，*World Factbook*，2009。
③　美国服务业在 GDP 中的比例为 79.6%。

50%，中国经济规模可能相当于美国 GDP 的 70%[①]。

若要取得经济制裁胜利，挑战方的经济规模起码要比应战方大 10 倍。中国和美国的经济规模相差不到一倍，如果中国和美国爆发贸易战，就像两艘巨轮在海上相撞，无论大小，哪一条船都吃不消。

如果开打贸易战，双方都有损失，不过，中国有 13.38 亿人口，美国人口 3.07 亿，中国是美国的 4.36 倍。由于中国人口基数大，哪怕贸易战的损失再大，分摊到每个人的头上也就不那么吓人了。

第二，美国市场对中国来说非常重要，但是远远没有达到致命的依赖程度。2008 年美国和中国的货物进出口总额 3337 亿美元，中美贸易只占中国进出口总额 25616 亿美元的 13%，和美国的盟国，例如日本、韩国相比，中国对美国市场的依赖程度并不高。近年来，中国对外贸易实现分散化、多元化，进一步降低了对美国市场的依赖度。

第三，很难组成制裁中国的统一战线。若要制裁一个大国，必须要结成广泛的统一战线。中国是联合国安理会常任理事国，具有一票否决权。想让联合国通过经济制裁中国的决议岂不是白日做梦？中国和大部分发展中国家保持良好的双边关系，相互支援帮助，想离间中国和发展中国家之间的关系绝非易事。

其实，即使美国的盟友也未必愿意跟在美国后边和中国作对。美国和中国的经济结构有着巨大的差别，两国在产业结构上互补多于竞争。美国在技术密集型和资本密集型产品上有很强的比较优势，中国

---

① 由于中国的税收制度的局限，服务业的数据被严重低估。如果对服务业数据进行必要的校正，中国的 GDP 数据可能要增加 20% 左右。详见 Xu Dian-qing and Christer Ljungwall，"What's the real size of China's economy"，*China Economic Journal*，Vol. 1，No. 1，2008，pp. 97 – 105。

在劳动力密集型产品上具有比较优势。中国刚刚开始制造大飞机，在短期之内没有能力和美国竞争，但是美国人要生产鞋子、玩具，肯定不是中国企业的对手。欧盟、日本的经济结构和美国比较相似，竞争性大于互补性。在经济上美国人的真正的竞争对手不是中国，而是欧盟和日本。如果美国要制裁中国，欧盟、日本会不会合作？很难说。即使在开始的时候勉强搞个联盟，要不了多久就会各怀鬼胎，分崩离析。西欧、日本在不景气中已经挣扎了好几年了，巴不得获得更大的市场。如果美国拒绝向中国出售波音飞机，欧盟马上就会把空中客车（Air Bus）送上门来。美国政府能禁止欧盟和中国做生意吗？想都别想。如果让欧盟和日本取得了中国这个巨大的市场，美国经济必然在竞争中处于劣势，逐渐丧失世界经济中的龙头地位。在前两次世界大战中，美国人远离战场，发了大财。现在，美国人再笨也不会把自己陷在贸易战中而把生意送给别人。

第四，中国的承受能力特别强，稳定程度非常高。中国在历史上受过美国的经济制裁，也受过苏联的经济制裁，磨炼出了超强的承受能力。在1950年，中国一穷二白，几乎什么都没有，面对美国的经济封锁，毛泽东说："封锁吧，封锁十年八年，中国什么问题都解决了。"从那个时候开始，中国关起门来，自力更生，建设了一套独立自主的经济体系。虽说这套体系有许多缺点，却可以独立运行。至今中国经济依然保留着这套体系的许多特点，具有很强的自我调整能力。

中国和美国的政治体制很不一样。美国有民主党和共和党两党制约。如果民主党惹了祸，客观上就帮助了共和党，"你方唱罢我登场"。金融危机爆发以来，美国经济萧条，2009年11月，美国的失业率突破10%，创25年最高纪录，一片怨声。如果美国发动对中国的贸易战，在民主党手上再丢掉10万个工作机会，奥巴马就很难在白宫住下去了。

第五，如果美国一意孤行，禁止中国商品进口美国，必然大大提高其国内价格水平，损害美国消费者的利益。例如，中国生产的折叠伞在美国"廉价商店"中只卖一美元。如果美国拒绝进口中国雨伞，只好进口印度生产的雨伞。由于印度生产一把雨伞的成本比中国几乎贵一倍，拿到美国来卖，售价至少要增加50%①。制裁中国的结果是美国人需要多花不少钱，却得不到就业机会。这样损人不利己的事情，还是别干为妙。

第六，发动对中国的经济制裁能不能速战速决？绝无可能。美国在1950年、1989年和1991年先后三次发动针对中国的经济制裁。特别是1991年针对武器扩散对中国实施经济制裁，有谁知道这次制裁是在什么时候启动，什么时候终止？经济制裁中国往往有始无终。拖到最后，不了了之，压根就别谈什么速战速决。

第三节　斗鸡博弈及中美双方的选择

美国政府把贸易制裁当做一个威慑工具，按照他们以往和日本人、韩国人打交道的经验，美国上层有相当多的人相信，只要美国摆开经济制裁的架子，中国人就会妥协让步了。这是一个非常严重的误解。

虽说美国的经济规模大于中国，但是相差的程度还不到一倍，无论贸易战打成什么样子，谁都吃不掉谁。这种贸易战在对策论中被称为"斗鸡博弈"（Chicken Game）。在斗鸡之前，两只鸡都气势汹汹，

---

① 中国生产雨伞的平均成本只有0.37美元。尽管中国平均工资比印度高2.2倍，可是劳动生产率却高3～4倍，因此，中国生产雨伞的平均成本低于印度。参见徐滇庆等著《终结贫穷之路——中国和印度发展战略比较》，机械工业出版社，2009。

怒视对方。实际双方都明白，斗的结局只能是一地鸡毛，两败俱伤①。

在斗鸡博弈中，双方都有可能前进和后退，双方的决策构成了一个两维矩阵（见表6－1）。

表6－1 中美博弈矩阵

		中方	
		前进	后退
美方	前进	贸易战	美方获胜
	后退	中方获胜	重开谈判

参与博弈的最终目标是谋求本身的最大利益。最理想的结果是本方前进而对方退却，不战而胜。所以，在博弈开始的时候挑战方一定要咄咄逼人，虚张声势，威胁恐吓，希望对方不敢接招，落荒而逃。在一般情况下，斗鸡博弈的前期周旋时间比较长。紧锣密鼓，看起来很热闹，实际上双方都在摸底。假若挑战方使出全部手段，也没有把对方吓倒，最终摸清了对方其实无路可退，为了避免较大的损失，最佳策略就是后退。

对于应战国而言，需要冷静判断局势。如果后退的损失并不大，不妨妥协求和，退几步。如果后退的损失太大，难以承受，或者担心对方得寸进尺，穷追不舍，应战国只好硬着头皮，准备迎战。但是，一定要准确地将信息传递给对方：本方让步到此为止，实在无路可退，请勿逼人太甚，否则哪怕玉石俱焚，也只好奉陪到底。切忌抱有幻想，以为只要讲几句软话就可以息事宁人。切忌举棋不定，好像还

---

① 参见尹尊声、姜彦福：《技术管理：开发和贸易》，上海人民出版社，1995，第220～224页。

有退却的余地。如果传递的信息不清晰，只会鼓励挑战方变本加厉，最终使得局势失控。最糟糕的状况是应战国的信息模糊不清，挑战方错误地以为对方非退不可，于是在急切间击鼓前进，结果是混战一场，遍体鳞伤，惨况空前。挑战方认为应战国可能后退是两大经济体贸易战的必要条件。

为了便于描述，我们给四种结局分别赋予数值（见表6－2）。例如：如果双方让步，大家各自找理由下台阶，重开谈判，不赢不输，把中方得分记在前，美方得分记在后，可写为（1，1）。美方坚持不让步，而中方让步，则美方获胜，中方输1分，美方赢2分，记为（－1，2）；如果中方不让步，而美方让步，则中方获胜，记为（2，－1）；如果双方都不让步，真刀真枪地在国际贸易舞台上拼个你死我活，双方的损失都很大，记为（－2，－2）。

表6－2　中美博弈计分

		中方	
		前进	后退
美方	前进	（－2，－2）	（－1，2）
	后退	（2，－1）	（1，1）

假定美方挑战，选择进攻，在表6－2内是第一行，那么，中方面临着应战（前进）或妥协（后退）两种选择。中方会不会让步呢？这就要看双方争执的焦点在哪儿了。拿知识产权问题为例，中国在谈判中一直保持"哀兵"的低姿态，作了许多让步。为了呼应美方的要求，中国加紧立法、执法，在全国范围内展开打击盗版活动。中国政府的态度是明确、积极的，行动也颇有些效果。人所共知，中国正处在经济改革过程中，在改革中两种体制并存，难免法制不那么健全。要在群众中建立保护知识产权的观念还需要相当长的教育过程。侵犯

知识产权的问题在许多发展中国家都没有得到解决，对中国也不能强人所难。美方提出的一些要求已经超出了经济范畴，中方难以接受。也就是说，中方要退也没有什么地方好退。

美国是挑战方，击鼓前进，意图就是把中国压得后退，从而获得贸易战成功，取得 2 分。如果中方明确地宣布，退到一定限度之后不会再退，也就是说，坚决实施报复，贸易战逐步升级，全面开打。在这种状况下中方损失 2 分，美方也损失 2 分。显然，美国挑起贸易战的目的不是为了遭受严重损失，只要美国确认中方不可能再后退，必然放弃前进。

在这场对抗中，美方是进攻方，有决策主动权。如果美方改变策略，在表 6 - 2 中从第一行转到第二行。中国有两种选择：前进或后退。由于中方是被迫应战，既没有进攻的愿望，也没有可以用来进攻的王牌，不存在着主动前进的可能性。如果美国放弃进攻，中方必然也放弃反报复措施，重新开始谈判。美国放弃贸易战在经济上不会遭受什么严重损失，最大的障碍是面子上有点过不去。好在美国每四年一次大选，历来白宫的新主人都毫不含糊地修正上届政府的错误。丢人的事又不是自己干的，改正错误恰恰显出新政府的英明正确。

所以，只要中方给出非常确切的信息，这场博弈只有两种选择：在美方前进时中方也前进，或者美方后退时中方也后退。双方都前进，打一场焦头烂额的贸易战，双方都丢 2 分。双方都后退，重开谈判，双方各得 1 分。如果美方得到这个确切的信息，摸清对方的底牌，在 - 2 和 1 之间，当然选择 1。

第四节　美国的逻辑：只想赢，输不起

中国和美国的贸易战能不能打起来，还要看双方在对待重大国际冲突的基本逻辑。

从总体上来看，美国政府决策的基本逻辑是会不会赢。美国政府

很少做亏本的生意。在第二次世界大战中，在日本联合舰队轰炸珍珠港之前，美国死活不肯投入太平洋战争，吃了大亏之后才改变策略。在海湾战争中，布什政府成功地阻止了伊拉克的侵略，赢得很漂亮，可是谈起军费来，非要世界各国均摊不可，一副小家子气，谁说美国人的算盘不精？

在贸易纠纷中，美国人财大气粗，赢了还想赢得更多，常常是主动进攻的一方。在和中国的贸易冲突中，美国政府犯的一个最大的错误是过低估计中方的抵抗能力和决心。也许美国政府根本没有认识到，在被迫应战的情况下，中国决策的基本逻辑是输得起还是输不起。

在历史上美国人就犯过类似的错误。20世纪50年代初期，杜鲁门政府介入朝鲜内战，战火烧到了鸭绿江边。美国政府得意忘形，置中国政府的警告于不顾。他们一厢情愿地认为，中国政府在内战刚刚结束之际不可能再投入朝鲜战争。当时中国的领导人毛泽东、周恩来在研究是否出兵朝鲜的时候，最好的估计是小打，在三八线停战；最坏的估计是大打，在朝鲜打不过美国佬，退到中国境内继续打。抗美援朝的决策基本逻辑就是中国输得起。只要输得起，中国就敢打。中国领导人早就看出来，打到最后，只要美国人输不起了，双方就可以坐下来谈判。

在当前国际贸易关系中，仍然是美国强而中国弱。在美中贸易冲突时，美国咄咄逼人，是攻方，中国被动应战，是守方。在预测贸易战的时候，务必注意到，美国人只想赢，没有想过输，而且特别输不起。

和中国打一场贸易战，肯定要拖下去，双方都会有相当大的损失。对美国人来说，在这场贸易战中"赢"的定义是什么呢？除非中国方面无条件退步求和，美国或许能在贸易战之后在中国取得更大的市场份额，除此之外，美国在贸易战中得不到什么实惠。如果中国人不肯缴械投降，美国几乎没有任何"赢"的希望。2008年中美进出口贸易总额高达 3337 亿美元，即使对于美国这个经济巨人来说也不是一个小数字。一旦贸易战开打，美国难免也要失去几万个工作机会。失业者会抱怨，为什么要让他们付出牺牲？更何况，中国这个巨大的潜在市场对美国企业界具有极大的吸引力。如果贸易战开打，美国商品会失去进入中国市场的机会。许多企业家会质问政府，中国又不会威胁到美国的安全，为什么他们需要为此付出代价？美国只要输掉一点，国内就会吵翻天。美国的经济、军事力量是强大的，也许不会输在商场和战场上，但是美国一定会输给自己。

在美中贸易战中真正的赢家是不参加贸易战的日本、欧盟和其他国家。在未来 10 年、20 年内，美国在经济上真正的对手是欧盟、日本，而不是中国。如果美国发起一场针对中国的贸易战，其结果只能是加速美国经济霸权地位的衰落。比较得失，为中美双方计，既然发动贸易战损人又不利己，何必鹬蚌相争，徒令渔翁得利？关于这一点，白宫和中南海都看得很清楚。

第五节　轮胎特保，投石摸底

奥巴马政府上台伊始，丢个石头试水深。2009 年下半年出现的"轮胎特保案"以及其他的贸易制裁就是丢出来的石头，试探中方的底线在哪里。

在 2008 年的美国总统大选中，奥巴马为了取得工会势力的支持，多次阐明他的贸易政策：第一，未来的贸易协定必须包括可以有效执行的劳工标准和环境标准条款；第二，加大落实现有贸易协定的力度，确保对方兑现承诺，开拓美国出口市场、保护美国产业工人的利益；第三，贸易政策必须服从美国整体战略，争取从经济全球化中获得更大的利益，给美国人带来最大好处。奥巴马为了拉拢工会，许诺当选后要坚决防止由于国际贸易削减美国就业机会。奥巴马当选之后，无论如何也要做些姿态，照顾工会的诉求。当前，美国的失业率居高不下，对奥巴马的压力非常大。由于银行系统在金融危机中遭到重创，投资无力，失业率很难降下去。奥巴马很清楚，给中国轮胎加点关税并不能增加美国的就业机会。其实，醉翁之意不在酒，奥巴马面对国内的困境拿不出什么好办法，只好对外做点小动作，表示白宫在解决失业问题上有所作为，换取工会在医保等其他议题上的支持。

2009 年 9 月，奥巴马政府接受美国钢铁工人联合会的提议，宣布对中国轮胎征收惩罚性关税。美国钢铁工人联合会在各个行业工会中资格老、力量大，早就形成了一个工人贵族集团。他们组织罢工，不停地提高工人的工资，在 20 世纪后期就把生产线上的钢铁工人平均工资提高到每小时 50 美元以上。结果，事与愿违，正是这个钢铁工会严重削弱了美国钢铁工业的竞争力，大量钢厂倒闭，大批工人失业、改行。这个钢铁工人联合会折腾垮了美国的钢铁产业之后，又打算靠折腾中国混饭吃。进口中国轮胎是否损害美国产业的利益，原本是轮胎业工会的事情，钢铁工人联合会狗咬耗子——多管闲事，越俎代庖，要求制裁中国轮胎。

难怪诺贝尔经济学奖得主普雷斯科特教授说："奥巴马上台确实可能会带来保护主义。如果那样的话，对所有人来说都很糟糕。"[1]

有人认为，金融危机当头，要防止贸易保护主义抬头，千万不要再挑起什么贸易战。他们主张，对这些挑衅睁只眼、闭只眼，不必理睬。持有这些想法的人并不真正了解美国。奥巴马政府之所以改变前任的决策，通过对中国轮胎制裁法案，是在平衡国内各种势力。美国国内一些势力则在试探，看看是否可以从贸易战中捞到一些好处。如果让美国钢铁工人联合会为代表的右翼势力得逞，他们必定食髓知

---

① 参见多维新闻网，2009 年 11 月 17 日，普雷斯科特《中国无须担忧贸易摩擦和保护主义》。

味，变本加厉，步步紧逼，明天还不知道要搞什么花样。

在贸易谈判中退缩、妥协都是必要的。但是，要告诉对方退让的底线。若要制止大规模的贸易战，就应当明确地让美国人知道，到了哪一步中国就不会再退了，若再进逼，立即针锋相对，全面反击。你制裁我，我就制裁你。谁怕谁？在这个关头，制止贸易战的关键在于让美国的右翼势力知道贸易战对他们自身的损害，不要轻举妄动。

2009 年 11 月 6 日，中国商务部决定，即日起对原产于美国的排气量在 2.0 升及 2.0 升以上进口小轿车和越野车发起"双反"调查。随后的反制措施涉及进口自美国的电工钢、肉鸡、汽车零部件、小轿车和越野车等产品。

表面看起来双方都不断升级，其实，中美双方的主流社会还算清醒，大规模的贸易战打不起来。轮胎特保涉及的不过 17 亿美元，和中美双边贸易总额 3337 亿美元相比，象征意义远远大于实际的冲击。截至 2009 年 11 月，美国征收反倾销关税或者惩罚性关税的中国商品只占双边贸易中美方进口总额的 3.6%。中国报复措施也只占美国对中国出口商品的 4%。双方对峙，充其量也不过是前哨接触，试探对方的反应。

中国的信息非常清楚：在美中贸易上，中国方面小调整的灵活性是有的，但是，不存在作出原则性退让的可能性。美中贸易战会给中国的经济发展带来重大的损失，但是不可能扭转中国经济发展的趋势。时间在中国一边。双边贸易不是导致美国竞争能力下降的根本原因，而贸易战将加速美国的衰落。只要美国政府和议会能够准确地得到这个信息，它们自然会作出一个正确的决策。这就是在博弈矩阵中的第四种对策：双方都退一步，回到谈判桌上来。

在过去几年里，美中贸易关系曾经几度临近贸易战的边缘，又几度有惊无险，握手言和。每一次都是雷声大，雨点小。到了最后一分钟，双方各退一步，达成谅解。双方都知道经济制裁是柄双刃剑，弄不好会伤害自己，削弱自身的竞争能力，最终把市场份额拱手让给真正的竞争对手。事实证明，双方在摸清对方的底线之后，都能够采取合理的对策。今后，随着中国和世界各国的贸易往来的进一步发展，发生贸易冲突的频率也许会更高，这样的风波还会发生。有点冲突很正常，天塌不下来。

粮食安全篇

第七章 争论不休的粮食安全

● 中国有13亿人，应当以粮食基本自给为立足点，依靠到国际市场大量购买粮食是不现实的。

● 粮食基本自给并不等于割断和国际市场的联系。究竟在多大程度上发展国际合作，才既可以提高中国农民的收入又不至于影响国家粮食安全？

● 如果不把粮食安全问题搞清楚，势必会阻碍中国经济改革的深入发展，干扰新农村建设，不利于帮助农民走向现代化，不利于他们迅速摆脱贫穷。

● 在讨论粮食安全的同时，认真研究中国农业发展的大方向，提出建设新农村的具体措施。

第一节 特别敏感的话题

"民以食为天"。

没有什么事情比吃饭更重要。

中国人特别讲究吃，饮食文化博大精深。恐怕全世界的餐馆没有哪家的菜谱比中餐馆的长。另一方面，在许多中国人心底深处始终笼罩着一片阴云——生怕没饭吃。在近代历史上中国遭遇过几次大饥荒，损失惨重，令人痛心疾首，教训深刻。五十岁以上的中国人几乎都有过饿肚子的经历。饿怕了，人们对于饥荒有一种莫名其妙的恐惧。无论朝野、城乡，对粮食安全特别敏感，谁都不敢掉以轻心。

人人都知道，无粮不稳，无粮则乱，老百姓吃饭问题永远要摆在首要地位。胡锦涛主席指出："解决好 13 亿人口的吃饭问题，始终是治国安邦的头等大事，始终是推动经济发展，保持社会稳定的基础。如果吃饭没有保障，一切发展无从谈起。"温家宝总理说："我国是一个 13 亿人的大国，吃饭始终是头等大事。如果粮食和农业出了问题，谁也帮不了我们。我们必须长期坚持立足国内实现粮食基本自给的方针，任何时候都不能动摇。"①

在粮食安全问题上学术界基本上有个共识：中国有 13 亿人，应当以粮食基本自给为立足点，依靠到国际市场买粮食满足需求是不现实的。这一点毋庸置疑。

尽管如此，关于粮食安全的讨论从来也没有停止过。由于观察的视角不同，人们很可能得出不同的结论。改革开放 30 多年来，中国经济取得了飞速进展，在国际上引起了越来越多的关切。对于中国的

---

① 转引自回良玉《但愿苍生俱饱暖》，见尹成杰《粮安天下——全球粮食危机与中国粮食安全》，中国经济出版社，2009，第 5 页。

崛起，有些人喜欢，有些人不喜欢。西方的一些媒体戴着有色眼镜来观察中国，粮食问题就是它们经常做的文章。西方有些媒体断言，中国不可能解决粮食问题，总有一天会因为没饭吃而导致经济崩溃，大量难民涌向世界，给其他国家带来极大的威胁。另一些人则鼓噪，当中国变富之后，会在世界市场上大量购买粮食，导致国际粮价暴涨，使其他国家陷入饥荒。在粮食安全问题上，"中国威胁论"和"中国崩溃论"非常奇怪地结合起来，颇具蛊惑性，弄得西方一些神经衰弱者惶恐不安，睡不着觉。他们像精神病发作一样，只要有机会就要跳出来叫骂一番。林子大了，什么鸟都有。如果没有这些噪声，反倒奇怪。中国就是在反对、攻击、谩骂声中成长起来的。

第二节　布朗引起的风波

讨论中国粮食安全问题的文章连篇累牍，许多问题似是而非。一旦外边刮来阵风，就很容易在国内掀起波浪。对于恶意攻击和污蔑，完全可以置之不理。可是，如果一些对中国很友好的人士也提出这个问题就难免引起人们的关注。美国世界观察研究所的莱斯特·布朗在1994年9月写了本书《谁来养活中国人》，把中国人吓得够呛。他断言，"中国正以极危险的速度从农业社会向工业社会转变"，世界上没有人能够养活中国。他的主要观点有五个。

第一，中国粮食产量将每年下降0.5%。谷物产量将从1990年的3.4亿吨下降到2030年的2.72亿吨，减少20%，仅相当于中国1973年的粮食总产量。他的理由是：①由于工业化将占用大量耕地，中国的耕地面积将大幅度地减少；②复种指数将下降；③蔬菜、水果等种植面积的增加导致粮食种植面积相对下降；④虽然中国单位土地的粮食产量会持续上升，但增长速度会减慢。中国的单产水平已很高，提高潜力不大。生物技术并没有如人们所希望的那样创造出好的品种，使谷物单产大幅提高。从 1986 年开始，中国的化肥施用量已超过美国，再加上中国水资源短缺等，中国不可能大幅度提高粮食产量。

第二，由于中国人口不断增加，谷物消费不断增加，同时，由于人们的生活水平不断提高，要求相应地改善饮食结构，消费更多的肉类、家禽、水产等，为了生产这些副食品需要更多的饲料。按人均年消费粮食 400 千克计算，到 2030 年，中国粮食消费需求将达到 6.41 亿吨。国内生产的粮食只能满足总需求的 41%。中国的粮食供不应求，粮食缺口将高达 3.79 亿吨。日本人口等于中国的 1/10，每年进口谷物 2800 万吨，如果按此推算，中国在 2030 年将进口 2.8 亿吨谷物①。

第三，由于中国产品畅销世界，积累了大量外汇，中国有足够的硬通货进口所需要的谷物。因为中国对粮食的需求量很大，世界粮食市场必将由买方市场转变为卖方市场。布朗以 1990 年为界，将前 40 年称为"粮食产量增长超过人口增长"的时代；以后的 40 年称为"食物短缺的时代"。布朗对世界上主要谷物出口国，例如澳大利亚、加拿大、美国、西欧国家、东欧国家、阿根廷、泰国的增产潜力进行了分析，认为这些国家的谷物产量和出口量会有所增长，但是潜力不大。根据他的估算，全世界每年出口的粮食平均为 2 亿吨左右，即使把全世界可以出口的粮食都卖给中国，也养活不了中国人②。

第四，中国大量进口粮食将导致世界粮价上升，致使第三世界的低收入国家和低收入人群无力购买必需的口粮。中国粮食进口将损害

---

① 布朗的数学和经济学知识实在不敢恭维。他对中国人口数字的预测是错误的，因此对中国粮食需求量的预测也错了。他对中国粮食生产的现状和潜力缺乏了解，采用的数字太离谱。拿日本的数字来推算中国的粮食进口更是荒谬。

② 布朗对中国数据缺乏了解，情有可原，却不应该对外国的统计数字也稀里糊涂。在本书第十章中我们将详细论证全球粮食供给的潜力，任何悲观的估计都缺乏根据。

这些穷人的食品权利，加剧世界的贫困①。

第五，巨大的人口规模对中国土地的压力将转变为对全球生态系统的压力，破坏森林、草原，水土流失，土壤板结，污染水和大气资源，触发全球生态危机。

布朗断言："中国的粮食危机将引发全球生态危机，导致世界性的经济崩溃。粮食短缺对世界经济和政治的冲击将超过 20 世纪 70 年代中期的石油危机。粮价上涨还将引起世界范围内的经济崩溃。"按照布朗的预测，好像世界末日将要来临，一切灾难的根源都在于没有谁能够养活中国人。

其实，类似的论调早就存在。有些学者认为，人类处于一个循环之中：当经济发展之后，人口持续增长，人均土地相对逐年减少，导致粮食供不应求，必然引起强制性的人口下降。其中，最可能出现的就是饥荒、瘟疫和土地战争。经过一场又一场灾难的洗劫，人口急剧下降。结果，人均土地数量上升，经过一段喘息之后又开始发展经济。中国历史上先后出现了几十个封建王朝，在每个王朝创建初期，都曾经出现过一定程度的经济繁荣和农业生产的增长。可是，随着人口的增长，土地资源矛盾变得越来越尖锐，随后社会失去平衡，在动乱中旧王朝崩溃，人口在战乱和饥荒中急剧下降。在废墟上建立起来的新王朝只不过是开始了下一个循环。

从表面上看，这些人的观点似乎有点道理，实际上是典型的形而上学。他们把中国的土地数量当做常数，勉强还可以接受，却忘记了科学技术对农业生产的贡献，忽略了控制人口增长的成功实践，特别荒唐的是他们不知道世界上还有大量土地没有得到充分利用，中国完全可以通过国际贸易，互通有无，改善粮食供求关系。

---

① 2008 年国际粮价暴涨，非洲和亚洲还有许多人陷于贫穷、饥饿。这些都是严峻的事实。可是，能够把这些现象归咎于中国吗？本书第十章将专门讨论粮价暴涨该由谁负责。

布朗的预测在全世界引起轩然大波，粮食问题成了中国街谈巷议的焦点，被热炒了相当长的时间。

转眼之间，好几年过去了。布朗预测的粮食危机并没有光临中国。中国人不仅没有发生粮食短缺，反而吃得更饱，吃得更好。在一些地方由于粮食库存过量，造成了不必要的浪费。粮食安全的话题慢慢降温。

2008年，国际市场上粮价猛涨，报纸、电视上一片惊呼："粮食危机来了。"可是，粮食危机和金融危机并不一样，尽管叫得很凶，至今也没有看到冲击波在中国登陆。有些人找到了炒作的话题，大谈特谈"粮食战争"，确实吸引了不少人的注意①。

没有料到，2008年6月莱斯特·布朗卷土重来，在接受《环球时报》采访时坚持说："谁来养活中国仍然是个问题。"多年之后他旧话重提，莫非发现了一些新的证据？他主要的依据有两条：第一，"中国的大豆自给能力下降"。2008年中国将消费掉4900万吨大豆。其中进口大豆将达到3400万吨，占大豆消费量的69%。在10～12年前，中国的大豆是自给自足的，现在却变成了世界排名第二的大豆进口国（日本以进口大豆5000万吨排在第一位）。第二，"中国地下水位迅速下降。现在中国农业用水主要取自深层地下水。这些水被称为'化石地下水'，也就是说是不可再生的，用完了就没了"②。

---

① 有一本中央电视台《中国财经报道》栏目组编的书，书名叫做《粮食战争》。书中声称："现在已经不是踏上他国土地进行侵略才算战争的年代，也不是依靠火箭大炮去攻城略地才算战争的年代，粮食，在这个21世纪的时候，终于演化成一种悄无声息的武器，世界各地正硝烟四起，浓雾迷茫……"

② 和以往一样，布朗的观点对错搅混在一起，有合理的也有错误的。我们理应重视他指出的水资源保护问题，合理、节约用水，可是他引用大豆做例子来证明中国人不能养活自己却大错特错。

第三节　去伪存真，高瞻远瞩

为什么布朗先生和某些人非要在中国的粮食安全问题上纠缠不休？看起来，这个世界上似是而非的事情太多了。闪光的并不一定都是金子。学风浮躁不光是中国的问题，海外的学风问题也很严重。即使著名的研究机构，甚至国际组织也可能在基本知识和逻辑上出现相当严重的失误和偏差。真理在谁手里，和牌子大小并没有必然的联系。如果说错话，牌子越大，对民众的欺骗性就越大。

由于粮食安全事关重要，涉及每一个人的利益，只要有人一提这个话题就会掀起一阵波浪。某些新闻媒体唯恐天下不乱，趁机炒作，夸张渲染。在粮食安全问题上，"狼来了，狼来了"，似乎从来也没有间断过。粮食安全似乎变成一个"娱乐"焦点。因为这个世界充满不确定性，粮食供给尤其具有相当高的不确定性，什么稀奇古怪的事情都可能发生。人们担心，万一真的狼来了，该怎么办？毫无疑问，确实需要更多地研究中国的粮食安全，特别是要尽可能详尽地进行定量分析。如果不下一番苦功，不拿出一些有理有据的研究成果出来，不仅许多类似布朗先生那样的朋友忧心忡忡，不断犯下判断错误，还会给敌对势力提供造谣中伤的机会。更严重的是，不把粮食安全问题搞清楚，势必会阻碍中国经济改革的深入发展，干扰新农村建设，不利于帮助农民走向现代化，不利于他们迅速摆脱贫穷。

在研讨粮食安全时，我们不能局限于简单地猜测狼来没来，还要进行更深层次的探讨：粮食基本自给并不等于割断和国际市场的联系。究竟在多大程度上发展国际合作，才既可以提高中国农民的收入又不至于影响国家粮食安全？许多人担心，如果和外国合作，一旦爆发贸易战，断了我们的粮道怎么办？正是由于存在着诸多顾虑，在改革农业生产结构上放不开手脚。那么，究竟粮食战争是怎么回事？世界上爆发过多少次粮食战争？粮食战争的双方都是哪些国家？粮食战争的结果是什么？

人们都知道要帮助农民脱贫致富就得从根本上改变农业生产结构，可是，只要一触及粮食安全问题，讨论就很难深入下去。因此，在讨论粮食安全的同时，有必要认真研究今后中国农业发展的大方向，提出建设新农村的具体措施，在保证粮食安全的前提下加快走向世界的步伐。

第八章　中国不缺粮

●如何摆脱贫穷是一个比粮食安全更为广泛的问题。在绝大多数情况下，人们关注的粮食安全其实质是贫穷问题。简单地讨论粮食安全，并没有抓住本质。以粮食论粮食，可能混淆视听，迷失方向。

●从各种指标判断，中国的粮食安全没有问题。粮食产量持续上升，人均粮食、肉类、水产、水果的消费量持续上升，粮食库存充足，集贸市场上粮价稳定，居民的恩格尔系数在不断下降。

●根据模型预测，中国主要粮食作物在未来几年中增长平稳，其中玉米比其他粮食增长要快。平均口粮每年增长3%左右。未来粮食作物的增长趋势再次证明中国不缺粮。

第一节　粮食安全的定义

2008 年，国际粮食市场上粮价暴涨，人们惊呼，粮食危机来了。近年来，凡是世界上有什么大事，总少不了波及中国。有人指责，之所以爆发粮食危机全怪中国。中国人多，缺粮，谁都养不活中国。国内也有人提心吊胆，生怕海外粮食危机传染中国。粮食安全成为一个热门话题。

什么是粮食安全？1974 年，在罗马召开了世界粮食大会，通过了《消灭饥饿和营养不足的世界宣言》。该宣言提出，"每个男子、妇女和儿童都有免于饥饿和营养不足的不可剥夺的权利，因此，消灭饥饿是国际社会大家庭中每个国家，特别是发达国家和有援助能力的其他国家的共同目标"。同时，联合国粮农组织还通过了《世界粮食安全国际约定》。该约定认为，保证世界粮食安全是一项国际性的责任。希望有关国家努力供应足够的基本食品，避免严重的粮食短缺。要求世界各国稳步扩大粮食生产，减少粮食产量和价格的波动。该约定还要求各国政府采取措施，保证世界粮食具有安全的库存量，粮食库存量不低于当年粮食消费量的 18%。

1983 年 4 月，联合国粮农组织安全委员会通过了粮食安全的新定义，其内容为"粮食安全的最终目标应该是，确保所有人在任何时候既能买得到又能买得起他们所需要的基本食品"。这个新定义包含了三个具体目标：

第一，确保能生产足够的粮食；

第二，最大限度地稳定粮食供给；

第三，确保所有需要粮食的人都能获得粮食。

简单地说，粮食安全的实质就是：要生产足够的粮食，粮价要保持在合理的范围内。

1996 年 11 月在第二次世界粮食首脑会议上对粮食安全的内涵做了新的表述,"只有当所有人在任何时候都能在物质上和经济上获得足够、安全和富有营养的粮食,来满足其积极和健康生活的膳食需求及食物爱好时,才实现了粮食安全"。这一概念在数量基础上又加了质量的要求。粮食安全概念的变化说明,粮食安全的内涵和外延与不同时间的国际情况紧密相连,是一个动态的、发展变化的国际性概念①。

毋庸置疑,这些决议都是正确的,出发点都很好,可惜,纸上的决议并不能填饱肚子。怎么才能确保所有需要粮食的人都得到粮食?有人在国际会议上呼吁富国在粮食上大力支援穷国。可是富国对穷国的援助,杯水车薪,起不到决定性作用。多少年过去了,世界各国之间的贫富差距越来越大。贫穷像个摆不脱的噩梦,困扰着非洲、亚洲和拉丁美洲的一些国家。按照世界银行的统计,每人每天低于 1 美元的属于赤贫,在 1~2 美元之间的属于贫穷。2008 年全球人口 67 亿,极端贫穷大约占 16.6%,贫穷人口 25%。如果把赤贫和贫穷都称为穷人,那么穷人的比例超过了 40%,世界上还有 25 亿人有待脱贫②。

2009 年 11 月 16~18 日在意大利联合国粮农组织总部召开"世界粮食安全峰会"。会议指出,2009 年世界人口约 60 亿,无法摄入充足营养的人口已达 10.2 亿③。

---

① 参见尹成杰《粮安天下——全球粮食危机与中国粮食安全》,中国经济出版社,2009,第 73~74 页。
② 请参阅徐滇庆、柯睿思、李昕《终结贫穷之路——中国和印度发展战略比较》,机械工业出版社,2009,第 6 页。
③ 数据来源:王丕屹《粮食安全,全球共同关注》,2009 年 11 月 18 日《人民日报》。

显然，如何摆脱贫穷是一个比粮食安全更为广泛的问题。在很多情况下，与其说是粮食安全问题，还不如说是贫穷问题。或者说，在绝大多数情况下，人们关注的粮食安全问题其实质是贫穷。简单地讨论粮食安全，并没有抓住本质，站的角度太低。如果以粮食论粮食，可能混淆视听，迷失方向。导致贫穷的原因很多，如果没有一个稳定的社会环境，不停地发生动乱，甚至内战，必然会破坏生产力，导致可怕的贫穷。从经济发展角度来说，贫穷是发展战略选择失误的必然结果。贫穷往往是经济、政治、社会环境等多个方面的综合征，需要从系统工程的角度来观察、讨论，全面治理，而粮食安全只不过是其中的一个重要环节。

人类要彻底摆脱贫穷，还有漫长的路要走。

第二节　粮食产量稳步增加

无论讨论世界粮食危机，还是讨论中国的粮食安全，都离不开这样一个问题：中国缺不缺粮？如果中国缺粮，不仅和国际粮价上涨撇不清干系，还有可能触发全球更深、更严重的粮食危机。如果中国不缺粮，那么，许多对中国的污蔑、指责就不攻自破了。

判断一个国家的粮食供应是否安全，大致上可以观察几个指标：

第一，粮食产量是否随着人口的增加而稳步增加；

第二，粮食价格是否稳定；

第三，是否拥有足够的粮食库存；

第四，是否严重依赖外部进口。

古人说："尽信书不如无书。"对经济统计数据也是这样，不能不信，也不能全信。何止外国人怀疑中国的数据，连中国人自己也半信半疑。正如奈斯比特说的，"在判断中国真相的时候很少有人能从一

开始就做到中立，而且意见一旦形成就会不胫而走"①。中国到底缺
粮不缺粮？要从多个数据的对照中结合自身观察和现实体验得出
结论。

粮食产量是判断是否缺粮的重要指标。和其他宏观经济数据
（例如 GDP、居民收入等）相比，农产品数据的可靠程度更高一
些。每年都公布的农产品产量，形成了一个数据系列（见表 8 -
1）。这个数据系列前后必须连贯，倘若突然出现数字跳跃，就值
得怀疑。例如，当年"大跃进"、"放卫星"，往年一亩地平均生
产 300～500 斤稻谷，突然冒出来亩产万斤，肯定是头脑发昏，
胡言乱语。如果谎报农产品数据，下一年怎么办？持续谎报，粮
食产量和库存量就会成天文数字，倘若有朝一日说真话，怎么解
释"减产"的原因？

表 8 - 1 1978～2009 年中国粮食生产情况

年 份	粮食播种面积（万公顷）	总产量（万吨）	单产（千克/亩）
1978	12058.7	30476.5	168.5
1979	11926.3	33211.5	185.6
1980	11723.4	32055.5	182.3
1981	11495.8	32502.0	188.5
1982	11364.2	35450.0	208.3
1983	11404.7	38727.5	226.4
1984	11288.4	40730.5	240.5
1985	10884.5	37910.8	232.2
1986	11093.3	39151.2	235.3

① 参见奈斯比特《中国大趋势：新社会的八大支柱》，中华工商联合出版社有
限责任公司，2009，第 209 页。

年　份	粮食播种面积（万公顷）	总产量（万吨）	单产（千克/亩）
1987	11126.8	40473.1	242.5
1988	11012.3	39408.1	238.6
1989	11220.5	40754.9	242.1
1990	11346.6	44624.3	262.2
1991	11231.4	43529.3	258.4
1992	11056.0	44265.8	266.9
1993	11050.9	45648.9	275.4
1994	10954.4	44510.2	270.9
1995	11006.0	46661.8	282.6
1996	11254.8	50452.8	298.9
1997	11291.2	49417.7	291.8
1998	11378.7	51229.3	300.1
1999	11316.1	50838.8	299.5
2000	10846.3	46217.5	284.1
2001	10608.0	45263.8	284.5
2002	10389.1	45706.0	293.3
2003	9941.0	43069.4	288.8
2004	10160.6	46947.2	308.0
2005	10427.8	48402.4	309.4
2006	10506.8	49804.0	314.4
2007	10556.1	50160.0	316.7
2008	10679.0	52871.0	330.0
2009	10899.0	53082.0	324.6

数据来源：国家统计局《中国统计摘要 2010》，第 121 页和第 125 页。

值得注意的是，自改革开放以来中国的耕地面积逐年减少，30 多年来耕地面积减少了 12.5%。粮食播种面积也逐年下降。由 1978 年的 12058.7 万公顷减少到 2008 年的 10679.0 万公顷。耕地减少固然可以用城市化来解释，但是凡事都有一个限度，如果耕地大量减少就有危险了。因此，要特别注意保护耕地，不能将耕地轻易转为非农用途。

虽然播种面积减少了，但是由于粮食单产逐年增加，粮食总产量持续上升。粮食单产由改革初期每亩 170 千克左右逐步上升，到 2008 年达到每亩 330 千克。粮食总产量从 1978 年的 3 亿吨逐步上升，在 1996 年突破了 5 亿吨，在 1998 年创造了 5.13 亿吨的历史记录。尽管在 2003 年粮食总产量下降到 4.3 亿吨，但是国内市场并没有出现粮食短缺，粮价始终保持稳定。在 2007 年全国粮食总产量再度超过 5 亿吨。2008 年达到 5.28 亿吨的新高峰[①]。根据农业部 2009 年 12 月 21 日发布的统计数据，在粮食连续 5 年增产基础上，2009 年继续增产，有史以来首次连续 3 年粮食总产量稳定在 5 亿吨以上。

第三节　人均主要农产品产量稳步上升

一方面，中国粮食生产总量持续上升，另一方面，人口总数也在不断上升，因此我们还需要考察人均粮食和副食的占有水平。众所周知，在贫穷和食物短缺的情况下，人均消费的粮食和食用油数量随着人均收入而增加。当收入达到一定水平之后，粮食和食用油的消费量基本保持在一定的区间之内，并不是收入越高，吃饭越多。人的胃口和仓库的容量都不是橡皮筋，一拉就大，一放就小。中国人均粮食产量在 1990 年达到 393 千克以后一直在 334 ~ 414 千克之间波动（见表 8 - 2）。在 2009 年为 398 千克。从人均拥有粮食数量来看，中国不缺粮。

---

① 参见王明峰《粮食连年稳产高产说明了什么》，2009 年 5 月 9 日《人民日报》。

表8-2　中国人均主要农产品产量

单位：千克

年　份	粮　食	油　料	水　果
1978	319	5.5	6.9
1980	327	7.8	6.9
1985	361	15.0	11.1
1990	393	14.2	16.5
1991	378	14.2	18.9
1992	380	14.1	20.9
1993	387	15.3	25.6
1994	374	16.7	29.4
1995	387	18.7	35.0
1996	414	18.2	38.2
1997	402	17.5	41.4
1998	412	18.6	43.9
1999	406	20.7	49.8
2000	366	23.4	49.3
2001	356	22.5	52.3
2002	357	22.6	54.3
2003	334	21.8	112.7
2004	362	23.7	118.4
2005	371	23.6	123.6
2006	380	20.1	130.4
2007	381	19.5	137.6
2008	399	22.3	145.1
2009	398	23.7	153.2

数据来源：《中国统计摘要2010》，第18页。

在 2006 年，中国人均谷物占有量 368 千克，而美国高达 1388 千克，加拿大更多每人 1511 千克，法国 970 千克，德国 511 千克，俄罗斯 562 千克，英国 323 千克，日本只有 93 千克①。从数据来看，好像中国人均谷物数量远远低于北美和欧洲，能不能从这一点来判断中国缺粮？

其实，人均谷物占有量既不说明加拿大和美国人能吃，也不说明中国缺粮。首先，各国统计口径有所不同；其次，美国和加拿大生产的谷物除了食用之外还大量用于饲料、工业用途和出口。中国农民大量使用稻草、秫秸和草本植物饲养牲畜，谷物在饲料中的比重比较低。

判断一个国家是否缺粮，还可以从长期粮食进口的趋势来判断。如果一个国家拥有足够的外汇，而人均谷物占有量长期以来一直维持在一个稳定的水平上，就没有理由说这个国家缺粮。显而易见，如果缺粮的话，必然会通过进口来提高人均粮食占有量。近年来，中国外汇储备持续上升，进口谷物数量非但没有增加，反而还有所减少，市场上并没有出现任何缺粮的迹象。由此可以判断，如果人均粮食产量保持在 390 千克上下，中国就不存在粮食短缺问题。

食用油也有类似规律。各类食用油的人均生产数量在 1999 年达到 20.7 千克之后基本上在 20~23 千克之间波动。如果数据继续保持在这个区间就说明食用油够吃了。

民众饮食结构的变化也可以用来旁证是否缺粮。如果不缺粮，人们将逐步改善饮食结构，转向更高档次的饮食结构，消费更多的肉类、水产品和水果等。从表 8-2 和表 8-3 中可见，人均水果生产量从 1978 年改革初期的 6.9 千克开始逐年上升，到 2008 年增加为

---

① 数据来源：根据《中国农村统计年鉴 2009》和《中国统计摘要 2009》的数字计算。

145.1 千克,增加了 20 倍。肉类人均产量由 1996 年的人均产量 37.5
千克增加到 2008 年的 54.8 千克。奶类人均产量从 1996 年的 6 千克增
加到 2008 年的 28.5 千克,增加 3.75 倍。水产品的人均产量从 1978
年的 4.9 千克上升为 2008 年的 37 千克,增加 6.6 倍。

从人均主要农产品和畜产品的产量来看,怎么也得不出中国缺粮
的结论。

表 8 - 3　畜牧业产品人均产量

单位:千克

年　份	肉　类	奶　类	水产品
1996	37.5	6.0	23.1
1997	42.6	5.5	25.4
1998	45.9	6.0	27.2
1999	47.3	6.4	28.5
2000	47.4	7.3	29.4
2001	47.8	8.8	29.9
2002	48.5	10.9	30.9
2003	49.9	14.3	31.6
2004	50.8	18.2	32.8
2005	53.1	21.9	33.9
2006	53.9	25.1	35.0
2007	52.0	27.5	36.0
2008	54.8	28.5	37.0

数据来源:根据《中国统计摘要 2009》,第 130 页等页数据计算。

第四节　粮食价格稳定

另一个判断是否缺粮的指标是粮价的波动。如果出现粮食短缺现
象,农贸市场的粮价必然上涨。从最近几年的市场状况来看,农产品

集贸市场价格并没有出现较大的波动，在某些地方粮价还下跌了。从表 8 − 4 中可见，水稻价格相当稳定。小麦价格在 2005 年和 2006 年连续 2 年走低。大豆的集贸市场价格在近年来一直下降，直到 2007 年才有所恢复。在农村集市和各地的粮食市场上货源充沛，没有出现过供给紧张的情况[①]。

表 8 − 4　农产品集贸市场价格指数（以上年为 100）

年　份	2001	2005	2006	2007
水　稻	102.89	103.80	102.92	104.82
小　麦	107.09	99.55	97.73	108.68
玉　米	122.78	93.30	104.56	115.61
大　豆	96.36	92.61	97.00	117.16

资料来源：《中国农村统计年鉴 2008》，第 232 页。

　　另外，从恩格尔系数的变化也可以观察是否缺粮。恩格尔系数表示人们用于食品的费用占收入的比例。如果一个国家缺粮，粮价必然上涨，人们用于食品的开销会相应上升，因此，恩格尔系数也会不断攀升。

　　改革开放初期，1978 年，中国城镇和农村居民家庭恩格尔系数分别为 57.5% 和 67.7%。

　　2005 年下降到 36.7% 和 45.5%。

　　2008 年进一步下降，城乡居民家庭恩格尔系数分别为 37.9% 和 43.7%。

---

① 在尹成杰的《粮安天下——全球粮食危机与中国粮食安全》一书中详细列举了 2004 年以来水稻、小麦和玉米价格的波动情况，并且和国际市场粮价进行了对比。请参见该书第 142 页和 143 页的图表。由此可见，国际粮价波动并没有对中国国内粮食市场产生严重的冲击。中国粮价稳定对国际粮食市场逐渐回归稳定发挥了重要作用。

中国社会科学院在 2009 年 12 月 21 日举行的 "《2010 年中国社会形势分析与预测》发布暨中国社会形势报告会" 上预测，2009 年城乡居民恩格尔系数将分别降低到 37% 和 43% 左右①。

按照联合国粮农组织设定的标准：恩格尔系数在 60% 以上为贫困，50% ~ 59% 为温饱，40% ~ 49% 为小康，30% ~ 39% 为富裕，30% 以下为最富裕。我国城镇居民生活的恩格尔系数在 1993 年为 50.13%，处于温饱阶段；1995 年下降到 50% 以下，进入小康阶段；1999 年下降到 41.9%，2000 年下降到 40%，踏进了富裕阶段的大门；2008 年城镇居民恩格尔系数降到了 37.9%。2009 年城乡居民恩格尔系数继续下降，显然，人们用于食品的花费相对于他们的收入在下降。恩格尔系数不断下降从另外一个角度表明中国并不缺粮。

第五节 库存充足，心里不慌

判断粮食够不够吃，还有一个很重要的指标：农民手里有没有足够的粮食。在 2008 年中国农村人口总数为 7.2 亿人②。大约 60% 的粮食储藏在农户家中。根据农村调查数据，按照每个农户 4 口人，每月每人消耗 20 千克粮食计算，每户农民每年需要口粮 960 千克。在 2007 年每户农民年末粮食结存数量为 1294 千克（见表 8 - 5）。扣掉每年每户需用 450 千克左右的饲料之后，农民储备的粮食可以支撑 10 个月以上的口粮需求③。从国际比较来看，中国农户的储粮比例相当高，粮食安全度相当高。

---

① 参见汝信、陆学艺、李培林《2010 年中国社会形势分析与预测》，社会科学文献出版社，2009。

② 数据来源：《中国统计摘要 2009》，第 38 页。

③ 参见尹成杰《粮安天下——全球粮食危机与中国粮食安全》，中国经济出版社，2009，第 157 页。

表 8 – 5　农户平均年末粮食结存数量

单位：千克

年　份	2003	2004	2005	2006	2007
年末粮食结存	1320	1445	1396	1346	1294
小　　麦	299	298	274	261	230
稻　　谷	426	437	437	414	407
玉　　米	408	487	461	484	490
大　　豆	27	62	52	36	24
薯　　类	33	31	26	25	22

资料来源：尹成杰《粮安天下——全球粮食危机与中国粮食安全》，中国经济出版社，2009，第157页。

国家粮食储备是保障粮食安全的重要手段。

根据中国科学院国情分析研究小组的分析，20世纪90年代中期国家粮食库存2000万～4000万吨。2000年3月底，全国粮食总库存达2.65亿吨（原粮）。国家粮食库存总量占市场流通量的70%～80%[①]。

《中国日报》在2000年12月6日报道，国务院发展研究中心有位官员说，在国家粮库中的粮食储备量大约2.5亿吨，此外，在农民家庭中还储存1.35亿吨粮食。

美国农业部在2001年5月发表报告，估计中国的粮食库存量为2.297亿吨（见表8－6）。当记者采访中国农业部的时候，农业部发言人回答，这个估计比较接近中国实际情况。近些年来，我国粮食库存消费比大大高于国际公认的安全线。2007年，国家为了满足市场粮食需求，稳定市场粮食价格，在粮食批发市场投放国家储备粮。尽

① 资料来源：中国科学院国情分析研究小组《两种资源，两个市场——构建中国资源安全保障体系研究》（第八号国情报告），台北，大屯出版社，2001，第185页。

管国家粮食库存略有下降，但仍处于历史较高水平，完全可以保证市场供应。在中国恐怕不是缺粮问题而是过量库存。据国家发改委统计，2008年全国粮食消耗量大致为5亿吨，库存消费比保持在30%～40%。中国的库存远远高于联合国粮农组织确定的17%～18%的安全线①。库存量比世界平均水平高一倍多②。估计农民手里还有2亿多吨存粮，加上国家粮库的库存，总量更加可观。

事实雄辩地证明，中国并不缺粮。

表 8-6 美国农业部对中国粮食库存的估计

单位：百万吨

年　度	小　麦	玉　米	稻　谷	谷　物
1995～1996	59.6	89.6	85.4	233.9
1996～1997	60.9	102.3	88.5	251.7
1997～1998	71.1	87.7	93.0	251.8
1998～1999	66.4	102.1	96.0	264.5
1999～2000	65.2	102.3	98.5	266.0
2000～2001	54.2	80.5	95.0	229.7

资料来源：美国农业部，World Agricultural Supply and Demand Estimates。

第六节　中国谷物生产趋势

当前，中国不缺粮，今后如何？

---

① 参见尹成杰《粮安天下——全球粮食危机与中国粮食安全》，中国经济出版社，2009，第273页。

② 参见尹成杰《粮安天下——全球粮食危机与中国粮食安全》，中国经济出版社，2009，第144页。

通过考察土地、资本、劳动力等投入要素对水稻、小麦、玉米产出的影响，我们采用 Holt-Winters of Exponential Smoothing 法预测谷物产量。

粮食的生产性投入包括土地、资本和劳动力三种。我们把水稻、小麦、玉米的总产量作为因变量，用符号 GOP 表示，将与各投入密切相关的指标作为自变量。土地投入指耕地面积，用符号 GAP 代替。资本投入指每亩粮食生产的总成本，主要包括生产成本（GCP）和土地成本（GCA）。生产成本指物资、服务费用及人工成本；土地成本主要指流转地租金和自营地折租费。劳动力投入指每亩用工量，用符号 ALM 表示。每 50 千克农产品的出售价格用 APS 表示。

由于成本对产出的影响存在滞后，假设滞后为一期，即考察资本投入影响因素的控制变量为 GCP（-1）和 GCA（-1）。由于当期价格对产出的影响显著，这里将粮食的平均价格作为控制变量。为了降低异方差影响，对各变量进行对数化处理，模型表达式如下：

$$\log(GOP)_t = \alpha_0 + \beta_1 \cdot \log(GAP)_t + \beta_2 \cdot \log(GCP)_{t-1} + \beta_3 \cdot \log(GCA)_{t-1} + \beta_4 \cdot \log(APS)_{t-1} + \beta_5 \cdot \log(ALM)_t + \varepsilon_t$$

表 8 - 7 对各投入的影响程度进行了归纳。表中，我们用"√"符号表示各投入影响程度的大小，√表示较轻程度，√√表示中等程度，√√√表示存在重要影响。

表 8 - 7　各投入因素对三种粮食产量的影响程度

	三种主要粮食	水稻	小麦	玉米
土地投入	√√	√√√	√√√	√√
资本投入	√	√√√		
劳动力投入	√		√	√

　　三种投入对粮食生产都具有一定的影响。其中土地投入的影响最为显著。资本投入对水稻的生产影响更为重要。相对于其他粮食，水稻具有典型的劳动力密集型产品特征。2008 年水稻生产的用工量9. 06 日／亩分别是小麦 6. 10 日／亩的 1. 49 倍和玉米 7. 9 日／亩的 1. 15倍。每亩水稻生产总成本高达 665. 1 元，显著高于小麦和玉米的498. 55 元和 523. 45 元。

　　土地对小麦生产的影响最大，资本与劳动力对小麦产出的影响相近。与水稻相反，在玉米生产中劳动力的影响较资本投入更为重要。这里的劳动力投入指的是劳动力生产率水平，是每亩粮食生产所需要的平均工时。每亩用工量越小，说明劳动力生产率水平越高。生产越有效率，粮食产量越高。因此，控制变量 *ALM* 的变化率与因变量*GOP* 的变化率负相关。

　　我们使用 Holt-Winters of Exponential Smoothing 法对各主要粮食产量进行未来两年的预测。图 8 – 1 至图 8 – 4 中，实线表示粮食产量的真实数据，虚线代表使用 Holt-Winters of Exponential Smoothing 法预测的未来两年产量。

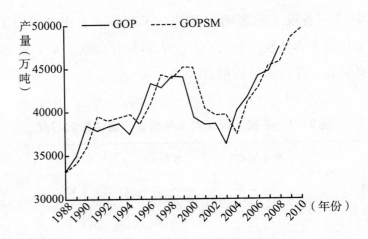

图 8 – 1　三种主要粮食产量预测

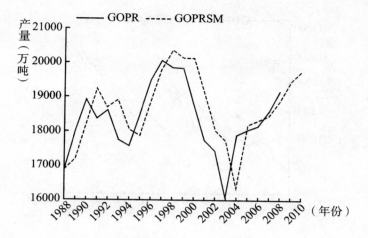

图 8-2 水稻产量预测

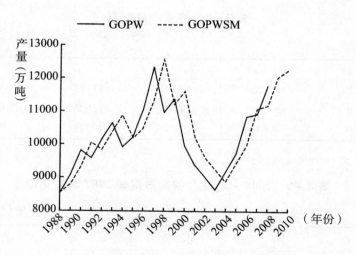

图 8-3 小麦产量预测

通过 Holt-Winters of Exponential Smoothing 法预测未来两年我国主要粮食的产量情况，如表 8-8。

在《中国统计年鉴》中，谷物、水稻、小麦、玉米 2007 年的总产量分别为 44763.2 万吨、18603.4 万吨、10929.8 万吨和 15230 万吨。在无重大外因作用下，我国主要粮食产量变化趋势如表 8-9 所示。

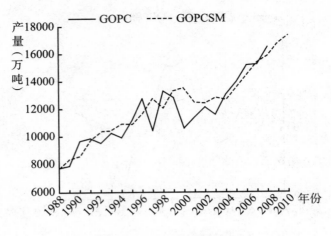

图 8 - 4 玉米产量预测

表 8 - 8 谷物产量预测

单位：万吨

年　份	谷　物	水　稻	小　麦	玉　米
2008	45858	18899	11173	15831
2009	48554	19478	12035	16760
2010	49649	19774	12278	17316

表 8 - 9 2008～2010 年谷物产量较 2007 年变化率

单位：%

年　份	谷　物	水　稻	小　麦	玉　米
2008	2.39	1.56	2.18	3.79
2009	7.81	4.49	9.18	9.13
2010	9.84	5.92	10.98	12.05

　　根据预测，未来几年，我国主要粮食产量增长平稳，其中玉米较其他粮食增长要快，平均口粮的增长速度在年均 3% 左右。显然，未来粮食作物的增长趋势再次证明了中国不缺粮。

附录（原始数据）：

三种主要粮食：

年份	GOP	GAP	GCP	GCA	APS	ALM	DCA	FCA	ICA	LCA
1988	33189	80464	98.75	7.36	24.31	17.1	31.48	20.13	9.52	37.62
1989	34987	82894	116.13	8.36	25.58	17.2	37.345	23.95	10.94	43.89
1990	38438	85218	133.52	9.37	26.85	17.3	43.21	27.77	12.37	50.17
1991	37853	85112	142.77	11.16	26.12	15.8	44.18	28.68	13.03	56.88
1992	38319	83630	151.63	12.16	28.43	15.9	45.61	30.01	14.00	62.01
1993	38679	81284	165.24	14.34	35.8	15.8	50.25	33.56	15.65	64.78
1994	37451	80304	219.44	19.93	59.44	15.1	74.23	46.12	22.08	77.01
1995	39943	82380	294.39	27.37	75.11	15.9	88.66	62.79	26.87	116.07
1996	43314	85515	354.98	33.72	72.1	15.7	99.41	72.11	31.17	152.29
1997	42832	85597	355.57	30.48	65.09	15.3	102.71	68.00	31.86	153.00
1998	44139	86227	331.63	52.22	62.05	13.8	100.56	64.43	30.63	136.01
1999	44045	86043	321.15	49.53	53.04	12.8	100.52	62.75	29.45	128.43
2000	39355	79671	309.22	46.96	48.36	12.2	95.96	57.37	29.54	126.35
2001	38554	77758	308.04	42.57	51.5	12.0	94.96	54.76	29.67	128.65
2002	38614	76744	319.37	51.03	49.24	11.5	96.47	57.27	35.58	130.05
2003	36298	72573	324.30	52.73	56.54	11.1	95.16	57.93	33.55	128.12
2004	40131	75451	341.38	54.07	70.73	9.97	96.77	81.44	21.91	141.26
2005	41741	77998	363.00	62.02	67.35	9.59	119.31	84.31	8.01	151.37
2006	44179	81014	376.65	68.25	71.98	6.86	131.73	86.81	6.21	151.90
2007	44763	82118	399.42	81.64	78.82	8.18	143.13	90.80	5.94	159.55
2008	47459	81901	462.8	99.62	83.54	7.69	163.22	118.49	6.07	175.02

注：2008 年播种面积为国家粮油信息中心预测数据，1989 年的各指标数据用 1988 年和 1990 年的移动平均值代替。GOP 代表总产量（万吨），GAP 代表播种面积（千公顷），GCP 代表每亩生产成本（元），GCA 代表每亩土地成本（元），APS 代表每 50 千克农产品平均出售价格（元），ALM 代表每亩用工量（日），DCA 代表除化肥的每亩直接费用（元），FCA 代表每亩化肥费用（元），ICA 代表每亩间接费用（元），LCA 代表每亩人工成本（元）。

数据来源：《中国统计年鉴》，《全国农产品成本收益资料汇编》。

水稻：

年份	GOP	GAP	GCP	GCA	APS	ALM	DCA	FCA	ICA	LCA
1988	16911	31987	121.56	9.22	26.17	21.1	38.28	25.37	11.49	46.42
1989	18013	32700	139.93	10.1	27.65	20.85	45.02	28.475	13.355	53.08
1990	18933	33064	158.3	10.98	29.13	20.6	51.76	31.58	15.22	59.74
1991	18381	32590	174.26	14.15	28.54	19.9	53.55	32.72	16.35	71.64
1992	18622	32090	177.94	14.35	29.32	19.3	52.66	33.27	16.74	75.27
1993	17770	30355	194.21	17.03	40.44	19.2	59.03	37.73	18.73	78.72
1994	17593	30171	269.92	28.15	71.17	18.6	94.53	51.67	28.86	94.86
1995	18523	30744	354.17	37.23	82.11	19	107.92	72.12	35.43	138.7
1996	19510	31406	417.21	41.07	80.62	19	115.41	76.87	40.63	184.3
1997	20073	31765	409.05	41.13	69.42	17.8	119.13	71.61	40.31	178
1998	19871	31214	379.5	57.94	66.92	16.4	113.52	65.34	36.72	163.92
1999	19849	31284	370.44	54.71	56.58	15.1	114.02	63.97	34.01	158.44
2000	18791	29962	351.69	49.96	51.74	14.6	108.73	57.02	33.46	152.48
2001	17758	28812	352.45	48.02	53.68	14.1	107.17	56.19	35.1	153.99
2002	17454	28202	359.49	56.33	51.39	13.3	108.33	57.1	41.25	152.81
2003	16066	26508	360.11	56.55	60.06	13	110.87	58.69	37.83	152.72
2004	17909	28379	397.68	56.96	79.82	11.85	127.61	72.8	25.73	171.44
2005	18059	28847	426.99	66.32	77.66	11.39	146.2	85.12	11.13	184.54
2006	18172	28938	441.54	76.69	80.64	10.37	161.95	84.15	9.11	186.33
2007	18603	28919	470.28	84.88	85.21	9.65	177.8	89.47	8.66	194.35
2008	19182	29200	556.06	109.04	95.11	9.06	208.88	124.02	8.51	214.65

注：2008 年播种面积为国家粮油信息中心预测数据，1989 年的各指标数据用 1988 年和 1990 年的移动平均值代替。GOP 代表总产量（万吨），GAP 代表播种面积（千公顷），GCP 代表每亩生产成本（元），GCA 代表每亩土地成本（元），APS 代表每 50 千克农产品平均出售价格（元），ALM 代表每亩用工量（日），DCA 代表除化肥的每亩直接费用（元），FCA 代表每亩化肥费用（元），ICA 代表每亩间接费用（元），LCA 代表每亩人工成本（元）。

数据来源：《中国统计年鉴》，《全国农产品成本收益资料汇编》。

小麦：

年份	GOP	GAP	GCP	GCA	APS	ALM	DCA	FCA	ICA	LCA
1988	8543	28785	86.66	6.02	26.35	13.5	31.04	17.6	8.32	29.7
1989	9081	29841	103.35	7.21	28.39	13.75	37.085	21.7	9.415	35.15
1990	9823	30753	120.04	8.4	30.43	14	43.13	25.8	10.51	40.6
1991	9595	30948	129.25	9.17	29.96	13	44.2	27.54	10.71	46.8
1992	10159	30496	138.47	10.8	33.14	12.2	48.49	29.63	12.77	47.58
1993	10639	30235	155.39	14.37	36.48	13	54.28	32.26	15.55	53.3
1994	9930	28981	196.54	16.7	56.52	12	72.24	43.2	19.9	61.2
1995	10221	28860	257.86	23.84	75.44	12.7	86.89	53.33	24.93	92.71
1996	11057	29611	323.46	36.03	80.99	12.4	104.58	69.97	28.63	120.28
1997	12329	30057	325	24.46	70.11	12.2	106.32	66.56	30.12	122
1998	10973	29774	307.45	40.41	66.57	10.8	108.51	63.51	28.61	106.82
1999	11388	28855	303.72	40.13	60.35	10.5	110.5	62.94	29.66	100.62
2000	9964	26653	312.06	30.68	52.88	7.9	130.4	65.01	33.55	83.1
2001	9387	24664	283.09	40.55	52.51	9.5	101.72	52.55	28.04	100.78
2002	9029	23908	294.18	48.53	51.25	9.3	101.1	55.93	32.84	104.31
2003	8649	21997	287.97	51.67	56.42	9	98.66	54.74	31.76	102.81
2004	9195	21626	312.12	43.8	74.47	8.1	112.43	66.89	20.96	111.84
2005	9745	22793	337.69	51.92	69.01	7.91	123.77	86.79	5.79	121.34
2006	10847	23613	350.17	54.6	71.61	7.01	134.98	91	4.58	119.61
2007	10930	23721	369.73	68.88	75.58	6.6	146.26	94.54	4.21	124.72
2008	11792	23900	411.88	86.67	82.76	6.1	163.42	110.86	4.41	133.19

　　注：2008 年播种面积为国家粮油信息中心预测数据，1989 年的各指标数据用1988 年和 1990 年的移动平均值代替。GOP 代表总产量（万吨），GAP 代表播种面积（千公顷），GCP 代表每亩生产成本（元），GCA 代表每亩土地成本（元），APS 代表每 50 千克农产品平均出售价格（元），ALM 代表每亩用工量（日），DCA 代表除化肥的每亩直接费用（元），FCA 代表每亩化肥费用（元），ICA 代表每亩间接费用（元），LCA 代表每亩人工成本（元）。

　　数据来源：《中国统计年鉴》，《全国农产品成本收益资料汇编》。

玉米：

年份	GOP	GAP	GCP	GCA	APS	ALM	DCA	FCA	ICA	LCA
1988	7735	19692	87.6	6.83	20.82	16.5	25.13	17.43	8.74	36.3
1989	7893	20353	104.93	7.785	21.37	16.9	29.95	21.685	10.06	43.235
1990	9682	21401	122.26	8.74	21.92	17.3	34.77	25.94	11.38	50.17
1991	9877	21574	125.12	10.14	21.05	14.6	34.76	25.77	12.03	52.56
1992	9538	21044	139.27	11.32	24.28	16.4	35.69	27.14	12.48	63.96
1993	10270	20694	143.54	11.63	30.17	15.3	37.43	30.7	12.68	62.73
1994	9928	21152	191.8	14.94	48.22	14.7	55.87	43.49	17.47	74.97
1995	11199	22776	271.15	21.04	67	16	71.18	62.92	20.25	116.8
1996	12747	24498	327.16	24.05	57.23	16	78.23	69.5	24.23	155.2
1997	10430	23775	332.59	25.84	55.83	15.9	82.63	65.82	25.14	159
1998	13295	25239	307.82	48.74	53.79	14.2	79.7	64.47	26.55	137.1
1999	12808	25904	291.13	46.08	43.68	12.8	77.03	61.31	24.68	128.11
2000	10600	23056	285.3	45.26	42.81	12.4	73.88	57.86	26.76	126.8
2001	11409	24282	288.76	39.12	48.34	12.4	76	55.51	25.85	131.4
2002	12131	24634	303.36	48.2	45.6	11.7	80	58.77	32.65	131.94
2003	11583	24068	297.65	49.98	52.74	11.3	75.96	60.39	31.08	130.22
2004	13027	25446	314.26	61.44	58.06	9.97	80.21	74.61	18.95	140.49
2005	13937	26358	324.46	67.82	55.53	9.49	88.01	80.97	7.1	148.38
2006	15160	28463	338.32	73.45	63.39	8.67	98.21	85.2	4.97	149.94
2007	15230	29478	358.52	91.18	74.76	8.29	105.35	88.43	4.96	159.78
2008	16485	28801	420.29	103.16	72.48	7.9	117.39	120.6	5.32	176.98

注：2008 年播种面积为国家粮油信息中心预测数据，1989 年的各指标数据用 1988 年和 1990 年的移动平均值代替。GOP 代表总产量（万吨），GAP 代表播种面积（千公顷），GCP 代表每亩生产成本（元），GCA 代表每亩土地成本（元），APS 代表每 50 千克农产品平均出售价格（元），ALM 代表每亩用工量（日），DCA 代表除化肥的每亩直接费用（元），FCA 代表每亩化肥费用（元），ICA 代表每亩间接费用（元），LCA 代表每亩人工成本（元）。

数据来源：《中国统计年鉴》，《全国农产品成本收益资料汇编》。

第九章　中国遭遇粮食危机的可能性

● 导致短期粮食危机的主要原因有三个：政治动乱、自然灾害和反市场的经济制度。

● 从统计学的角度来看，有16%的播种面积遭遇水灾或旱灾是一种常态。只要在全国范围内调剂粮食余缺，完全可以熨平由于天灾带来的冲击。市场供求关系才是影响粮价的主要因素。

● 政府和立法机构应当设定各种保护耕地的法规，要将市场机制和政府监管结合起来，片面地强调任何一个方面都可能事与愿违。

● 在2008年前后发生的粮价暴涨另有原因，把2008年出现的粮价暴涨称为粮食危机似乎有些言过其实。只要很好地保护耕地资源，加强粮食储备系统的管理，扩大国际合作，中国遭遇粮食危机的概率很低。

第一节　呼唤危机意识

中国会不会遭遇粮食危机？

任何时候都要有危机意识。

严格来说，粮食危机都是短期的。如果居民长期半饥不饱，通常人们称之为贫穷，并不是粮食危机。要摆脱贫穷只有依靠当地民众，在正确的方针指引下，自力更生、艰苦奋斗，自己养活自己。地球上有些地方不适合人类居住，例如，撒哈拉大沙漠，没有水源，人迹罕至，根本无所谓粮食危机。如果由于自然环境变迁，水源枯竭，不再适合人类居住，其结果必定是整体搬迁。例如，罗布泊里的古楼兰国就彻底消失了。当前特别要注意保护环境，防范生态危机。千万不要重蹈楼兰覆辙。不过，这并不是我们通常所说的粮食危机。如果某地老百姓一向活得好好的，突然口粮越来越少，甚至没饭吃了，这才叫粮食危机。

Robert Paarlberg 认为，导致粮食危机的主要原因有三个：政治动乱、自然灾害和反市场的经济制度[①]。

1996 年联合国粮农组织指出，撒哈拉以南的 14 个非洲国家面临粮食紧急状态，其中有 10 个国家是由于内战而导致经济崩溃，4 个国家是由于遭受自然灾害而导致粮食减产。

美国国际开发署国外救灾局认为有 23 个国家面临复杂的人道主义紧急状态，急需外部援助，其中有 19 个国家出现粮食危机。在这些国家中有 17 个国家是由于内战而导致大规模饥荒。

---

① 文中所指的"反市场经济制度"很可能指的是朝鲜。朝鲜的北部和中国的东北接壤，南部是韩国。南北两面连年丰收，都不缺粮，甚至还能大量出口粮食，唯独朝鲜长期以来粮食匮乏，无论如何也不能简单地将粮食危机推给天气或其他自然灾害。

根据联合国粮农组织报告：2007 年有 34 个国家始终存在着粮食短缺，处于粮食紧急状态。其中有 26 个位于非洲。肯尼亚、坦桑尼亚、亚美尼亚等国遭遇严重的旱灾、水灾。许多国家存在着不同程度的内乱。无休止的征战和部族冲突使得农业凋零败落，民不聊生。根据联合国粮农组织调查，世界各国援助非洲的粮食有相当一部分被当地腐败的官员侵吞，或者被军阀扣留，充做军粮。

非洲人均耕地面积几乎比中国多一倍，许多国家的自然条件相当好，完全有可能自给自足，出现粮食短缺主要是政治动乱和制度原因。中国在 1960 年前后遭遇严重的粮食危机，如今，人均耕地面积比当年还少，可是不仅实现了粮食自给还有能力援助外国。从 2006 年起，中国不再接受世界粮食计划署的无偿粮食援助，并且逐步成为重要的粮食援助捐赠国，说到底就是在经济改革中改变、完善了农村的制度，调动了农民的生产积极性。非洲出现的问题并不是简单的粮食危机。人们可以给非洲送去粮食，却对那里的内战和腐败无能为力。解决非洲缺粮问题的核心在于稳定环境、制度创新，依靠非洲人民自己的力量摆脱贫穷。

不能看到非洲一些国家发生粮荒就断言中国也有发生粮荒的可能。提高警惕是正确的，但是绝对不要杞人忧天。盲目乐观是错误的，可是，如果对粮食危机估计过头，很可能造成非常严重的经济损失和战略失误。

第二节　天灾对中国的威胁

导致粮食危机的原因无非有以下几种：

第一，特大自然灾害；

第二，耕地急剧下降；

第三，水资源严重短缺，或者自然环境被严重污染；

第四，内战；

第五，遭遇外部经济制裁。

究竟天灾对中国粮食安全的威胁有多大？

天灾对农业生产的影响很大。暴雨、洪水或极度干旱，很可能导致农作物剧烈减产甚至颗粒无收。一想到"三年饥荒"，人们对于自然灾害谈虎色变。有必要剥丝抽茧，详细剖析一下自然灾害的冲击强度，破除人们对自然灾害的盲目恐惧。

像中国这样的大国，每年都会发生一些自然灾害，不可能年年、处处都风调雨顺。旱灾和洪涝灾是两种主要的天灾。根据《中国灾荒史》记载，从公元前206年到1936年的2141年之间，中国发生各种自然灾害5150次，其中旱灾1035次，水灾1037次，平均约每2年就闹一次较大的水旱灾害。应当说，遭灾是常态，连续几年没有天灾反倒有点奇怪。不过，无论是水灾还是旱灾都发生在一定的区域内，不可能到处都发生水灾或旱灾。历史数据表明，把水灾和旱灾加在一起，中国历年发生自然灾害的面积占农作物播种面积的12%～22%[①]。

毫无疑问，自然灾害对一个或几个地区的粮食产量会产生很大的影响，可是对于中国这样大的经济体而言，不同地区的丰收和歉收相互抵消，缓和了自然灾害的冲击。只要粮食调度得当，以丰补歉，不会对全国的粮食供应产生很大的冲击。

对于大国来说，水灾和旱灾好像跷跷板，此消彼长。水灾严重的年份，旱灾就比较少。发生严重洪涝灾害的年份，例如1998年中国遭遇"百年一遇"的洪水，受灾面积达到1738万公顷，可是当年旱灾的成灾面积只有506万公顷，为历年最低。2000年的情况恰好相

[①] 显而易见，自然灾害对于小国的威胁更为严重，而大国的自我调整能力更强。

反，遭遇大旱的地方很多，成灾面积高达 2678 万公顷，同年水灾成灾面积最少，只有 432 万公顷。进入新千年以来，中国各年的成灾面积占农作物播种面积的 16% 左右。从统计学的角度来看，有 16% 的播种面积遭遇水灾或旱灾是一种常态。中国当前的农业生产结构完全可以抵御这样的天灾。东方不亮西方亮，一方有难，八方支援。只要在全国范围内调剂粮食余缺，完全可以熨平由于天灾带来的冲击。宋国青根据历年粮食产量数据进行了研究，他认为由于天灾造成粮食产量的波动不会大于全国总产量的 1%（见表 9-1）。

表 9-1　粮食产量与受灾程度

年份	粮食总产量（万吨）	人均粮食占有量（千克/人）	人口增长率（‰）	成灾面积（千公顷）	农作物播种面积（千公顷）	成灾程度（%）	农产品价格指数
1949	11318.0	208.9	16.0	8525.0	124286.0	6.9	—
1950	13213.0	241.6	19.0	5122.0	128826.0	4.0	—
1951	14369.0	257.7	20.0	3775.0	132860.0	2.8	118.3
1952	16392.0	288.1	20.0	4433.0	141256.0	3.1	102.6
1953	16683.0	287.0	23.0	7079.0	144035.0	4.9	112.9
1954	16952.0	284.8	24.8	12593.0	147925.0	8.5	100.0
1955	18394.0	302.2	20.2	7869.0	151081.0	5.2	100.1
1956	19275.0	310.1	20.5	15329.0	159173.0	9.6	101.9
1957	19505.0	306.0	23.2	14983.0	157244.0	9.5	101.1
1958	19765.0	302.6	17.2	7821.0	151995.0	5.1	102.6
1959	16968.0	254.8	10.2	13728.0	142405.0	9.6	101.3
1960	14385.0	215.6	-4.6	24977.0	150642.0	16.6	103.2
1961	13650.0	206.7	3.8	28834.0	143214.0	20.1	173.4
1962	15441.0	231.9	27.0	17286.0	140229.0	12.3	105.6
1963	17000.0	249.1	33.3	20023.0	140218.0	14.3	83.2

年份	粮 食 总产量 （万吨）	人均粮食 占有量 （千克/人）	人 口 增长率 （‰）	成灾面积 （千公顷）	农作物 播种面积 （千公顷）	成灾程度 （%）	农产品 价格指数
1964	18750.0	265.5	27.6	12635.0	143531.0	8.8	89.5
1965	19453.0	272.0	28.4	11223.0	143291.0	7.8	100.0
1966	21400.0	291.0	26.2	9757.0	146829.0	6.6	112.8
1967	21782.0	288.7	25.5	895.0	144943.0	0.6	99.7
1968	20960.0	269.9	27.4	5326.0	139827.0	3.8	99.2
1969	21097.0	265.0	26.1	3110.5	140944.0	2.2	99.5
1970	23996.0	293.2	25.8	3295.0	143487.0	2.3	99.0
1971	25014.0	297.4	23.3	7445.0	145684.0	5.1	103.9
1972	24048.0	279.0	22.2	17177.0	147919.0	11.6	101.3
1973	26494.0	300.4	20.9	7618.0	148547.0	5.1	99.4
1974	27527.0	305.7	17.5	6526.0	148635.0	4.4	101.6
1975	28452.0	310.5	15.7	10239.0	149545.0	6.8	101.2
1976	28631.0	307.6	12.7	11437.0	149723.0	7.6	106.0
1977	28273.0	299.7	12.1	15159.0	149333.0	10.2	99.2
1978	30477.0	342.7	12.0	24457.0	150104.0	16.3	100.7
1979	33212.0	326.7	11.6	15120.0	148477.0	10.2	90.5
1980	32056.0	327.0	11.9	29777.0	146379.0	20.3	107.9
1981	32502.0	351.5	14.6	18743.0	145157.0	12.9	109.7
1982	35450.0	378.5	15.7	15985.0	144755.0	11.0	103.8
1983	38728.0	392.8	13.3	16210.0	143993.0	11.3	110.3
1984	40731.0	360.7	13.1	15260.0	144221.0	10.6	112.0
1985	37910.8	367.0	14.3	22710.0	143625.0	15.8	101.8
1986	39151.0	373.4	15.6	23660.0	144204.0	16.4	109.9
1987	40298.0	357.7	16.6	20390.0	144957.0	14.1	108.0
1988	39408.0	364.3	15.7	23940.0	144869.0	16.5	114.6

年份	粮 食 总产量 （万吨）	人均粮食 占有量 （千克/人）	人 口 增长率 （‰）	成灾面积 （千公顷）	农作物 播种面积 （千公顷）	成灾程度 （%）	农产品 价格指数
1989	40755.0	393.1	15.0	24450.0	146554.0	16.7	126.9
1990	44624.0	378.3	14.4	17819.0	148362.3	12.0	93.2
1991	43529.3	377.8	13.0	27814.0	149585.8	18.6	93.8
1992	44265.8	385.2	11.6	25859.0	149007.1	17.4	105.3
1993	45648.8	371.4	11.5	23133.0	147740.7	15.7	116.7
1994	44510.1	385.2	11.2	31383.0	148240.6	21.2	146.6
1995	46661.8	412.2	10.6	22267.0	149879.3	14.9	129.0
1996	50453.5	399.7	10.4	21233.0	152380.6	13.9	105.8
1997	49417.1	410.6	10.1	30309.0	153969.2	19.7	90.2
1998	51229.5	404.2	9.1	25181.0	155705.7	16.2	96.7
1999	50838.6	364.7	8.2	26731.0	156372.8	17.1	87.1
2000	46217.5	366.0	7.6	34374.0	156299.8	22.0	90.2
2001	45263.7	355.8	7.0	31793.0	155707.9	20.4	101.5
2002	45705.8	357.0	6.5	27318.0	154635.5	17.7	98.6
2003	43069.5	334.0	6.0	32516.0	152415.0	21.3	102.2
2004	46946.9	362.0	5.9	16297.0	153552.5	10.6	126.5
2005	48402.2	371.0	5.9	19966.0	155487.7	12.8	101.4
2006	49804.2	379.6	5.3	24631.0	152149.0	16.2	102.5
2007	50160.3	381.0	5.2	25063.0	153464.0	16.3	106.4
2008	52870.9	398.0	3.6	22235.0	—	—	—

注：1951~2000 年的农产品价格指数选取粮食收购价格指数，2000~2007 年数据选用商品零售价格分类指数中的粮食指标（上年 = 100）；人口增长率指的是人口的自然增长率；成灾面积是指农作物产量比常年减产 30% 以上的受灾耕地面积；成灾程度是成灾面积和播种总面积之比。2008 年数据来自《全国农业统计提要 2008》。由于 1968 年、1969 年两年的受灾与成灾面积数据缺失，所以采用前后两年算术平均值替代。

天灾对粮食总产量的波动究竟有多大的影响？为此，需要检查粮食总产量和其他变量之间的关系。影响粮食总产量的主要变量有四个。

（1）当年农业生产的成灾率水平（％）。在此我们用成灾面积占农作物播种面积之比来反映当年的受灾程度。

（2）人口增长率（‰）。

（3）人均粮食占有量（千克/人）。

（4）粮食价格指数（上年＝100）。农产品价格水平越高，越能提高农民的种粮积极性，与粮食产量正相关。通常，粮食的收购价格对产量的影响有一定的滞后，在此我们将滞后一期的价格指数引入模型进行考察。

我们选取 1949～2008 年作为考察时期，对时间序列变量进行多元线性回归。为了降低异方差影响，对各变量做对数化处理，建立实证模型如下：

$$\log(TGO)_t = \alpha + \beta_1 \log(RAA)_t + \beta_2 \log(PNC)_t + \beta_3 \log(PCG)_t + \beta_4 \log(GPP)_t + \beta_5 \log(GPP)_{t-1} + \xi_t$$

其中，TGO 代表粮食总产量，RAA 代表成灾率，PNC 表示人口增长率，GPP 表示粮价指数，PCG 表示人均粮食占有量。结果如表 9－2 所示。

实证检验表明：

（1）粮食总产量波动与成灾率几乎没有关系；

（2）粮食总产量与人均粮食占有量及人口自然增长率显著相关；

（3）人口快速增长会加大对粮食的需求，从而促进粮食产量的提高；

（4）在价格指数方面，当前的粮食价格对粮食产量有显著的负效应，而上一期的粮食价格，虽然不显著，却同粮食产量正相关。

表 9 - 2　影响粮食总量的因素

	系数值	标准差	T 值
常数项	0.7533	0.9701	0.7766
成灾率	0.0192	0.0381	0.5034
人口增长率 ***	0.2201	0.0446	4.9371
人均粮食占有量 ***	1.9665	0.1055	18.643
粮价指数（当期）**	- 0.3078	0.1081	- 2.8482
粮价指数（前期）	0.0332	0.1232	0.2695
调整 R^2	0.9014		
F 统计量	99.7462		
P 值	0.0000		

注：*** 表示变量通过 1% 的显著检验；** 表示变量在 5% 的显著性检验。

　　通过 1949～2008 年 60 年数据的定量分析可见：粮食总产量的波动和成灾面积之间基本上没有关系。粮食总产量的变化受到粮价、人口增长率的影响远远大于成灾面积的影响。市场供求关系是影响粮价的主要因素。前期粮价上涨会刺激当期农民的种粮积极性，从而增加粮食产量。一旦市场上的粮食供过于求，价格就会下跌。由于价格的传导机制存在一定的滞后，所以粮食产量往往与当期价格成反比，而与上期价格成正比。

　　诺贝尔经济学奖得主、剑桥大学印裔经济学家阿马蒂亚·森（Amartya Sen）指出，大饥荒的出现总是由人祸引起，而非天灾导致。他的观点很有道理。事实表明，天灾对受灾地区粮食生产的影响很大，但是对于中国这样的大国来说，从长期和全国范围来看，天灾对粮食总产量的影响并不显著。过度恐惧天灾，杯弓蛇影，缺乏根据。如果不破除对天灾的恐惧就很难彻底解放思想，放下包袱，大刀阔斧地改革中国的农业生产结构。

第三节　痛定思痛，回顾大饥荒

为什么中国在 1959 ~ 1961 年遭遇到空前劫难？

虽然人们常说"三年自然灾害"，其实，早在 20 世纪 60 年代，许多国家领导人就指出："三分天灾，七分人祸。"把责任推给老天爷固然省事，却不利于总结经验，改正错误，也不利于破除对天灾的盲目恐惧。

追究人祸究竟占几分并没有多大意义，在这里我们探索天灾的破坏力究竟有多大。仔细推敲，不难发现，虽然 1959 年和 1960 年确实遭遇天灾，可是从气候资料来看，那段时间天灾的程度远远赶不上 1998 年的洪水和 2000 年的大旱。否则，怎么能把 1998 年的洪水称为"百年不遇"的大洪灾①？ 1959 年成灾面积为 9.6%，1960 年为 16.6%，1961 年受灾最为严重，受灾面积高达 20.1%。可是，相比之下，小巫见大巫，1980 年受灾面积达到 20.3%，2000 年受灾面积 22%，2001 年受灾面积 20.4%。这几年受灾面积都超过了"三年自然灾害"时期。可是，1998 年遭遇特大洪水之后，粮食总产量非但没有减少还略有增加。2000 年粮食总产量只不过下降 2%。不仅没有饿死人，工业和农村经济都持续发展，人民生活稳定。这些数据有力地证明，天灾的冲击强度远远不及人祸。只要政策对头，再大的天灾也能对付。

在 1959 ~ 1961 年期间之所以发生饥荒主要原因如下。

---

① 金辉的报告《风调雨顺的三年——1959 到 1962 年气象水文考》认为，在这三年中并没有发生全国性的大规模灾害。很多学者从不同的角度证明，1959 年受旱灾影响较大，但是受灾面积还不如 1956 年和 1957 年，属于历史记录的中下水平。

（1）说假话、吹大牛，提倡"人有多大胆，地有多高产"，报喜不报忧，错误的干部政策鼓励了浮夸作风。在1958年政府预期粮食产量为3亿～3.5亿吨，比1957年增产60%～90%。在年底的公报中宣布粮食产量达到4.25亿吨。多年之后经过反复核实，1958年的粮食产量只有2亿吨。其中，河南实际粮食产量1265万吨，但是上报3510万吨，夸张程度达177.5%。安徽实际产量885万吨，上报2250万吨，夸张度为154.2%。这些地方的官员因为吹牛而得到升迁，而说实话的省份被上级指责为右倾，被"拔白旗"。

（2）不尊重科学，不尊重知识，瞎指挥，以搞群众运动的方式来抓生产，只图形式而不顾实效，胡干蛮干，鼓吹唯心主义乌托邦幻想。在秋收季节大炼钢铁打乱了农业生产秩序。

（3）错误地提倡人民公社的"一大二公"，无偿平调农民的生产和生活资料，不尊重农民的产权，严重打击了农民生产积极性。

（4）1957年的反右和1959年庐山会议对彭德怀的批判颠倒是非，堵塞言路，使得灾情信息传递严重不畅通。决策者在很长时间内得不到真实消息。不仅国库粮食不能投入救灾反而错误地出口粮食换取外汇，1959年出口415万吨粮食①。

（5）超额征购。扭曲的信息导致朝野盲目乐观。既然一亩地可以收获几千、几万斤粮食，多征购一些似乎无可非议。结果，粮食收购量占总产量的比例从1958年的29.4%上升为1959年的39.7%，1960

---

① 1958年出口粮食288万吨，1959年出口415万吨，1960年出口272万吨，在这三年内进口粮食几乎为零。直到1961年才有所改变，进口粮食580万吨，出口135万吨。1962年进口490万吨，出口103万吨。

年的 35.6% ①。超额征购之后农民手里没有足够的口粮，在饥荒情况下，政府没有对农民提供口粮的机制，农民也没有其他获得口粮的渠道。

（6）减少粮食播种面积。1958 年粮食播种面积为 19.1 亿亩，1959 年减少为 17.4 亿亩，导致粮食总产量急剧下降 15%。

（7）大办公共食堂，任意挥霍、浪费粮食。

（8）为了顾全脸面和社会稳定，严格户口管理，限制人员流动。动用民兵封锁道路，不允许灾民逃荒。历史上，天灾年年都有，却不一定导致大面积的饥荒。根据邓云特在 1936 年出版的《中国救荒史》，大概每三、四年就有一次天灾，天灾之后局部地区出现饥荒，许多人从灾区流向周边地区，讨饭、逃荒，直到第二年春耕才返回家乡。在历史上，山东、河南人"闯关东"的故事多数发生在灾荒之后。

（9）关闭农贸集市，不允许粮食流通。

（10）对外封锁消息，拒绝外部援助，不允许进口粮食②。

在 1959～1960 年期间，按照计划来指挥农业生产，严重破坏市场分配、流通和调节机制，破坏农业生产的激励机制，愚昧、无知、狂妄，再加上严重的官僚主义终于造成难以置信的严重失误。中华民族付出了极高的代价，应当从中学到一些经验和教训。领导阶层的头脑一定要冷静，千万不要再犯"左"倾狂热病。务必要尊重市场，按照市场规律办事。务必要以人为本，关心民众，特别要关心农民的利益。

---

① 直到 1961 年才显著地降低了国家收购粮食的比例，降到 27.4%。在 1962 年进一步降到 23.8%。

② 1960 年美国肯尼迪政府提出对华提供粮食援助，中国官员表示："中国人民绝不依靠别人的施舍而生活，更不会拿原则去做交易"，断然拒绝了外部粮食援助。

时至今日，许多人依然不愿意面对这段历史。我们相信，无论如何中华民族不会重演这出悲剧，但是，只有很好地总结这些教训才能探索农业发展的最佳策略。

第四节 保护耕地资源

中国人多地少是不争的事实，恐怕多少世纪也改变不了。会不会由于土地资源短缺而导致粮食危机？

显而易见，如果工业、建筑用地迅速扩张，耕地大量减少，很可能导致粮食危机。这种担心不是没有道理。几乎所有处于工业化、城市化和现代化的发展中国家都面临着同样的挑战。由于农田的价值在转变为非农用途过程中成倍增长，如果没有政策约束就可能造成耕地面积大量缩减。中国人千万不能犯这样的错误，不能忘记了套在自己头上的这个"紧箍"。在保护耕地这一点上似乎没有什么争议，争论的焦点是如何保护耕地？

和其他经济问题一样，要妥善解决耕地和工业、建筑用地之间的矛盾。政府和立法机构应当设定各种保护耕地的法规，在具体执行的时候，需要将市场机制和政府监管结合起来。片面地强调任何一个方面都可能事与愿违。

中国政府反复强调要求坚守18亿亩农田的"红线"。从保护农田的角度来看，无可非议。问题在于：第一，18亿亩的数据从何而来？是不是保证18亿亩农田就可以高枕无忧了？第二，如果中国扩大国际合作范围，充分利用外国的自然资源，调整自身的农业生产结构，将一部分农田从种植粮食作物转变为种植经济作物，从而提高农民的收入水平，是否会有损中国的粮食安全？这些问题都值得认真研究。

第五节　保护水资源

中国水资源短缺早已是众所周知的事实。加拿大的人均淡水资源是中国的 42 倍（见表 9－3），美国是中国的 4.8 倍。中国的人均淡水资源不仅低于世界各国的平均水平，而且逐年呈下降趋势。

表 9－3　人均淡水资源

	人均淡水资源（m³）	相对中国的倍数
加拿大	89934	42.1
巴　西	44167	20.7
俄　国	31474	14.7
澳大利亚	24410	11.4
美　国	10231	4.8
法　国	3367	1.6
日　本	3357	1.6
英　国	2454	1.1
中　国	2137	1.0
德　国	1862	0.9
印　度	1718	0.8
波　兰	1599	0.7
韩　国	1457	0.7

数据来源：联合国粮农组织（FAO）数据库。

莱斯特·布朗经常发表关于中国的言论，其中恐怕最有价值的是对中国水资源的忠告。由于大量采用地下水灌溉农田，导致地下水位不断下降，这种现象确实值得警惕。布朗作为一个热衷于保护环境的社会学工作者，他的意见非常值得重视。他满可以就事论事，就环保问题提出建议，何必谈那些对他来说并不擅长的经济话题？不过，如果他这样做，又有几个人知道布朗的大名呢？

解决水资源短缺，无非是开源节流，双管齐下。

要提倡节约用水，在工业上和人们日常生活中都要提倡节约用水，尽可能搞好水的循环利用。

在考虑粮食生产结构调整的时候，尽量多发展一些节水型的作物，而不宜过多发展耗水量大的作物。按照目前农业水资源利用水平，每生产 1 千克小麦需要 1.15 吨水，而生产 1 吨奶酪需要 5 吨多的水，生产 1 吨牛肉需要 16 吨水（见表 9-4）。

表 9-4 各类食物生产用水量

单位：升/千克

食物种类	耗 水	食物种类	耗 水
水 稻	2656	牛肉	15977
大 豆	2300	猪肉	5906
小 麦	1150	禽肉	2828
玉 米	450	鸡蛋	4657
土 豆	160	牛奶	865
奶 酪	5288		

转引自："Water: A Shared Responsibility", *The United Nations World Water Development Report II*, UNESCO, New York, Berghan Books, 2006。

从表 9-4 中可见，在各种粮食作物中，生产大豆的耗水量仅次于水稻。每生产 1 千克大豆需要耗水 2300 升，几乎是小麦的 1 倍，是玉米的 5.1 倍。水稻的主要产区在江浙、两湖、两广一带，并不缺水。在黄河以北，有不少地方缺水，历来就不能种植水稻，只能在玉米、小麦和大豆当中选择。从节水的角度来看，种植小麦和玉米要优于种植大豆。

相对节流而言，开源更为重要。南方水资源丰富，甚至经常豪雨成灾，一片汪洋。可是北方常常遭遇旱灾，赤地千里。倘若能够将南方的水引到北方，肯定是利国利民的千秋壮举。著名的南水北调工程被外电称为近代世界上的七大工程之一。南水北调西线、中线和东线工程分别从长江上、中、下游调水，将长江、淮河、黄河、海河连接在一起，构成"四横三纵、南北调配、东西互济"的水资源总体格局。中线工程可缓解京、津及华北其他地区水资源危机，为沿线城市生活、工业增加供水 64 亿立方米，为农业供水 30 亿立方米。可以预期，南水北调工程将大大改善生态环境和投资环境，推动我国中部地区的经济发展。

在讨论长江三峡工程的时候有些人担心库容太大，有可能造成地质变化，影响环境。南水北调没有类似的顾虑，不过就是打几条隧道，修几条运河，将南方多余的水引到北方而已。引水工程只会促进沿线的自然环境而不会产生什么副作用。在水源地由于水位上升和土木工程建设需要搬迁 35 万多人。按 1993 年固定价格估算，南水北调工程静态总投资约 400 亿元。这项巨大的工程耗时长久，估计要到2050 年才能完工。

第六节　粮食危机，言过其实

2008 年，国际粮价暴涨，新闻媒体上连篇炒作，连一些政治家、官员也纷纷发表讲话，好像 2008 年爆发了一场全球性的粮食危机。

到底有没有粮食危机？这要看怎么定义粮食危机。

综合各种资料，认为 2008 年爆发粮食危机的主要根据是：粮价大涨；一些国家发生粮荒，民众饥饿，有些国家叫停粮食出口，世界粮食库存消费比例跌过了安全线。

如果说粮价涨了就是粮食危机。那么，2008 年国际粮价暴涨，可以称为粮食危机。不过，国际市场上粮价经常波动，究竟涨到什么程度才算粮食危机，在什么程度以下就不算？石油价格猛涨，人们并没有说年年闹石油危机。铁矿石价格在 2008 年也大幅度上升，怎么没有人叫铁矿石危机？怎么别的商品涨价不算危机，唯独粮食涨价就是危机？国际市场上粮价涨了，可是，中国国内粮价并没有涨。还有许多国家的国内粮食市场保持稳定，那么，粮食危机的边界在哪里？2009 年国际粮价回落，并且在较低的水平上波动，是不是粮食危机过去了①？由此可见，拿粮价波动作为判断粮食危机的标准并不合适。

如果说缺粮即是粮食危机，从数据来看，2008 年全球粮食生产总量并没有减少，人均粮食拥有量也没有减少，全球并不缺粮。出现粮食供应问题的只是局部的一些国家。2008 年并没有出现全球性的灾害，也没有大面积破坏农业生产的基础，粮价上涨之后必定刺激农业生产，增加产量。粮价和产量之间历来就存在这样互动关系，属于正常的商业周期，了不起就是 2008 年波动的幅度大了一些，称之为粮食危机似乎有点夸张。

如果说有人没饭吃就算粮食危机，那么，2008 年确实有许多国家闹饥荒，可以称为粮食危机。根据世界粮食安全委员会第 33 次会议文件《评估世界粮食安全形势》，发生粮荒的国家在西部非洲有乍得、毛里塔尼亚、尼日尔、科特迪瓦、几内亚、利比里亚、塞拉利昂和中非，在中部非洲有索马里、厄立特里亚、埃塞俄比亚、肯尼亚、苏丹、坦桑尼亚、乌干达、津巴布韦，在南部非洲有安哥拉、刚果等，在亚洲有伊拉克，加勒比地区有海地等②。这些国家由于长期内乱，动荡不安，人民流离失所，基础设施落后，丧失了抵御自然灾害

---

① 在本书第十章将分析粮价上涨的原因。
② 世界粮食安全委员会第 33 次会议文件《评估世界粮食安全形势》，罗马，2007 年 5 月 7~10 日。

的能力，经常处于粮食紧急状态，急需外界援助。

有人把粮食安全分为长期粮食不安全（Chronic）和短期粮食不安全（Transitory）。长期粮食不安全指的是一个国家长期没有足够的粮食生产能力，缺乏足够的购买粮食的能力，因而出现普遍的食品不足和营养不良。短期粮食不安全指的是由于粮食生产突然下降，或者由于粮价突然上升导致缺粮。如此分类，亦无不可。不过，与其把长期粮食不安全称为粮食危机还不如说是贫穷。和饥荒同时并存的是粮食市场上供过于求的现象。世界上不仅有潜在的粮食生产能力还有大量的粮食放在仓库里。如果有一种机制可以在全球范围内调度粮食供应，完全可以保证所有的人都有足够的粮食供应。可惜，市场机制做不到无偿调拨，各国政府也束手无策。看得见的手和看不见的手都无能为力。和贫穷作斗争是全人类的一项长期任务，把贫穷说成是粮食危机似乎不那么贴切。世界上有成千上万的穷人没饭吃，不仅 2008 年如此，今后还有，在相当长时期内很难消灭贫穷现象，总不能说粮食危机没完没了吧？

如果说有些国家社会动荡就算粮食危机，那么，2008 年确实有许多国家由于粮食短缺而出现政局动荡，可以称为粮食危机。可是，没有 2008 年的冲击，这些国家就安定吗？海地总理因粮价暴涨而下台，可是，粮价没有涨的时候，怎么海地政局也总是动荡不安？总不能把所有的不稳定因素都归罪于粮食危机吧？

表面现象并不一定代表真实。某些新闻媒体为了吸引人们的注意力，往往把一些事情渲染夸大。2008 年所谓的粮食危机，在很大程度上是一场媒体炒作。媒体上充斥着大量粮食危机的报道，言之凿凿，颇为吓人。如果说这不是粮食危机，好像就犯了"政治立场错误"，没有替穷人讲话。跟在舆论后面起哄比较容易，比较安全。要说真话不仅需要认真分析、研究，提出解决问题的办法，还需要有坚持真理的勇气。

　　为什么要研究粮食危机？目的是为了防患于未然，找到防范危机的对策。如果天天喊"狼来了"，反而麻痹了人们的警觉。那些高喊粮食危机的人除了请求富国支援之外，并没有提出什么办法。可惜，富国至今也没有对粮食危机做出什么反应，国际援助的资金依然停留在很可怜的水平上。真正漠视民众需求的恰恰是那些说空话的人。

　　人们常说要居安思危，唤起危机意识，防患于未然。谈起经济危机，无非是粮食危机、石油危机、金融危机①。

　　这三个危机，哪个最厉害？遭遇金融危机，没钱花；遭遇石油危机，没车开；遭遇粮食危机，没饭吃。按照常理，钱少就少花，没车就走路，无论如何还能对付，没饭吃，岂不要命？难怪只要媒体上一说粮食危机，马上就可以吸引人们的注意力，风声鹤唳，神经紧张。

　　当然，哪一种危机都不好，不过，还是要平心静气地估量一下，什么最危险，要把注意力集中在最危险的地方。

　　从危机发生的必然性来看，石油危机最大。换句话说，石油危机是无法避免的。石油是化石燃料，开采一点就少一点，不能再生。尽管人们估计石油耗尽的时间长短有所不同，但是最乐观的估计也不过两代人的光景。不管你愿意还是不愿意，石油危机迟早要来。所以，一定要及早准备，减少能耗，寻找替代能源。

　　中国遭遇金融危机的概率很高。发达国家，例如美国、英国、法国、德国、日本等几乎全部都遭遇过金融危机，经济高速增长的地区，例如韩国、中国台湾、新加坡、中国香港等也都遭遇过金融危机。从这个角度来看，中国迟早也会遭遇金融危机。只是我们不知道什么时候爆发金融危机，也不知道金融危机的冲击力度有多强。因

---

　　①　还有一个生态环境危机。如果人们不能减少二氧化碳排放，气候渐渐变暖，海平面上升，连上海、天津都要被淹没。2009年底在哥本哈根会议上各国政要吵得一塌糊涂。生态危机确实可怕，但是毕竟离我们还有段距离。

此，我们务必要提高警惕，做好防范金融危机的准备。

遭遇金融危机的原因大致上有四种。第一，由于泡沫经济崩溃导致银行系统出现大量不良贷款，大量资金外逃，造成资金链断裂，生产系统损失严重。例如，日本在 1990 年遭遇的金融危机，美国在 2008 年泡沫经济崩溃，也遭遇到严重的金融危机。第二，在巨额外债压迫下，货币信用崩溃，资金外逃。例如韩国、阿根廷遭遇的债务危机。第三，在外部投机集团袭击下导致金融体系崩溃。例如，泰国、马来西亚和印度尼西亚在 1997 年遭遇的金融危机。第四，由于滥印钞票导致恶性通货膨胀，货币信用体系崩溃，例如，津巴布韦的金融危机和 1949 年国民党政府的货币危机。在金融危机的冲击下，民众多年积累的财富可能在几周内被扫荡一空。日本在遭遇金融危机之后，在泥淖中挣扎了将近 20 年，至今尚未恢复元气。因此，中国必须努力防范可能爆发的金融危机。一旦爆发金融危机，要能够从容应对，采取适当的危机管理措施，尽力减少损失，以最快速度重建金融秩序，恢复经济增长。

粮食危机听起来很吓人，可是，究竟在哪个发达国家闹过粮食危机？好像一个也没有。粮食是可再生的资源，只要土地在，人在，哪怕闹再大的水灾、旱灾，了不起这一茬庄稼颗粒无收，从头再来，很快就能恢复。怕就怕，过度扩张工业用地，使得耕地不可逆转，没有足够的耕地，再遇到天灾人祸，就保不住不出现粮食危机。如果生态环境恶化，耕地沙漠化，再谈粮食危机就不是危言耸听了。只要很好地保护耕地资源，加强粮食储备系统的管理，扩大国际合作，粮食危机出现的概率就很低。

目前，阻碍中国推进农业生产结构改革的主要顾虑是：如果我们调整粮食播种面积，会不会由于外国的经济制裁而导致粮食危机？这一点确实需要头脑冷静，认真研究，采取正确对策。进入新世纪，和平与发展是国际上的主旋律。全面爆发世界大战的可能性很小。对于中国这样的大国来说，即使爆发一些局部战争或边境冲突也不会对粮食安全构成严重的威胁。最可怕的就是出现内战。一旦自相厮杀起来，根本就谈不上什么粮食安全。非洲许多国家的自然条件并不差，完全有能力自给自足，可是由于内战连绵不断，所以长期以来摆脱不掉饥饿和贫穷。从这一点来看，建立和谐社会是保证粮食安全的重要基础。

金融危机爆发的预警期很短，说来就来，几个星期就可以搅得一个国家面目皆非。石油危机的预警期比较长。即使石油价格上下波动，还不至于一下子没有石油供应。粮食危机的预警期最长。哪怕是遭遇美国发动的粮食禁运也有 270 天的预警期①。对于中国这样的大国来说，完全可以在这段时间内调整农业生产结构，提升粮食供应的自给程度，化解外部冲击。天灾的冲击对于小国要更严重，对于中国这样领土广袤的国家，天灾并不能造成严重的粮食短缺。只要谨慎小心，提前防范，完全可以不必对粮食危机过虑。

迄今为止，全球粮食生产系统并没有出现什么很大的变化，天灾不足以导致不可逆的粮食生产系统衰退。因此，把 2008 年出现的粮价暴涨称之为粮食危机似乎有些言过其实。即使在某些地区出现较为严重的天灾，只要具有较好的信息系统，削减贸易壁垒，加强国际合作，完全可以抵御天灾带来的局部粮食短缺。

---

① 粮食制裁的预警期请参见本书第十二章。

第十章 粮价暴涨谁之过

●许多人把 2008 年粮价暴涨称为粮食危机，这种说法尚需斟酌。2007 年，谷物交易市场供不应求，粮价上升，这是正常的经济周期波动。与其说是粮食危机，还不如说是一次被动的市场调节。粮食生产具有一定的供给弹性。只要全球粮食生产的能力没有受损，假以时日，市场会自动做出调节，引导粮价恢复到合理的水平。

●国际粮价波动幅度偏大的原因有三条：第一，储运系统不够完善，国际粮食市场缺乏一个内在的稳定机制。第二，投机集团恶意炒作，趁机囤积，兴风作浪，扩大粮价波动幅度，牟取暴利。第三，民众对于粮食安全缺乏正确认识，一经某些媒体炒作就引起莫名其妙的集体恐慌。

●我国是水稻、小麦和玉米的净出口国，将国际市场小麦、玉米、水稻价格波动归罪于中国不合逻辑。国际大豆价格上涨与中国采购有关。中国进口大豆，养殖牲畜、水产品之后大量出口，大大压低了水产品的价格。有些人只注意到国际市场大豆价格上升，却忽略了大虾价格的急剧下降，顾此失彼，犯了片面性错误。

第一节　国际粮价暴涨

　　2007 年，长期低迷的粮价暴涨。根据联合国粮农组织统计，国际市场的食品价格在 2007 年比 2006 年上涨了 23%（见图 10-1）。其中粮食价格上涨 42%，食用油类价格上涨 50%，奶类制品上涨 80%。2007 年国际市场玉米价格 164 美元/吨，水稻 334 美元/吨，小麦264 美元/吨（见图 10-2），比 2000 年分别上涨 86%、62%、120%。

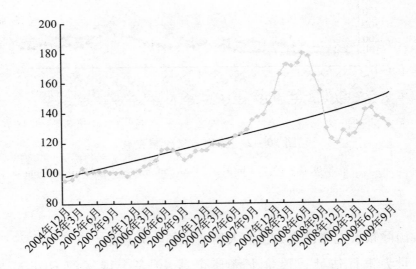

图 10-1　国际商品粮价格指数月度变化（2005 = 100）

　　注：商品粮包括谷物、植物油、肉类、海鲜、糖、香蕉等。图中射线为商品粮价格变化的指数趋势线。

　　数据来源：IMF（http://www.imf.org/external/np/res/commod/index.asp）。

　　2007~2008 年间，国际粮价继续上涨，谷物价格平均上涨了

60%。其中小麦价格上涨 54%，水稻上涨 104%，大豆上涨 76%①。
英国《卫报》称，从 2002 年到 2009 年 2 月，一揽子粮食价格涨幅高
达 140%。

在水稻、小麦和玉米三种主要谷物中，水稻价格涨势最凶，小麦
次之，玉米价格上涨比较和缓。

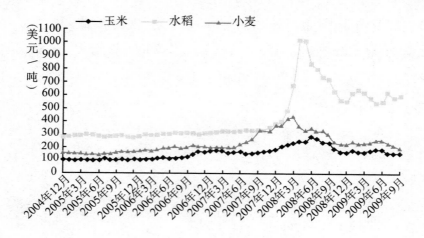

图 10 - 2　谷物名义价格变化

数据来源：IMF（http：//www.imf.org/external/np/res/com-
mod/index.asp）。

国际粮价上涨已成为当前人们关注的一大热点。

世界银行估计，粮价上涨使全球 40 多个国家的 GDP 减少 3
至 10 个百分点，使得大约 1 亿人再度陷入极端贫困之中②。根据
国际货币基金组织统计，粮食和石油价格上涨严重冲击了 75 个发展

---

① Runge, C. Ford and Benjamin Senauer, "How Biofuels Could Starve the Poor",
Foreign Affairs. Vol. 86, No. 3, May/June, 2007, pp. 41 - 53.
② 国际粮价上涨使得粮食进口国的负担加重，却使粮食出口国增加了收入。
粮价上涨可能加剧贫穷，而导致 GDP 剧烈下降的机制尚有待研究。GDP 下
降可能有各种原因，未必都能归咎于粮价。

中国家，加剧了饥饿，减缓了经济增长，导致了通胀上升，增加了失业率。在 2008 年 7 月召开的第 62 届联合国大会上，联大主席克里姆在开幕致词中指出："全球正面临着粮食和能源双重危机，二者相互交织并在气候变化和世界经济滑坡的影响之下以惊人的速度不断恶化。"

联合国粮农组织警告，2008 年有 36 个国家面临食物短缺。从南美洲的海地到非洲的埃及，粮价暴涨带来越来越多的社会不稳定事件。自 2007 年底以来，因为玉米价格暴涨，墨西哥民众上街游行示威，印度尼西亚民众集会抗议创纪录的黄豆价格，巴基斯坦因小麦短缺导致社会骚乱。粮价暴涨在阿富汗、索马里、苏丹、刚果（金）等国引起社会动荡，海地政府总理因粮价爆涨而黯然下台。

发达国家也没有逃脱粮价不断上涨的困扰。许多国家开始控制粮价，提高农产品出口税①。联合国粮农组织声称，2007 年是世界谷物储量自 1982 年以来最低的一年，还看不出来粮价会在近期下跌②。

第二节　泼向中国和印度的污水

为什么从 2007 年以来国际粮价不断上涨？《纽约时报》在 2008 年 4 月 10 日发表评论，受无法控制的外力影响，粮价不断上升，其中包括了能源价格上升的推动，以及中国、印度等人口大国对粮食需求的增加③。在西方媒体上有两种说法比较流行：第一，由于中国和印度这两个人口大国消费了大量的粮食，导致国际粮价暴涨。第二，

---

① 参见 "After the Oil Crisis, A Food Crisis?", *The Times*, Nov. 16, 2007。

② 显然，这个估计被证明是错误的。在 2008 年收获期之后，国际粮价开始逐步回落。

③ "The World Food Crisis", *The News York Times*, April 10, 2008.

是生物燃料（玉米酒精）惹的祸[①]。

2008 年 7 月在日本举行的 G8 峰会上，美国总统布什将国际市场的高粮价归咎于印度和中国对粮食不断增长的高需求。

加拿大安全情报局 2008 年对全球粮食危机做了调查分析。他们认为，由于中国和印度中产阶级人口比重不断上升，大幅度增加了对肉、鱼及乳制品的需求。中国在 1990～2000 年这十年期间，对这些产品的需求量上升了整整一倍。只要中印两国仍保持较高的经济增长势头，对世界粮食的需求就会不断上升[②]。

近年来，德国的某些媒体经常对中国进行歪曲报道。在粮价暴涨的时刻，它们连篇累牍地发表文章污蔑、攻击中国。德国《明镜周刊》在 2008 年 5 月编造的故事耸人听闻："（中国）政府甚至准备了 4000 万吨到 5000 万吨的粮食紧急储备。但是，即便如此，供需缺口仍有 10% 不能满足。这意味着，中国必须为高达 1300 万人的缺口进口粮食。"按照它们的想象：中国的耕地只占世界的 10%，却要养活世界上 20% 的人口，中国人一定半饥不饱，赚到钱之后必然要填饱肚子。中国人口如此之多，只要每个人多吃几口饭，就会导致全球粮食供不应求，粮价上涨，导致粮食危机。这些人的思维模式还停留在鸦片战争时期，他们不愿意睁开眼睛来正视现实，以至于连简单的数据都没有弄清楚就张开嘴巴胡言乱语。

按常理来说，西方某些官员和新闻媒体收集信息的能力很强，如果有问题，找几位饱学之士请教也不是什么很难的事情。可是，他们

---

① 事实上，粮价上涨和生物燃料并没有多大关系，详见徐滇庆、李昕：《经济命脉系三农——深化农业结构改革》，机械工业出版社，2010，第 7 章关于生物燃料的专题讨论。

② Senator Robert P. Casey & Senator Richard G. Lugar, *A Call for a Strategic U. S. Approach to the Global Food Crisis*, A Report of the CSIS Task Force on the Global Food Crisis Core Findings and Recommendations, July, 2008.

对中国的言论却经常表现出令人吃惊的荒谬。事实再次证明，偏见比无知距离真理更远。

第三节　谷物总产出有增无减

粮价的波动不仅取决于供给、需求，还和国际粮食市场的运行机制密切相关。

2007～2008 年国际粮价剧烈上涨，引起了许多人的不安或恐慌，好像世界就要陷入一场大灾难。许多人把粮价暴涨称为粮食危机，这种说法尚需斟酌。

粮食危机必然意味着全球范围内的谷物短缺①。可是，近年来世界各国谷物总产量并没有减少。2007 年全球粮食产量约为 23.4 亿吨（见表 10 - 1），比 2006 年增产 5%。谷物增产速度超过了人口增长率。

表 10 - 1　各国谷物产量

单位：万吨

	国　　家	2000 年	2007 年	增产量
1	中　　国	40733.6	46035.3	5301.7
2	美　　国	34280.9	41406.6	7125.7
3	印　　度	23486.6	25212.1	1725.5
4	俄 罗 斯	6432.6	8049.5	1616.9
5	印度尼西亚	6157.5	6943.0	785.5
6	巴　　西	4589.7	6883.2	2293.5
7	法　　国	6569.8	5870.7	- 699.1

① 谷物包括水稻、小麦、玉米、谷子、高粱和其他谷物，不包括豆类和薯类。

国　　家	2000 年	2007 年	增产量
8　　加拿大	5109.0	4877.3	-231.3
9　　孟加拉	3950.3	4466.9	516.6
10　德　国	4527.1	4229.5	-297.6
11　阿根廷	3875.1	4196.1	321.0
12　越　南	3453.7	3988.1	534.4
13　巴基斯坦	3046.1	3555.3	509.2
14　缅　甸	2196.4	3372.0	1175.6
15　墨西哥	2799.1	3236.2	437.1
16　泰　国	3052.3	3170.2	117.9
17　尼日利亚	2137.0	3085.0	948.0
18　土耳其	3224.9	3021.2	-203.7
19　乌克兰	2380.7	2803.5	422.8
20　波　兰	2234.1	2736.5	502.4
21　西班牙	2455.6	2413.5	-42.1
22　伊　朗	1287.4	2309.7	1022.3
23　菲律宾	1690.1	2273.0	582.9
24　澳大利亚	3444.7	2214.5	-1230.2
25　埃　及	2010.6	2205.9	195.3
26　意大利	2066.1	2049.9	-16.2
27　哈萨克斯坦	1153.9	2049.5	895.6
28　英　国	2398.9	1936.9	-462.0
29　匈牙利	1003.6	1404.7	401.1
30　埃塞俄比亚	802.0	1366.6	564.6
31　日　本	1279.6	1202.9	-76.7
32　南　非	1452.8	954.7	-498.1
33　丹　麦	941.3	822.0	-119.3

	国　　家	2000 年	2007 年	增产量
34	罗马尼亚	1049.9	746.1	- 303.8
35	尼泊尔	711.6	732.9	21.3
36	捷　克	646.0	706.6	60.6
37	白俄罗斯	456.5	701.6	245.1
38	苏　丹	325.9	657.2	331.3
39	柬埔寨	418.3	637.5	219.2
40	乌兹别克斯坦	391.4	637.2	245.8
41	韩　国	750.1	626.9	- 123.2
42	塞尔维亚	600.0	612.5	12.5
43	坦桑尼亚	378.5	589.5	211.0
44	叙利亚	351.3	545.3	194.0
45	瑞　典	560.4	505.9	- 54.5
46	阿富汗	194.0	484.0	290.0
47	奥地利	449.4	459.5	10.1
48	秘　鲁	355.4	425.2	69.8
49	朝　鲜	294.5	424.4	129.9
50	芬　兰	410.3	418.1	7.8
	世界总计	206037.0	234242.7	28205.7

数据来源:《国际统计年鉴 2009》,第 243 页。

　　表 10 - 1 给出了世界排名前 50 位的谷物生产大国的产量。这 50
个国家生产的谷物总额占世界总产量的 94% 以上。在 2000 年世界谷
物总产量约为 20.6 亿吨,2007 年增加到约 23.4 亿吨,全球总产量增
加了约 2.8 亿吨,稳步上升。其中,中国增产 5301.7 万吨;美国增
产的幅度最大,7125.8 万吨;巴西增产 2293.5 万吨。世界上谷物总
量并没有减少,排除了由于天灾导致减产的说法。不过,美国和巴西

增产的主要是玉米，大部分用于制造生物燃料，并没有把增产的谷物投入国际粮食市场。只有中国在粮食增产之后，不仅没有进口，反而增加了水稻、小麦和玉米的出口①。

第四节　主要谷物出口国减产

在全球谷物总产量持续增加的同时，有 14 个国家减产，其中澳大利亚减产 1230.2 万吨，加拿大减产 231.8 万吨，法国减产 699.1 万吨，德国减产 297.7 万吨，英国减产 462.1 万吨。这些国家都是谷物出口大国。由于海外市场不景气，没有足够的粮食有效需求，所以近年来国际粮食市场供过于求。从 1957 年到 2007 年国际市场小麦、玉米真实价格的长期回归线呈现显著的负斜率，国际市场上的粮价逐年下降②。从 1950 年到 1984 年，粮食价格下降 12.27%③。粮食出口的利润越来越低，难怪这些传统的粮食出口国纷纷减产。2005 年世界粮食出口国的粮食产量下降 4%，2006 年下降 7%。

众所周知，在非洲、亚洲还有许多人生活在贫困线之下，每年有数百万人因营养不良而死亡。可是非常遗憾，他们没有资金来购买食物。从市场角度来看，对商品的需要并不等于有效需求。解决穷国的饥饿问题，关键在于帮助当地的民众发展生产，依靠自己的力量摆脱贫穷和饥饿。国际援助很好、很必要，却靠

---

① 在此期间中国大量进口大豆。不过，大豆并不属于谷物，中国对大豆价格上升有责任，却和谷物价格上升毫无关系。

② 参见卢锋《我国粮食供求与价格走势（1980～2007）——粮价波动、宏观稳定及粮食安全问题探讨》，北京大学中国经济研究中心讨论稿，1997 年 8 月。

③ 数据来源：尹成杰《粮安天下——全球粮食危机与中国粮食安全》，中国经济出版社，2009，第 75 页。

不住，也很难持久。

例如，加拿大每年向非洲捐赠几十万吨粮食，可是，谁来支付运费呢？加拿大政府或其他慈善机构四处筹集资金来支付运费和其他费用，由于财力所限，不可能扩大捐赠范围。粮仓中陈粮积压过多，迫使它们减少谷物生产。

2005~2006年世界上许多粮食出口国遭遇旱灾。澳大利亚声称是千年一遇的大干旱，谷物产量下降20%。加拿大、乌克兰也遭遇严重旱灾。加拿大2007年春小麦产量从前10年的平均产出807万吨下降为590万吨。

除去那些由于自然或其他原因导致的减产，和2000年相比，在2007年由于价格偏低而减产谷物高达3.8亿吨。如果这些重要的粮食出口国不减产的话，从2000年到2007年全球粮食产量将增加6.6亿吨，增长幅度大大超过同期全球人口增长幅度。

从全球来看，谷物产量并没有减少，但是由于遭灾和粮价偏低，主要粮食出口国减产，使得国际粮食市场上谷物供应量大幅度下降，造成了国际粮食市场上供给相对短缺，全球粮食库存量也急剧减少。谷物交易市场上供不应求，最终导致国际市场粮价反弹。这是正常的经济周期波动。

第五节　粮食库存量下降

从粮食库存量的变化也可以清楚地看出这次所谓的粮食危机的来龙去脉。

国际粮食库存总量在1999年曾经高达6亿吨，相当于115天的消费量。

2001年世界水稻库存量高达1.47亿吨，库存消费比例为35%。

由于粮价下跌，农民种粮积极性严重受挫。世界主要谷物生产国连续降低谷物播种面积，减少粮食产量。粮食市场供不应求，不得不连年动用粮食库存，总库存量每年下降3.4%。到了2004年，水稻库存量几乎下降了一半①。

联合国设定了警戒线，粮食库存量不能低于年消耗量的17%～18%。2007年全球粮食库存总量下降为3.09亿吨，仅仅相当于54天的消费量，是25年来最低储备水平。在2008年，尽管全球粮食库存恢复到4.05亿吨，库存消费比仍然低于15%②。

由于库存量低于警戒线，澳大利亚、加拿大遭遇天灾，粮食减产，就立即破坏了国际粮食市场脆弱的均衡，出现抢购粮食的恐慌。如果我们站得更高一点来观察这次波动，与其说这是一场粮食危机，还不如说是一次被动的市场调节。只要全球粮食生产的能力没有受损，粮价上升之后，激励农民增加粮食生产，很快就可以达到新的均衡。如果说要吸取教训的话，当库存下降到警戒线的时候就应当及早发出警告信号，采取措施增加粮食生产，恢复必要的粮食库存水平。切莫被动地等到出现供不应求，从而导致粮价暴涨。

第六节　粮价波动与边际调整

惊呼粮食危机的人没有搞清楚谷物总量短缺与边际调整之间的区别。只有总量短缺才会导致粮食危机，而边际调整只不过是短期的经济周期波动。

在国际市场上交易的粮食只占全球粮食总量中的一小部分。粮食

---

① 参见尹成杰《粮安天下——全球粮食危机与中国粮食安全》，中国经济出版社，2009，第77页。

② 参见尹成杰《粮安天下——全球粮食危机与中国粮食安全》，中国经济出版社，2009，第99页。

生产受到气候影响有起有落，比较容易出现供求关系的失衡。如果主要粮食出口国遭遇自然灾害，粮食产量下降，在满足国内基本需求之后，能够提供出口的数量必然下降。假如出口占该国粮食总产量的5%，只要粮食减产1%就相当于出口量下降20%。势必对国际粮食市场产生重大的冲击，很快就会出现供不应求，推动粮价上涨。可是，下一年增产1%甚至更多，并不稀奇，国际粮食市场的供求关系很快就恢复过来了。只要全球总产量持续上升就不会出现真正意义上的粮食危机。

2007年全球粮食总产量约23.4亿吨，在国际市场上的交易量为3.5亿吨左右，占总量的14.96%。2000~2007年间，水稻贸易量占总产量的平均比重不足0.3%（见表10-4）；玉米贸易量的比重平均为13.43%（见表10-3）；小麦贸易量的平均比重略高于20%（见表10-2）；大豆贸易量较其他主要粮食作物高，达到31.13%（见表10-5）。

2007~2008年价格波动最大的是水稻。水稻的主要进口国为阿联酋、沙特阿拉伯、美国、英国等，这些国家的进口量并没有发生很大的变化。只有菲律宾由于遭灾而显著地增加了水稻进口量。在2007年全球水稻总产量为65741.35万吨，比2000年增加了5284万吨。投入国际市场交易的水稻数量仅为164.33万吨，占总产量的0.25%[①]。水稻价格的剧烈波动属于边际调整效应。如果在短期内供不应求，很可能推高水稻价格。随之，在下一个种植周期很快就可以提高国际市场水稻供给量，达到一个新的均衡点。

国际粮食市场上小麦和水稻的价格暴涨，仅仅影响那些进口小麦和水稻的国家，而对于能够自给自足的经济体来说，其冲击程度并不

①　贸易及产量数据均来自FAO，水稻编号为27，http：//faostat.fao.org/site/535/default.aspx　ancor。

高。2008 年中国人除了在报纸和网站上读到一些粮食危机的新闻之外，并没有感受到粮价暴涨的威胁。

表 10 - 2　小麦的国际贸易比例

年份	2000	2001	2002	2003	2004	2005	2006	2007
进口量（万吨）	11700.41	11274.94	12085.64	11032.13	11663.18	12083.63	12413.13	11926.08
出口量（万吨）	11719.01	11374.89	12039.63	10959.18	11893.73	12047.37	12644.29	13283.21
总产量（万吨）	58580.91	58982.44	57474.67	56013.85	63271.01	62687.61	60506.93	61110.17
贸易比（%）	20.00	19.29	20.95	19.57	18.80	19.22	20.90	21.74

　　注：贸易比 = 出口量/总产量，小麦产量及贸易在 FAO 的编码为 15。
　　数据来源：生产数据与贸易数据均来自 FAO（http：//faostat. fao. org/site/535/default. aspx　ancor）。

表 10 - 3　水稻的国际贸易比例

年份	2000	2001	2002	2003	2004	2005	2006	2007
进口量（万吨）	173.63	171.88	205.72	257.51	193.98	206.07	251.33	186.75
出口量（万吨）	153.33	145.98	204.11	228.61	163.07	196.83	172.36	167.33
总产量（万吨）	59935.50	59824.52	56947.77	58471.69	60791.04	63450.68	64107.97	65741.35
贸易比（%）	0.26	0.24	0.36	0.39	0.27	0.31	0.27	0.25

　　注：水稻贸易与产量在 FAO 编码为 27。
　　数据来源：同表 10 - 2。

表 10 - 4　玉米的国际贸易比例

年　份	2000	2001	2002	2003	2004	2005	2006	2007
进口量（万吨）	8210.81	8197.76	8762.70	8965.73	8268.07	8795.18	9516.00	10715.09
出口量（万吨）	8235.42	8381.57	8747.08	9070.97	8268.82	9041.94	9542.53	10968.42
总产量（万吨）	59247.70	61548.38	60491.83	64523.12	72921.22	71391.39	70631.12	78811.21
贸易比（％）	13.90	13.62	14.46	14.06	11.34	12.67	13.51	13.92

注：玉米产量与贸易在 FAO 统计中的编码为 56。

数据来源：同表 10 - 2。

表 10 - 5　大豆的国际贸易比例

年　份	2000	2001	2002	2003	2004	2005	2006	2007
进口量（万吨）	4848.24	5736.71	5679.89	6579.75	5841.38	6680.89	6649.62	7441.05
出口量（万吨）	4737.78	5695.99	5462.79	6503.47	5765.07	6538.95	6787.79	7440.30
总产量（万吨）	16129.24	17824.58	18167.96	19066.10	20552.96	21429.17	21835.53	21954.55
贸易比（％）	29.37	31.96	30.07	34.11	28.05	30.51	31.09	33.89

注：大豆贸易与产量在 FAO 统计中的编码为 23。

数据来源：同表 10 - 2。

第七节　粮食需求的变化

除了供给之外，粮价波动还和需求有关。粮食需求可以分为三块：基本需求、工业需求与投机需求。

（1）基本需求，又可以分为生存需求和改善需求。人人都要吃饭，从食物中获取足够的热量。相对来说，由于谷物价格较低，低收入家庭的食品中谷物占的比重较高。据联合国估计，到2050年全球人口将由目前的66亿增加到92亿。与此同时，中产阶级的比重不断加大，消费升级，对肉类食品的消费量也随之增加。根据联合国粮农组织的估计，膳食结构的改善导致饲料用粮以每年2100万吨的速度增长。随着人口增加和生活水平提高，对粮食的基本需求将不断增加。基本粮食需求和人口数量、人均收入、年龄结构、生活习惯等要素相关。一般来说，基本粮食需求是渐进变化的，可以根据历史数据作出比较准确的预测。显然，粮食基本需求并不是2008年粮价大幅上涨的主要原因。

（2）工业需求。近几年生物能源的开发，使得对粮食的工业需求逐年增加。由于生物燃料的生产还刚刚起步，消耗量和新增的玉米产量相互匹配，把粮价上涨归咎于工业需求尚缺乏根据①。

（3）投机需求。近年来常常有人把粮食危机和金融危机相提并论。毫无疑问，投机需求有可能放大粮价的波动。由于全球资本流动性过剩，庞大的游资必然追逐有限的资源。游资冲击哪里，那里的资产价格就狂涨。近年来，大宗商品成为国际游资的追逐对象。粮食和石油都成了金融寡头投机活动的载体。美国芝加哥商品交易所的大宗商品期货市场，早就成为全球粮价的晴雨表。众所周知，国际粮食市场并不是充分竞争市场，而是典型的寡头垄断市场。目前，世界上四大跨国粮商（ADM、邦吉、嘉吉和路易达孚）垄断着世界粮食交易量的80%。寡头们利用世界粮食库存增减、需求波动、气候变化等题

① 在《经济命脉系三农——深化农业结构改革》一书第9章中专题讨论生物燃料对国家粮食市场的冲击。见徐滇庆、李昕：《经济命脉系三农——深化农业结构改革》，机械工业出版社，2010。

目大肆炒作，买空卖空，投机赚钱，大大加剧了粮价的起伏波动。

但是，粮食危机和金融危机有本质上的区别。导致金融危机的重要原因之一是泡沫经济的崩溃。日本在 1990 年的金融危机和美国在 2008 年的金融危机都肇始于投机需求在股市和房地产市场上的炒作。粮食投机炒作能不能形成泡沫经济？很难。泡沫经济形成的条件是交易成本很低，换手容易，无须支付运输和储藏成本。粮食投机并不具备这些条件。买卖粮食需要专业知识，换手比较困难，转运、储存，成本很高。粮食期货交易为投机活动提供了渠道，但是投机规模远远不能和股市、房地产相比。

总的来说，这次粮价暴涨和粮食基本需求及工业需求的关系不大，今后应当加强粮食交易市场的管理，抑制粮食等大宗商品的投机，稳定粮价。

第八节　粮食进口国与出口国

追究 2007～2008 年国际粮价暴涨的原因，一定要搞清楚哪些国家是粮食进口国，哪些国家是粮食出口国。国际粮食市场出现供不应求，必定是某些传统的出口国减少了出口量，而某些进口国增加了进口量。如同医生看病一样，一定要诊断清楚病因，然后才能对症下药。如果连病因都搞不清楚，胡乱瞎猜，只能把事情越弄越糟。

下面总结 2004～2008 年三年间，世界主要发展中国家（中、印）及发达国家（欧盟、日、美、加）粮食的进出口情况。

由图 10-3 可知，中国进口大豆的数量逐年递增。除了个别年份，我国从国际市场进口小麦弥补国内缺口外，中国一直保持着水稻、玉米及小麦的净出口国地位。

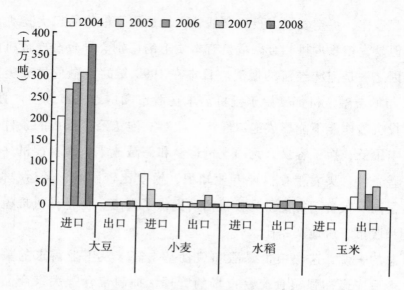

图 10 – 3　中国粮食进出口情况

数据来源：UN Commodity Trade Database（http：//
comtrade. un. org）。农产品贸易编码：大豆（HS – 1201）、小麦和混
合麦（HS – 1001）、水稻（HS – 1006）、玉米（HS – 1005）。

由图 10 – 4 可知，印度是大豆、水稻、玉米的净出口国。特别是
水稻，2007 年印度水稻出口量占世界水稻出口贸易总量的 22.4%。
在 2006 年以前，印度一直保持着小麦的净出口国地位，2006 年后，
根据本国实际情况，印度调整国内农业结构，从国际市场上大量进口
小麦。2006 年，印度进口小麦 608 万吨，占当年国际小麦交易量的
4.9%。2007 年，印度进口小麦总量回落至 179 万吨，比重也下降
到 1.5%。

欧盟国家是大豆、水稻、玉米的主要进口国，同时也是小麦的主
要出口国（见图 10 – 5）。其中，欧盟大豆进口量占全球的比重从
2004 年的 17.2% 上升至 2007 年的 26.1%。

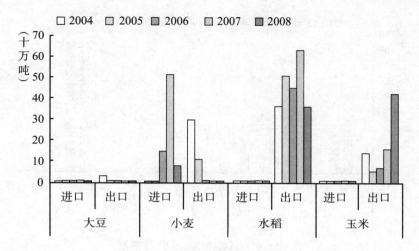

图 10 – 4 印度粮食进出口情况

数据来源：同图 10 – 3。

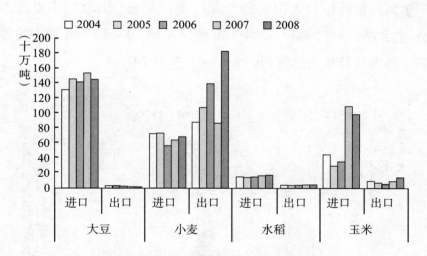

图 10 – 5 欧盟 27 国粮食进出口情况

数据来源：同图 10 – 3。

　　日本是各种粮食的净进口国（见图 10 – 6）。水稻是日本人的主食，基本能够实现自给。日本大量进口饲料，特别是玉米。日本玉米进口量长期维持在世界玉米交易量的 17% 左右。

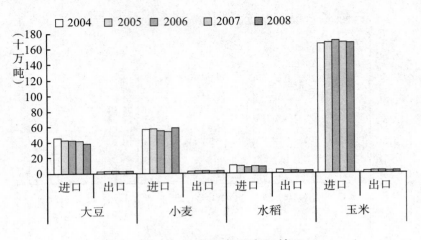

图 10 - 6　日本粮食进出口情况

数据来源：同图 10 - 3。

　　美国是粮食出口大国。2007 年，美国玉米、大豆、小麦的出口量分别达 5701.6、2984、3294.7 万吨（见图 10 - 7），分别占世界各类农产品出口贸易总量的 51.9%、40.1% 和 24.8%。

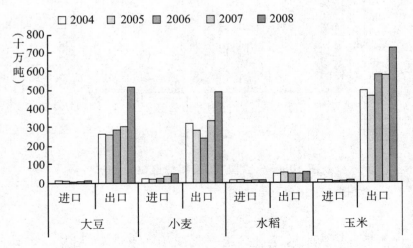

图 10 - 7　美国粮食进出口情况

数据来源：同图 10 - 3。

加拿大是小麦的主要出口国（见图 10 - 8），2007 年，加拿大小麦出口占世界小麦出口贸易总量的 13% 左右。

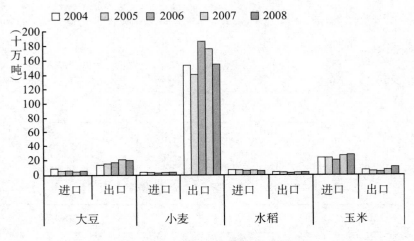

图 10 - 8 加拿大粮食进出口情况

数据来源：同图 10 - 3。

从 2007 年的数据来看，排前 5 名的小麦进口国是意大利、日本、阿尔及利亚、巴西和印度（见表 10 - 6）；水稻进口国是阿联酋、菲律宾、沙特阿拉伯、美国和英国（见表 10 - 7）；玉米进口国是日本、韩国、西班牙和墨西哥（见表 10 - 8）；大豆的进口国是中国、日本、荷兰、德国和墨西哥（见表 10 - 9）。2007 年国际粮价暴涨，其中小麦、水稻和玉米价格的变化与中国基本无关，中国进口大豆占全球贸易量的 46%，平心静气而论，中国大量进口大豆确实推高了大豆价格。

表 10 –6　小麦进口国（占总贸易量的比例）

2005 年		2006 年		2007 年	
日　　本	7.8%	意 大 利	7.2%	意 大 利	7.2%
西 班 牙	7.6%	尼日利亚	7.1%	日　　本	6.3%
意 大 利	7.4%	印　　度	6.7%	阿尔及利亚	5.4%
阿尔及利亚	6.5%	日　　本	6.7%	巴　　西	5.4%
中　　国	4.8%	阿尔及利亚	5.2%	印　　度	5.0%

数据来源：United Nations Commodity Trade Statistic Database。

表 10 –7　水稻进口国（占总贸易量的比例）

2005 年		2006 年		2007 年	
沙特阿拉伯	7.5%	沙特阿拉伯	6.3%	阿 联 酋	6.9%
伊　　朗	5.1%	尼日利亚	5.0%	菲 律 宾	6.6%
塞内加尔	4.8%	阿 联 酋	4.5%	沙特阿拉伯	6.3%
阿 联 酋	4.8%	美　　国	4.4%	美　　国	4.4%
日　　本	4.2%	英　　国	3.7%	英　　国	3.9%

数据来源：United Nations Commodity Trade Statistic Database。

表 10 –8　玉米进口国（占总贸易量的比例）

2005 年		2006 年		2007 年	
日　　本	20.7%	日　　本	18.7%	日　　本	17.4%
韩　　国	9.7%	韩　　国	9.2%	韩　　国	8.3%
墨 西 哥	5.7%	墨 西 哥	8.2%	西 班 牙	7.2%
西 班 牙	5.7%	西 班 牙	5.4%	墨 西 哥	7.0%

数据来源：United Nations Commodity Trade Statistic Database。

表 10-9　大豆进口国（占总贸易量的比例）

	2005 年	2006 年	2007 年
中　国	42.5%	44.1%	46.0%
日　本	7.8%	7.5%	6.7%
荷　兰	5.8%	5.6%	5.3%
德　国	5.7%	5.1%	4.9%
墨西哥	5.2%	5.4%	4.7%

数据来源：United Nations Commodity Trade Statistic Database。

日本一直是世界粮食的主要进口国。日本小麦进口占世界总进口量的 6.1%、水稻的 4.9%、大豆的 5.5%、玉米的 21%。欧盟也是世界粮食的主要进口地区，特别是对谷类、大豆及玉米的进口需求，平均比重分别达 12%、19% 及 4.7%。

国际市场上主要的粮食购买者是日本和欧盟，因此，如果有需求方面的冲击的话，理应从这些主要的客户来找原因。由于日本和欧盟的粮食需求并没有发生剧烈变化，因此，不能将 2007 年粮价波动的原因归咎于需求方面。

世界上大部分贫穷人口分布在非洲和亚洲。可是为了赚取外汇，许多贫穷的非洲国家居然是粮食的净出口国。例如，2005 年非洲的阿尔及利亚和多哥净出口小麦数量分别达 1 万吨及 2.4 万吨，乌干达净出口玉米 1.5 万吨；2006 年赞比亚净出口小麦 2 万吨；2007 年肯尼亚净出口精炼大豆油 0.3 万吨……由于没有足够的资金来采购粮食，在 2007 年前后世界上的穷国并没有扩大粮食采购量，进口粮食的数量并不大，因此，绝对不应当把粮价波动的原因推给它们。

第九节　国际粮价上涨赖得着中国吗？

中国在 2005 年以前进口小麦，但是在 2005 年以后不仅没有进口小麦，反而出口一些小麦。印度取代了中国，成为小麦的主要进口国之一。西方某些达官贵人在各种场合下把粮价上涨的原因归咎于中国。其实，只要稍微花点时间，检查一下谷物进出口数据就不至于犯如此低级的错误。2007 年中国根本就没有进口水稻、小麦和玉米，谷物价格上涨完全赖不着中国。

长期以来，由于国内小麦价格高于水稻，而在国际市场上水稻价格高于小麦，因此，中国一直出口水稻。由于小麦品种和产地的区别，中国在进口小麦的同时也出口一部分小麦。在 2003 年以前，中国出口小麦的数量大于进口。只有 2004 年和 2005 年进口小麦多于出口。2006 年中国出口小麦 151 万吨，进口 61.3 万吨，重新恢复了净出口地位。

中国历来就是水稻出口国。中国人消费的粮食是自己种植出来的。中国并没有从国际市场进口水稻、玉米。把国际市场上小麦、玉米、水稻价格波动归罪于中国，根本就不合逻辑。

毋庸讳言，国际市场上大豆价格上涨和中国的采购有关。按理说，大豆价格上涨对购买大豆的人不利。2007 年，中国购买大豆超过了全球交易量的 46%，可是并没有听见中国人抱怨。道理很简单，即便价格如此上涨，国际市场上大豆的价格也比国内低。进口大豆对中方有利。

在 2000 年以后，中国大量进口大豆，既不是因为国内人口增加，也不是因为消费结构变化，而是经济全球化的结果。由于中国大量进口大豆，迅速提高了全球大豆贸易量占总产量的比例，高达 31.13%。值得注意的是，正是由于中国大量采购大豆，促使全球大豆产量大幅度增加。中国进口大豆，有相当一部分作为水产饲料，养殖大虾之后出口，满足美、日、韩等国不断增长的海鲜进口需求，大大压低了大虾和其他水产品的价格。有些人只注意到国际市场大豆价格上升，却忽略了大虾价格的急剧下降，顾此失彼，犯了片面性错误。

第十节 替印度说几句公道话

印度是世界上人口第二大国，人口 11 亿。印度长期坚持粮食自给自足政策。在 2006 年，印度遭灾，粮食减产，从海外净进口粮食646 万吨。在 2007 年印度净出口粮食 2654 万吨。从总量来说，20 世纪 90 年代以来，除了 2006 年以外，印度一直保持粮食净出口国地位（见表 10 – 10）。

表 10 – 10 印度粮食进出口

单位：万吨

年　份	出　　口	进　　口	净　进　口
2000	2455	46	– 2409
2001	4972	6	– 4966
2002	5951	5	– 5946
2003	8291	1	– 8290
2004	7875	1	– 7874
2005	5263	2	– 5261
2006	5435	6082	647
2007	7739	5085	– 2654

数据来源：Indian Economic Survey，2007 – 2008。

印度水稻出口 2003 年为 341.2 万吨，2005 年为 408.8 万吨，2006 年为 474.8 万吨，2007 年为 624.1 万吨。进入新世纪后，印度水稻出口占全球水稻贸易总量 10% 左右，2004 年更是接近 20%[1]。

印度一直保持净出口大豆和玉米。

长期以来，印度一直是小麦出口国。可是，在 2005 年以后，印

---

[1] 数据来自 Indian Economic Survey，2007 – 2008。

度进口的小麦数量大大超过了出口，变成了小麦进口国。在 20 世纪
90 年代，印度推行经济改革，强调市场机制，力图实现资源优化配
置。印度南部多雨，气候炎热，适合种植水稻。小麦则主要产于印度
北部，历来通过火车从印度北部向南部运送小麦。在经济改革中，人
们在综合考察了生产及运输成本后发现，与其从印度北方通过陆路向
南方运输小麦，还不如直接从海外进口小麦。进口粮食更符合收益最
大化原则。毫无疑问，印度大量进口小麦对于国际市场小麦价格上涨
有一定的影响，可是，就在这个时期，印度出口水稻数量也大幅度上
升，从 2003 年的约 341 万吨上升为 2007 年的约 624 万吨（见表 10 -
11）。印度玉米净出口数量也从 2005 年的约 41 万吨急剧上升为 2007
年的约 148 万吨（见表 10 - 12）。从总量来看，印度在 2006 年净进口
粮食 646 万吨，在 2007 年净出口粮食 2654 万吨。

表 10 - 11　印度小麦和水稻进出口

单位：吨

年　份	小麦			水稻		
	出口	进口	净进口	出口	进口	净进口
2000	813492	4224	- 809268	1534486	13193	- 1521293
2001	2649381	1351	- 2648030	2208551	63	- 2208488
2002	813492	4224	- 809268	5057432	872	- 5056560
2003	4093081	457	- 4092624	3412044	55	- 3411989
2004	2007947	222	- 2007725	4796671		
2005	746173	—	—	4088166	260	- 4087906
2006	46633. 2	6079555	6032921. 8	4747925	162	- 4747763
2007	545	5079600	5079055	6241041	142	- 6240899

数据来源：Indian Economic Survey, 2007 - 2008。

表 10 – 12 印度大豆和玉米进出口

单位：吨

年份	大豆			玉米		
	出口	进口	净进口	出口	进口	净进口
2000	75020	132	– 74888	32464	28923	– 3541
2001	909	57	– 852	113504	4252	– 109252
2002	1716	1.3	– 1715	78178	110	– 78068
2003	242273	0.6	– 242272	543271	711	– 542560
2004	2058	0.5	– 2058	1068677	1194	– 1067483
2005	8771	1.8	– 8769	419948	1632	– 418316
2006	3528	44	– 3484	637411	1999.6	– 635411
2007	2650	32	– 2618	1494839	5074	– 1489765

数据来源：Indian Economic Survey, 2007 – 2008。

众所周知，经济全球化有利于提高全球社会福利，有利于资源的合理化配置，那么，中国进口大豆、印度进口小麦都是合理的。发展中国家收入水平的提高与全球粮食需求的过快增长没有直接关系，更不是导致粮价大幅度上涨的主要原因。事实证明，在 2007 年国际粮价突然暴涨和中国、印度并没有直接的关系。

第十一节 粮价剧烈上涨的主要原因

2007 ~ 2008 年粮价暴涨是事实，但是这并不意味着全球粮食生产能力短缺，也不意味着粮价上涨将成为长期的趋势。与其说这次粮价上涨是粮食危机还不如更客观地说，这是一次被动的市场调整，从一个均衡点转移到另外一个均衡点，是长期粮价下跌之后必然出现的反弹，基本上还属于正常的经济周期波动。粮价暴涨主要是分配环节出了问题，并不是农业生产遭遇瓶颈。如果能够改进世界粮食市场机制，提高储备粮的比例，抑制过度粮食投机，完全可以让粮价的波动变得更平缓一些。

粮食价格在短期内上涨并不要紧。在一般情况下，粮食的供给弹性小于需求弹性。在粮价偏低的情况下，农民缺乏增产积极性，导致粮食短缺。如果市场机制能够正常发挥作用，随着粮价上升，粮食生产变得有利可图，农民将增加播种面积，提高粮食产量，供求缺口将逐渐缩小。不过，增加粮食供给有一个时间滞后期，最少也要等几个月之后才能收获下一茬庄稼。只要市场机制还能起作用，基本上就用不着政府出手干预。市场机制将自动调整供给和需求，并且达到新的均衡。

这一次粮价波动和中国国内猪肉价格的波动很相像。2004 年以来，由于饲料和能源价格上涨，而猪肉价格涨幅很小，农民养猪不赚钱，养猪积极性衰减。在 2006 年爆发生猪"蓝耳病"，生猪存栏数量减少，于是市场上猪肉供应紧张。经过媒体渲染夸大，很快就形成一股恐慌，猪肉货源越少越抢购，很快就把猪肉价格抬起来了。政府慌了，又是动用储备肉，又是给养猪户补贴，还给老母猪买保险。其实，这些措施都是多余的。只要猪肉价格足够高，农民自然会多养猪，用不了多久，就可以达到新的均衡。果然，到了 2009 年夏天，猪肉再度供过于求，猪肉价格一跌再跌。官员们白忙乎了。如果政府动不动就干预市场，往往帮倒忙，把事情越搞越复杂。

和西方某些媒体所说截然不同，国际粮价的大幅度波动和生物燃料没有关系，和中国、印度的粮食需求增长也没有直接的关系。世界上还有大量土地一直闲置在那里，即使没有生产生物燃料，也从来没有人利用。美、加等耕地资源丰富的发达国家，通过扩大种植面积可以显著地提高总供给量。中、印等发展中国家也能通过提高生产力水平在一定程度上扩大供给。

国际粮价波动幅度偏大的原因有三条：第一，储运系统不够完善，国际粮食市场缺乏一个内在的稳定机制。第二，投机集团恶意炒作，趁机囤积，兴风作浪，扩大粮价波动幅度，从而牟取暴利。第三，民众对于粮食安全缺乏正确认识，一经某些媒体炒作就引起莫名其妙的集体恐慌。

2007～2008 年粮价暴涨并不是一件非常严重的事情。假以时日，市场会自动做出调节，引导粮价恢复到合理的水平。

第十二节　粮食进出口预测准吗？

有些经济学家喜欢预测中国粮食进口量。美国加州大学戴维斯分校和国际粮食政策研究所预测，2010 年中国粮食进口量为 2800 万吨，如果人口增长率保持 1.4%，2020 年粮食进口量可能达到 5600 万吨。樊胜根和 M. A. 萨姆比拉预测中国在 2020 年粮食进口量为 4100 万吨，如果政府不增加农业投资，进口量可能达到 8500 万吨[①]。

这些预测到底准不准？能不能作为政策制定的依据？2010 年已经到了，事实证明，他们的预测未免太离谱了。今后会准确吗？恐怕这些预测的作者们也只好苦笑着摇头。如果简单地根据中国人口增长，无论采用线性或非线性外推，都可能产生严重的偏差。影响中国粮食进口量的因素，首先是国际和国内粮食相对价格的变动。如果国内粮价高于国际，自然进口。如果国内粮价比国际市场还便宜，有什么理由进口？在 2007～2008 年期间，国际粮价急剧上升，自然抑制了中国进口粮食。这一点是上述粮食进口预测都没有考虑到的因素。

其次，中国在国际粮食市场上是个举足轻重的大国。中国进口量

---

① 参见樊胜根和 M. A. 萨姆比拉：《21 世纪的中国粮食供求：基本预测和政策建议》，美国农业经济学会论文，1997。

的变化会对国际粮价产生很大的冲击。绝对不能在固定国际粮价的前提下讨论进出口数量。因此，从数学模型上来说，要采用动态的可计算一般均衡模型（CGE）。

再次，采用回归模型最大的弊病是假设政策环境没有发生变化。我们恰恰需要讨论中国农业政策的改革。为了实现资源优化配置，中国有很大的政策调整空间，完全可以主动调整粮食生产、库存和进出口结构。

最后，对于粮食安全来说，口粮远远比饲料更重要，因此不能笼统地讨论"粮食"，而应当将口粮和饲料区别对待。例如，中国应当增加大豆、玉米进口量，而保持水稻和小麦的高度自给。

如今世界充满了不确定性，随时都存在着爆发金融危机的可能，而金融危机必然会冲击粮食市场，改变原来预测的轨道。因此，很难进行对粮食供求的长期预测。如果能够把最近几年的粮食供求趋势描述出来就很了不起了。对于长期预测，一定要弄清楚这些预测背后的假设。千万不能囫囵吞枣，偏听轻信。

第十一章　对外依存度

● 在考虑粮食安全问题时，使用谷物对外依存度比笼统地使用粮食对外依存度更好。

● 在讨论粮食安全的时候，人们往往把口粮和饲料混为一谈。在粮食制裁中，禁止饲料交易做不到速战速决，而冲击口粮供应链更容易破坏对方的社会稳定。饥饿对民众情绪的影响要比减少肉类、禽蛋、鱼虾消费更直接，更强烈。

● 尽管大豆的用途很广泛，可是在粮食制裁中禁止大豆交易却没有很大的威慑力，无非迫使对方少养一些家畜和水产品，不会直接造成饥饿。

● 近年来，中国谷物自给率几乎是100%，进口大豆主要用于油料和饲料，即使加上大豆自给度仍然高达93.5%。因此，存在着下调谷物自给率的空间。

第一节 粮食、谷物和口粮自给度

人们常常引用粮食对外依存度来描述粮食安全程度。有种误解，好像粮食对外依存度越低越好。这样的看法未免有点片面，使用的概念也有些模糊不清。

粮食可以从用途或品种两个角度分类。

按照用途，粮食分为口粮、饲料、工业用粮和种子用粮。根据联合国粮农组织统计，2008 年直接用于人类食物的口粮为 10.1 亿吨，占粮食生产总量的 50% 左右。饲料总量达到 7.56 亿吨。其余部分被用于工业用途和种子。

按照品种，水稻、小麦、玉米、谷子、高粱和其他杂粮被称为谷物。谷物加上大豆和薯类称为粮食[①]。2007 年，在中国的谷物中水稻占 40.8%，小麦占 23.9%，玉米占 33.4%，高粱、谷子和其他杂粮加在一起还不到 2%[②]。由于谷子、高粱、大麦、荞麦等杂粮的数量很小，在讨论粮食政策的时候很少考虑杂粮。

根据《2005 中国粮食发展报告》，粮食消费总量约 4.9 亿吨，谷物总量约 4.07 亿吨，口粮总量 2.66 亿吨（见表 11 - 1）。口粮占粮食总量的 54.2%，饲料占 31.6%，工业用粮占 10.9%，种子用粮占 2.3%。水稻被用于口粮的比例最高，为 83.5%。小麦被用于口粮的比例为 77%。玉米主要被用于饲料，占玉米总产量的 70.8%；被当做口粮的玉米只占 10.5%；但是被用于工业的比例最高，为 17.4%。大豆被用于饲料的比例为 60.4%，只有 15.9% 被当做口粮（见表 11 - 2）。

---

① 参见《中国农村统计年鉴 2008》给出的定义，第 414 页。
② 根据《中国农村统计年鉴 2008》，第 138 页数据计算。

表 11 - 1　粮食分品种消费量（2004 年）

单位：万吨

	粮食消费	小麦	水稻	玉米	大豆	其他
粮食消费总量	48585	10230	18925	11565	2965	4900
口　　粮	26600	7875	15800	1210	550	1165
饲料用粮	15505	880	1930	8185	2095	2415
工业用粮	5330	1010	975	2010	260	1075
种子用粮	1150	465	220	160	60	245

资料来源：聂振邦《2005 中国粮食发展报告》，经济管理出版社，2005，第 100 页。

人们在讨论粮食安全的时候通常会考虑三个指标：粮食自给度、谷物自给度和口粮自给度。

表 11 - 2　粮食消费构成

单位：%

	粮食消费	小麦	水稻	玉米	大豆	其他
口　　粮	54.2%	77.0%	83.5%	10.5%	15.9%	23.8%
饲料用粮	31.6%	8.6%	10.2%	70.8%	60.4%	49.3%
工业用粮	10.9%	9.9%	5.2%	17.4%	7.5%	21.9%
种子用粮	2.3%	4.5%	1.2%	1.4%	1.7%	5.0%

数据来源：根据表 11 - 1 计算。

第二节　口粮是粮食制裁冲击的主要目标

由于统计数据中粮食总量最常见，因此，人们比较习惯用粮食自给度。不过，粮食包括口粮、饲料、工业用粮和种子用粮。毫无疑问，只要人们拥有足够的口粮，吃饱肚子，就不会出现粮食安全问题。实际上，粮食安全的核心就是口粮供应是否充足，能不能经受得起冲击。

有些国家在一般情况下口粮还能保持供求平衡，却经不起冲击。冲击分为内部和外部两类。内部冲击主要指的是遭遇水灾、旱灾等自然灾害，粮食减产，导致口粮短缺。外部冲击主要是指遭遇外部发动的粮食制裁。挑战国正是看准了这一点才发起粮食制裁。粮食制裁的目的是给应战国政府施加压力，迫使对方屈服。要做到这一点必须要猛烈冲击民众正常生活，导致饥荒或者引起普遍的对饥荒的恐惧。研究粮食制裁的冲击强度时，笼统地谈"粮食"并不确切，不能把口粮和饲料混为一谈。在讨论粮食安全的时候与其笼统地采用"粮食对外依存度"，还不如采用"口粮对外依存度"。可是，在统计数据中常见的是按品种划分的水稻、小麦、玉米、大豆等，口粮和饲料之间的界限并不十分清楚。玉米既可以当做口粮也可以当做饲料。因此，采用口粮自给度往往缺乏数据，很不方便。

在口粮中小麦占 29.6%，水稻占 59.4%，玉米占 4.5%，大豆占 2.1%，其余占 4.4%。小麦、水稻和玉米加在一起占口粮的 93.5%。可以这样说，谷物是口粮的主要部分。如果谷物的对外依存度不高意味着口粮的对外依存度不高。

由于谷物的口径小于口粮，所以在研究粮食安全的时候，宁肯保守一些，采用谷物自给度。

第三节　对饲料和工业用粮的冲击

随着人均收入的不断提高，人们的膳食结构也在迅速改变。反映到粮食问题上，饲料用粮不断增加。无论是绝对值还是在粮食当中的比重饲料用粮都在持续增加。

1978 年饲料用粮为 4575 万吨，占粮食总产量的 15%；1990 年为 24.4%；1995 年为 31.2%；2007 年饲料用粮 17150 万吨，占粮食总产量的 34.2%，其中玉米 9800 万吨，占饲料用粮的 57.1%。29 年来，饲料粮占粮食产量的比重上升了 19.2 个百分点[①]。粮食总产量增长速度为每年 1.7%，而饲料粮增长速度为 4.7%。口粮和种子用粮的比例下降，而饲料粮所占比例迅速上升。

近年来，人们对肉类、奶类的消费逐步增加。2000～2007 年全球肉类产量年均增长率 2.67%，高于粮食总产量增长率[②]。特别是发展中国家的肉类消费量上升很快，说明民众生活水平有所改善。肉类、水产品和饲料之间存在一定的转换关系。据统计，生产 1 千克牛肉平均需要 8 千克饲料，生产 1 千克鸡肉需要 2 千克饲料。正如卢锋所指出的，口粮需求弹性很小，消费量调节余地很小。饲料的需求弹性比较大，消费量调节余地也较大[③]。

如果减少饲料供应，必然导致肉类、奶类和水产品减产，经过一段时间后，将影响人们的饮食结构。与此同时，传递了一个警告信号：敦促人们在口粮短缺之前采取相应对策。这样一来，粮食制裁就丧失了突然袭击的战术效果。虽然减少副食品供应也会让民众产生不满，但是其冲击强度远远赶不上减少口粮供应。饥饿对民众的影响要比减少肉类、禽蛋、鱼虾消费更直接，更强烈。禁止饲料交易做不到速战速决，而冲击口粮供应链更容易破坏对方的社会稳定。在紧急情况下，进口饲料要比进口口粮更有把握。如果挑战国限制饲料交易，

①　数据来源：尹成杰《粮安天下——全球粮食危机与中国粮食安全》，中国经济出版社，2009，第 292 页。

②　数据来源：联合国粮农组织数据库，2009。

③　参见卢锋《我国粮食贸易政策调整与粮食禁运风险评价》，北京大学中国经济研究中心讨论稿，1997 年 8 月。

倒霉的往往是他们自己①。

大豆在榨油之后被用作饲料。豆粕作为优质饲料能够有效地提高家畜和水产品的产量和质量。尽管大豆的用途很广泛，可是在粮食制裁中禁止大豆交易却没有很大的威慑力，无非迫使对方少养一些家畜和水产品，不会直接造成饥饿。显而易见，如果粮食制裁的挑战方指望通过削减大豆交易量来压服对方，很可能劳而无功②。

显而易见，粮食安全的核心是口粮安全。在粮食制裁中双方较量的焦点是口粮。因此，在研究粮食安全的时候，重点在于是否在任何时候、任何情况下都能够保证口粮供给。对于一个大量进口粮食的国家来说，要分清进口粮食的用途：口粮和饲料各占多大百分比？如果口粮占的百分比很高，对于外部粮食制裁就比较敏感。如果饲料占的百分比较高，对外部粮食制裁就不那么敏感。

工业用粮的敏感程度比饲料更差。

工业用粮大约占粮食总量的 10.9%。由于制药、化工、酿酒等工业的发展，对玉米等农产品的需求量明显增加。中国工业用粮，"九五"期间年均增长 3.5%，"十五"期间年均增长 5%。2005 年，谷物（水稻、小麦、玉米）的工业消费总量为 3074 万吨，2006 年上升为 3718 万吨，年增长 21%。其中，用于生产乙醇和淀粉的玉米消费量迅速增长，2004 年为 1250 万吨，2007 年为 3500 万吨，4 年间增长了 1.8 倍。2007~2008 年度用于工业用途的玉米估计将达到 3650 万吨③。

---

① 日本、韩国、中国台湾大量进口饲料，却保持很高的大米自给度。这种安排在很大程度上就是考虑到两种不同的需求弹性。
② 请参见《经济命脉系三农——深化农业结构改革》第 5 章关于大豆贸易的分析。见徐滇庆、李昕：《经济命脉系三农——深化农业结构改革》，机械工业出版社，2010。
③ 2007 年中国玉米总产量为 15230 万吨，工业用途消耗占 24%。参见尹成杰《粮安天下——全球粮食危机与中国粮食安全》，中国经济出版社，2009，第 292 页。

近年来，新增工业用粮主要用于生产生物燃料。许多发展中国家刚刚起步研究生产生物燃料，使用的粮食数量有限。对于国计民生来说，口粮比工业用粮更重要。在遭遇粮食制裁之后，应战国必然会相应减少工业用粮的数量，将一部分工业用粮转移为口粮。

种子用粮的比例不大，占粮食总量的 2.3% 左右，在粮食制裁中无关紧要。

第四节　各国的粮食自给率

世界上有些国家土地资源丰富，自然条件良好，历来是粮食出口国，例如美国、加拿大、澳大利亚等。有些经济体完全靠进口粮食为生，例如中国香港、新加坡等。还有一些国家粮食进口的比例很高，例如日本、韩国等。王宏广研究了 140 个国家的粮食自给率。在 2002 年全世界粮食自给率高于 100% 的国家有 24 个，占 17.14%。粮食自给率在 95% 到 100% 之间的有 18 个国家，占 12.86%，中国就在这一组之内。粮食自给率在 90% 到 95% 之间的有 25 个国家，占 17.86%。粮食自给率低于 90% 的有 73 个国家，占 52.14%[1]。从上述统计数字可见，有 70% 的国家粮食自给率在 95% 以下，联合国粮农组织提出粮食自给率应达到 95%，显然这是一个高标准。

不过，仔细剖析一下各国粮食进口数据就可以发现，许多高度依赖粮食进口的国家主要是进口饲料，而它们的口粮自给度始终保持在相当高的水平。例如，日本的粮食对外依存度很高，小麦的对外依存度高达 85%，玉米 100% 依靠进口。日本民众的主食是大米，而日本的大米对外依存度等于零。韩国的小麦和玉米的对外依存度都接近 100%，也就是说，韩国基本上不种植玉米和小麦，饲料完全依靠进口。

---

[1]　参见王宏广《中国粮食安全研究》，中国农业出版社，2005。

可是韩国的大米对外依存度也等于零，完全实现了口粮自给。日本和韩国在保证口粮高度自给的基础上扩大进口土地密集型作物，解决饲料供给。它们通过长期合约保证了饲料来源，难道这样做有损粮食安全吗[①]？从这些案例可以得到一些启发，讨论粮食安全和对外依存度的时候不能简单地只看粮食总量，还要考虑口粮和饲料的区别。

第五节　中国的粮食自给率

如果就谷物而言，中国的自给率高于100%，从2007年以来属于净出口国（见表11 - 3）。即使把大豆算上中国的自给率还高达93.5%。

表11 - 3　中国谷物进口依存度

年　份	谷物总进口 （万吨）	谷物总产量 （万吨）	谷物进口依存度 （%）	自给度 （%）
1991	1237	39566	3.1	96.9
1992	1058	40170	2.6	97.4
1993	642	40517	1.6	98.4
1994	730	39389	1.9	98.1
1995	1677	41612	4.0	96.0
1996	869	45127	1.9	98.1
1997	186	44349	0.4	99.6
1998	174	45625	0.4	99.6
1999	52	45304	0.1	99.9
2000	88	40522	0.2	99.8
2001	69	39648	0.2	99.8

---

① 　有关日本和韩国农业生产结构调整的分析请参见本书第十二章。

年　份	谷物总进口 （万吨）	谷物总产量 （万吨）	谷物进口依存度 （％）	自给度 （％）
2002	63	39799	0.2	99.8
2003	45	37429	0.1	99.9
2004	726	41157	1.8	98.2
2005	354	42776	0.8	99.2
2006	68	45099	0.2	99.8
2007	14	45632	0.0	100.0

数据来源：《中国统计摘要 2009》和《中国农村统计年鉴 2009》。

　　为了更清楚地说明问题，在表 11－3 中，只计算小麦和玉米的进口量，而完全不考虑水稻的出口。由于水稻历年来都是净出口，实际进口的谷物总量要低于表中的数据。如果考虑净进出口量，在 2005 年以后中国谷物的自给度超过了 100%。由表 11－3 可见，中国进口的谷物（小麦和玉米）占国内谷物产量的比例最高峰发生在 1995 年，为 4%。其他年份的谷物进口依存度都很低。最近几年，进口谷物占国内消费量的比例一直低于 1%。换言之，中国的谷物自给率超过了 99%。

　　因为中国在最近几年内大量进口大豆，所以，我们将大豆进口量和小麦、玉米进口量合并计算，同样暂时忽略水稻出口，所得的依存度列于表 11－4。很明显，由于大量进口大豆，中国的谷物和大豆合计的对外依存度在 1999 年之后急剧上升，在 2007 年达到 6.5%。即便如此，中国的粮食自给率依然保持在 93.5%。按照国际惯例，如果一个国家的粮食自给率达到 80% 就可以称为基本实现粮食自给。无论从哪个标准来看，中国都符合粮食基本自给的要求。

表 11 - 4　谷物和大豆合计的进口依存度

年　份	谷物和大豆总进口量（万吨）	谷物和大豆总产量（万吨）	进口依存度（％）	自给度（％）
1991	1237	40813	3.0	97.0
1992	1070	41422	2.6	97.4
1993	652	42467	1.5	98.5
1994	735	41485	1.8	98.2
1995	1706	43400	3.9	96.1
1996	980	46917	2.1	97.9
1997	466	46225	1.0	99.0
1998	494	47626	1.0	99.0
1999	484	47198	1.0	99.0
2000	1130	42532	2.7	97.3
2001	1463	41701	3.5	96.5
2002	1194	42040	2.8	97.2
2003	2119	39557	5.4	94.6
2004	2749	43389	6.3	93.7
2005	3013	44934	6.7	93.3
2006	2892	47103	6.1	93.9
2007	3096	47352	6.5	93.5

数据来源：根据《中国统计摘要 2009》和《中国农村统计年鉴 2009》的数据计算。

中国出口的主要农产品有活猪、水稻、棉花、蔬菜、水果、水产品等；进口的农产品主要有小麦、玉米、大豆、棉花和食用油等，此外还有品种复杂的大量农副产品和加工品。有的时候人们关注具体的数量，有的时候关注贸易价值。如果从农产品价值来讨论农产品对外贸易依存度，不仅包括粮食，还有肉类、水果、水产品、茶叶等。

农业对外贸易依存度 = 农产品贸易进出口总额／农林牧渔业增加值

农产品进口依存度 = 农产品进口额／农林牧渔业增加值

中国近年来快速走向全球化，和外界的联系越来越密切。农业对外贸易依存度和农产品进口依存度都在持续上升（见表 11 - 5）。

表 11 - 5　中国对外贸易依存度和农产品进口依存度

单位：%

年　　份	农业对外贸易依存度	农产品进口依存度
1997	14.4	5.7
1998	12.7	4.8
1999	12.5	4.7
2000	15.3	6.4
2001	15.0	6.4
2002	15.7	6.4
2003	19.2	9.1
2004	20.1	10.9
2005	20.0	10.2
2006	20.5	10.4
2007	20.5	10.8

数据来源：尹成杰《粮安天下》，机械工业出版社，2009，第 299 页。

由于进口和出口的品种不同，国内和国外市场价格不同，因此这两个指标只能大致看出对外贸易的变化趋势，并不能直接看出粮食安全程度。在某种程度上，谷物的数量是否能够满足国内需求比农产品贸易价值高低更重要。

显然，如果谷物对外依存度过高，国内谷物供应和粮价水平很容易受到海外的冲击。对于规模较小的经济体而言，有可能在国际市场上采购到必需的谷物。可是对于中国这样大的经济体而言，一旦出现粮食短缺，即使有钱也不一定能买到急需的谷物，因此，必须保持较高的谷物自给率。但是，另外一方面，自给率过高，难免浪费资源，不符合效益最大化原则。这要求我们在调整农业生产结构的时候必须兼顾两个方面，绝对不可顾此失彼。从目前国际粮食市场的态势来看，存在着下调谷物自给率的空间，在保证粮食安全的前提下可以优化资源配置，提高农民收入。

第十二章　粮食制裁与中国

●爆发粮食危机涉及三个要素：①引起恐慌的谷物库存量；②库存谷物下降速度；③启动粮食制裁距离下一次收获的时间。启动粮食制裁的时机最好选择在对方刚刚完成播种的时候。如此粮食制裁的冲击波可以一直持续到下一个收获期。

●防范粮食危机的原则是：在最不利的情况下（天灾减产和断绝粮食进口同时发生），谷物库存始终高于警戒线。在粮食制裁中，双方博弈的焦点就看在新粮入库之前，应战方的谷物库存能不能高于警戒线。

●扩大谷物进口有利于谷物生产国，也有利于中国，有利于全球资源合理分配，这是一个多赢策略。

●进口粮食是否阻碍或者摧毁本国的农业生产，二者并没有必然的联系。阻碍或摧毁本国农业生产基础的只能是自身的错误政策和动乱不安的环境。进口粮食就等于进口土地资源和水资源，有利于保护环境。进口带有补贴的农产品，既用不着缴纳税收，又能享受补贴，何乐而不为？唯独需要保持警惕的是，千万不要因为进口粮食就放弃了自己生产粮食的能力。

第一节 粮食制裁的威力极其有限

也许在 20 世纪 60 年代初给饿怕了，在经济制裁当中，中国人好像最在乎粮食制裁。毛泽东当年号召"深挖洞，广积粮，不称霸"，其中广积粮大概就是防范"帝修反"的粮食制裁。斗转星移，时过境迁，在当前的国际形势下，"挖洞"似乎暂时没有必要，不过，是否还会爆发一场以粮食制裁为核心的贸易战呢？

粮食制裁听起来很吓人，不给饭吃，好厉害，一剑封喉，意在直取对方性命。实践证明，粮食制裁雷声大，雨点小，宣传作用远远大于实际效果。粮食制裁的成功率相当低，很难达到预期目的。Winters考察了 1950～1984 年期间发生的 84 次经济制裁，其中有 10 次粮食制裁。在这 10 次粮食禁运中，有 7 次完全失败，有 2 次对应战国产生短期影响，但是没有长期作用，只有 1 次成功的案例：1965 年美国威胁印度，如果不改变其农业、人口和汇率政策，美国就中断对印度提供的粮食援助。印度政府很快就接受了美国的要求，在五年计划中增加了农业改革的内容，双方和解。美国和印度原本就没有重大的分歧，好好商量也能解决问题，只不过用粮食制裁吓唬一下，加大说服力而已[①]。

粮食制裁往往包括在全面经济制裁当中。从逻辑上来讲，既然实施全面的经济制裁，当然也禁止粮食贸易。事实并非如此。由于粮食制裁有可能伤害普通老百姓，有违人道主义精神，包括联合国在内的国际组织都不赞成粮食制裁。即使在实施全面经济制裁时，也常常给

[①] 参见 Winters，"Digging for victory：Agricultural policy and national security"，*The World Economy*，1990，Vol. 13。单独实施粮食制裁的案例并不多。最著名的案例是 1980 年为了制止苏联入侵阿富汗，美国发起了针对苏联的粮食制裁。请参见本书第五章。

粮食和药品留个通道。

1960 年美国对古巴实施全面经济制裁，但是禁运的清单上不包括粮食和药品。1980 年美国就人质危机对伊朗实施经济制裁，也没有把粮食和药品包含在内。1992 年 5 月 30 日联合国安理会通过 757 号决议，对南斯拉夫联盟共和国实行全面禁运。不到 20 天，联合国安理会在 6 月 18 日再通过一项 760 号决议，特别补充声明，禁运不包括粮食和药品①。1994 年海地发生军事政变，惹恼了各国，联合国宣布对海地实施经济制裁，不过，粮食和药品也不在禁运清单内②。近年来，联合国曾经数次通过经济制裁的决议，但是都特别声明不包括粮食和药品。无论是在制裁伊拉克还是在制裁朝鲜的过程中，一旦出现饥荒，马上给予特别粮食援助，尽量避免饿死平民。

中国在 1960 年同时遭到美国和苏联的经济制裁，断绝了全部经贸联系。在中国闹饥荒的时候，美国肯尼迪政府表示基于人道主义原则愿意向中国出口粮食。中国政府拒绝美国的善意，转而从尚未建立外交关系的加拿大、澳大利亚等国进口小麦。由此可见，即使在冷战期间，针对中国的粮食制裁也从未做到铁壁合围。

第二节　触发粮食危机的要素

粮食危机涉及三个要素：库存谷物下降速度，启动粮食制裁距离下一次收获的时间，引起恐慌的谷物库存量。

---

① 参见 Woodward，"The use of sanctions in former Yugoslavia：Misunderstanding political realities"，in Cortright and Lopez，*Economic Sanctions：Panacea or peace building in a post-cold war world*，1995，Westview Press. p. 143。

② 参见 Werleigh，"The use of sanction in Haidi：Assessing the economic realities"，in Cortright and Lopez，*Economic Sanctions：Panacea or peace building in a post-cold war world*，1995，Westview Press，p. 165。

一　库存谷物下降速度

假定该国人口没有发生变化，人们的饮食习惯没有发生显著变化，库存谷物下降的速度基本上是个常数。在粮食制裁期间，减少工业用粮、限制酿酒等措施有助于放慢库存谷物下降速度，但是作用有限。

二　启动粮食制裁的时机

如果启动粮食制裁的时间恰好在对方收获季节之前，制裁的威慑力最差。应战国很快就可以收获粮食，补充库存。面对粮食制裁，几乎所有国家都会做出同样的反应，减少经济作物播种面积，扩大谷物播种面积，减少工业用粮。只要这个国家原来能够粮食自给，经过调整之后基本上可以化解对方粮食制裁的压力，让挑战方无功而返。如果要制裁一个国家，最好是在播种期刚刚结束的时候开始粮食制裁。应战方的农民已经播种下去了，由于错过了农作物季节，来不及调整播种面积。他们只能等到这茬庄稼收获之后才能扩大谷物播种面积。即使挺过第一年的冲击，在第二年也许会遭遇更大的困难。粮食制裁的冲击波可以一直持续到下一个收获期。

如果应战国谷物的播种期和收获期相对集中，粮食制裁比较容易取得效果。显然，制裁一个小国要比制裁大国更容易。俄罗斯、加拿大的国土面积虽然很大，但是粮食主产区的纬度基本一致，因此可以比较清楚地确定这些国家的粮食播种和收获季节。制裁中国非常困难。中国的粮食产区从南到北，分布十分宽广。东北播种的时候，南方已经收获第一季庄稼。中国南方普遍种植两季庄稼，在珠江流域甚至种植三季。在遇到粮食制裁的威胁之后，中国有足够的调整空间，可以迅速提高国内谷物种植面积。

三　谷物库存下降到什么程度才能引起应战国居民的恐慌

粮食供销系统和金融系统一样，必须保持一定的谷物库存才能保证流动性。联合国粮农组织规定，粮食库存量应当不低于 2 个月的消费量，也就是相当全年消费量的 16.6%（在另外一些文件中规定库存安全线等于全年粮食消耗的 18%）。根据各国多年的实践经验，如果能够保证这个库存量就可以保持口粮供应连续性。遭遇粮食危机的库存警戒线要低于这条安全线。在新收获期之前如果谷物库存触及或者接近这条线，就很可能发生各种谣言、抢购、囤积等，导致原本已经不多的谷物库存迅速见底。

这条库存警戒线因国而异、因时而异，其高度取决于当地居民对于粮食供应系统的信心。对于富国、大国或者很多年没有发生过粮食短缺的国家来说，这个库存警戒线可能很低。对于穷国、小国或者经常遭遇口粮短缺的国家来说，一有风吹草动就人心惶惶，这个库存警戒线可能比较高。库存警戒线越高，粮食供应系统的稳定性就越低。在一般情况下，库存警戒线不会高于联合国规定的库存安全线。挑战国可通过舆论炒作、散布谣言等手段动摇对方民心，从而抬高库存警戒线的水平，促使粮食危机早日爆发。根据谷物库存和库存警戒线的交点可以确定粮食危机爆发的时间。

经常听到人们说，中国的粮食库存可以支持 3～4 个月或者更长时间的需求，其实，这种表述并不十分确切。谷物库存量是一个变量，有升有降。收获季节粮仓里装得满满的，随着日常消耗渐渐减少，到第二年收获期之前还有一些存粮。一直要到下一个收获季节，新粮入库，或者从海外进口谷物，谷物库存量才跳跃上去。如此周而复始，不断变化。比较有意义的库存量是期末库存，或者称为转存量。毫无疑问，务必要有一定数量的期末库存才能保证粮食供应的稳定性和连续性。如果期末谷物库存量高于谷物警戒线，那么粮食安全就没有问题。

第三节　粮食危机模型

有必要建立一个经济模型，将各种影响粮食危机的要素都放在一起，全面考虑粮食制裁的博弈对策。

为了简化研究，假设每年只收获一次，第二年收获的谷物总量 Y_1 和第一年 Y_0 相等，各期进口粮食 M_0 和 M_1 只发生在收获期。当然，这些假设都可以逐步放宽，例如，第二年的收获量是一个随机变量，可以在任何时候进口粮食等等。假设粮食的消费稳定不变，也就是说，谷物库存线（Q）的斜率不变。当然，这条假设也可以放宽。

$$Q = Q_0 - t\, C_t$$

在这里 Q 表示谷物库存；Q_0 为模型起始时期的谷物库存量；t 表示时间，$t = 1，2，3，\cdots，12$；C_t 表示每个月的谷物消费量。C_t 与人口数量、人口增长率和居民收入水平相关。当人口总数增加或者人口增长率上升时，谷物消费量 C_t 上升。如果居民收入水平上升，直接消费的谷物会减少，而间接消费的谷物和饲料会上升。C_t 的变化将使得谷物库存线的斜率发生变化。K_0 是上期转存的谷物库存。K_0 加上当年的谷物收获量 Y_0 再加上进口谷物量 M_0 等于起始期的谷物库存量 Q_0。

$$Q_0 = Y_0 + M_0 + K_0$$

如果第一期期末的谷物库存和起始期库存保持不变，各期进口量也不变，$Y_1 = Y_0$，$M_1 = M_0$，谷物产量和进口量恰好等于 12 个月的谷物消耗量。第二期起始时的谷物库存量 Q_1 恢复前一期的库存数量 Q_0。

$$Y_0 + M_0 = 12\, C_t$$
$$Q_1 = Y_1 + M_1 + K_0 = Q_0$$

也就是说，为了保持期末库存不变，或者下期起始时的谷物库存量不变，谷物产量加上进口量应当支持 12 个月的消费量。

按照联合国粮农组织的规定，期末谷物库存量 K_0^1 应当不低于全年消费量的 18%，或者说足够 2 个月的谷物消耗。K_0^1 称为库存安全线。

$$K_0^1 = 0.18 \times (Y_0 + M_0)$$

库存警戒线 K^w 和谷物库存安全线之间的相对位置并不是一个常数。在模型中假设警戒线的高度分别相当于安全线的 75%、50% 和 25%。可以分别就三个水平进行模拟，显然，假设警戒线高度为安全线的 75% 比较保守，更让人放心。

谷物库存线的高低取决于粮食产量和进口量。谷物库存线下移的原因有三个：第一，由于天灾或其他原因减产。第二，突然增加了粮食消耗或者损失了部分粮食库存。第三，由于经济制裁，不能进口粮食。

如果第一期期末的谷物库存量 K_1 高于库存警戒线，$K_1 > K^w$，粮食安全没有问题。

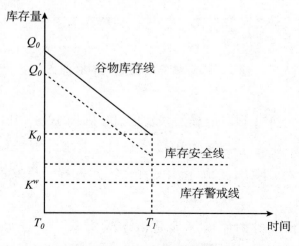

图 12 – 1 谷物库存量变化

在图 12-1 中，进口量 $M_0 = Q_0 - Q'_0$。假设在第一期中遭遇粮食制裁，进口谷物量 $M_0 = 0$。谷物库存线向下平行移动一个距离。如果期末谷物库存量仍然高于库存安全线，不会出现任何粮食安全问题。

粮食危机的形象描述就是谷物库存线和警戒线相交，例如在图 12-2中，谷物库存量从 Q_0 下降，在收获期到来之前和警戒线相交。换言之，这个国家的库存粮食没有支撑到下一个收获期 T_1 就崩溃了，爆发了粮食危机。

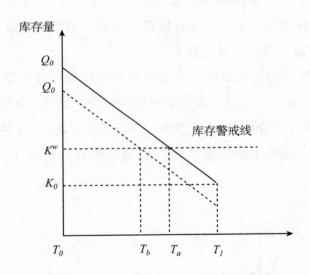

图 12-2 爆发粮食危机的时间点

如果 $K_1 < K^w$，很可能爆发粮食危机。在图 12-2中，粮食危机爆发的时间表示为 T_a。如果由于粮食制裁，原来计划进口的粮食落空了，谷物库存线下降，和库存警戒线的交点左移，爆发粮食危机的时间提前为 T_b。

遭遇粮食危机的原因可能是由于天灾减产，也可能是由于外部粮食制裁，也可能祸不单行，两种不利因素同时发生。为了防范粮食危机，最基本的原则是：在最不利的情况下（天灾减产和断绝粮食进口同时发生），谷物库存始终高于警戒线。在粮食制裁中，双方博弈的焦点就看在新粮入库之前，应战方的谷物库存能不能高于警戒线。

天有不测风云。如果遭遇天灾导致粮食减产，第一期的谷物收获量 Y_1 下降，谷物库存线向下移动一个距离。因为天灾具有很大的不确定性，很难预期谷物减产的幅度，因此，在模型中假定在播种面积不变的情况下，谷物收获量遵循正态分布。将历年谷物产量进行回归之后，可以得出预测下一年的均值和分布区间。

$$Y_1 = N(Y_0, \sigma^2)$$

在90%置信区间之外的部分可以认为是10年一遇的天灾，在99%置信区间之外的部分可以被当做百年一遇的天灾。从回归分析中分别得出第二年谷物收获量的下限。依照原来的预期，第二期初始的谷物库存应当是：

$$Q_1 = Y_1 + M_1 + K_0$$

粮食制裁无非就是减少 M_1。极而言之，M_1 减少到 0，也就是完全停止进口谷物，在图 12-3 中将谷物库存线向下移动一个距离，移动得越多，谷物库存线接触警戒线越早。粮食危机爆发越早，冲击强度越高。显然，对于那些严重依靠谷物进口的国家来说，强制减少谷物进口的打击力度很大。可是对于那些谷物进口量很少的国家，粮食制裁的冲击就微乎其微。如果这个国家不仅没有进口谷物，还有出口，外部粮食制裁根本不起作用。

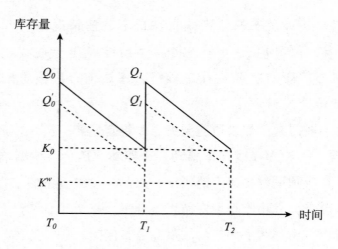

图 12 - 3   在粮食制裁下仍可实现粮食安全

从图 12 - 3 来看，如果由于粮食制裁，没有谷物进口，将社会谷物总库存量下降一个高度。在图中从 Q_0 出发的斜线降为 Q_0' 出发的斜线。如果第二收获期前谷物库存量 K_1 高于警戒线 K^w，这个经济体始终不缺粮，那么就谈不上什么危机。只要这条库存线没有触及警戒线就没有什么问题。新收获的粮食会把谷物库存量再度拉升上去，远远脱离警戒线。如果粮食制裁发生在播种期之前，应战国必然会调整农业生产结构，扩大谷物播种面积，补足进口减少量，从容应付，游刃有余。

在图 12 - 4 中，第二期的粮食库存线由于天灾减产（或其他原因）下降到 Q_1，由于粮食制裁再下降到 Q_1'。很明显，由于粮食制裁，危机爆发的时间从 T_a 提前到 T_b。粮食危机延续的时间更长，粮食缺口更大，应战国政府承受的压力更大。这恰恰是发起粮食制裁国家或组织所希望达到的目的。

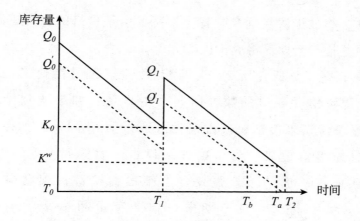

图 12 – 4 在粮食制裁下遭遇粮食危机

第四节 天灾减产对粮食安全的冲击

必须要有足够的谷物库存，才能熨平由于自然灾害带来的减产，抵御可能出现的粮食制裁。粮食安全意味着在最坏的天灾和最严厉的外部粮食制裁情况下，谷物库存量依然高于库存警戒线。一方面，我们需要研究谷物库存量能否做到这一点；另一方面，并不是库存的谷物越多越好。如果库存谷物太多，不仅没有意义，反而造成资源浪费。

从对 1949 年以来 60 年的数据定量分析中可见：中国是个大国，每年都有不少地区遭遇不同程度的天灾，可是，综合起来，天灾对谷物总产量的影响并不大。中国粮食总产量的波动和成灾面积之间基本上没有关系①。粮食总产量的变化主要受到粮价、人口增长率的影响。粮价的影响最为重要。前期粮价上涨会刺激农民的种粮积极性，从而显著增加粮食产量。一旦粮食供过于求，价格就会下跌，农民种

---

① 关于天灾对粮食产量的影响详见本书第九章。

粮不赚钱，第二年的粮食产量肯定下降。由于价格的传导机制滞后，粮食产量往往与上期价格成正比。

根据天则经济研究所 2008 年 11 月的报告《粮食安全与耕地保护》，历年粮食缺口的数据回归分析显示：如果遇到十年一遇的粮食短缺，当年粮食缺口占粮食总产量的 6.72%。如果遇到五十年一遇的粮食短缺，当年粮食缺口占粮食总产量的 10.89%。如果遇到百年一遇的粮食短缺，当年粮食缺口占粮食总产量的 12.41%。极而言之，只要期末口粮库存量超过全年消费量的 12.41%，就完全可以熨平天灾造成的冲击，在不依靠任何外部援助的情况下保证粮食安全。

第五节　粮食制裁对粮食安全的冲击

说到底，海外粮食制裁就是禁止向中国出口谷物。究竟这个冲击有多大，要看历年中国在多大程度上依靠进口粮食。只有严重依赖谷物进口的国家才怕粮食制裁，如果进口谷物比例很小，甚至一贯是谷物出口国，谈什么粮食制裁岂不是梦话连篇？

从表 12-1 可见，由于品种调剂或运输成本的因素，中国水稻有进有出。进口水稻的数量远远不如出口数量，中国历来就是水稻出口国。不过，水稻净出口的数量占总产量的比例很小，最高年份也没有超过 1.5%。2004 年以来，中国出口水稻的数量逐年增加，对于稳定国际市场水稻价格起到了很重要的作用。

在一般人的印象中，中国大量进口小麦，特别是从美国大量进口小麦。其实，这是老皇历了[①]。在 2007 年，美国小麦总产量 5360 万

---

① 有人说，由于在国际市场上水稻价格高于小麦，国内小麦价格高于水稻，所以中国出口一些水稻，进口一些小麦，在经济上很合算。

表 12 − 1　中国水稻进出口

年　份	进口数量（万吨）	出口数量（万吨）	净出口数量（万吨）	总产量（万吨）	净出口/总产量（％）
1999	19.13	271.69	252.57	19849	1.27
2000	24.86	296.20	271.34	18791	1.44
2001	29.34	186.99	157.65	17758	0.89
2002	23.80	199.01	175.21	17454	1.00
2003	25.87	261.74	235.87	16066	1.47
2004	76.63	90.90	14.28	17909	0.08
2005	52.17	68.58	16.41	18059	0.09
2006	72.99	125.30	52.31	18172	0.29
2007	48.75	134.34	85.60	18603	0.46

数据来源：进出口数量来自于尹成杰《粮安天下——全球粮食危机与中国粮食安全》，中国经济出版社，2009，第 139 页；总产量来自于《中国统计摘要 2009》，第 127 页。

吨，加拿大 2064 万吨，澳大利亚 1304 万吨，而中国小麦总产量为 10930 万吨[1]。中国是世界上最大的小麦生产国。中国小麦有进有出，在 2004 年中国进口小麦 725 万吨，出口小麦 108 万吨，净进口 616 万吨，为中国小麦总产量的 6.71%（见表 12 − 2）。这是中国历年来进口小麦的最高纪录。众所周知，在 2004 年国际市场上小麦价格相当稳定，并没有因为中国进口小麦而产生任何粮价波动。2004 年以后，中国进口小麦数量大幅度下降。在 2005 年只进口了 293 万吨。到了 2006 年，中国进口小麦 60.46 万吨，出口 150.97 万吨，净出口 89.7 万吨。2007 年中国农业大丰收，小麦进口量下降为 10 万吨，而同期出口小麦 307 万吨，净出口小麦 297 万吨。请注意，国际粮价上涨就

---

[1]　数据来源：美国、加拿大和澳大利亚的数据来自于《中国农村统计年鉴 2008》，第 380 页。原始来源出自联合国粮农组织。中国小麦产量数据来自于《中国农村统计年鉴 2008》，第 138 页。

· 223 ·

发生在这一年。如果没有中国大量出口小麦，国际粮食市场上的小麦价格还不知道要涨到什么地方去。中国农民为稳定世界粮价作出了极大的贡献，可是西方媒体却将粮价上涨的责任推到中国头上，岂不是颠倒黑白？

表 12 - 2　中国小麦进出口

年　份	进口数量（万吨）	出口数量（万吨）	净出口数量（万吨）	总产量（万吨）	净出口/总产量（%）
1999	50.52	16.45	-34.08	11388	-0.30
2000	91.87	18.84	-73.03	9964	-0.73
2001	73.89	71.32	-2.57	9387	-0.03
2002	63.16	97.67	34.50	9029	0.38
2003	44.73	251.43	206.70	8649	2.39
2004	725.85	108.93	-616.92	9195	-6.71
2005	353.85	60.46	-293.39	9745	-3.01
2006	61.27	150.97	89.70	10847	0.83
2007	10.05	307.26	297.21	10930	2.72

　　数据来源：进出口数量来自于尹成杰《粮安天下——全球粮食危机与中国粮食安全》，中国经济出版社，2009，第 140 页；总产量来自于《中国统计摘要 2009》，第 127 页。

　　近年来，由于开发生物燃料，玉米备受重视①。西方某些媒体断言，是生物燃料造成了国际粮价暴涨。是否果真如此，尚有待推敲。不过，中国历来是玉米的净出口国。玉米出口量占总产量的比例在 2003 年曾经高达 14%（见表 12 - 3）。中国从国际市场上购买玉米的

---

　　① 当今有许多人指责生物燃料的开发，对此我们不敢苟同。详见徐滇庆、李昕：《经济命脉系三农——深化农业结构改革》，机械工业出版社，2010，第 7 章。

数量少得几乎可以忽略不计。无论如何，在国际粮食市场上玉米价格暴涨和中国并不相关。

表 12 - 3　中国玉米进出口

年　份	进口数量（万吨）	出口数量（万吨）	净出口数量（万吨）	总产量（万吨）	净出口/总产量（%）
1999	7.93	433.33	425.39	12809	3.32
2000	0.30	1047.91	1047.61	10600	9.88
2001	3.95	600.03	596.08	11409	5.22
2002	0.81	1167.48	1166.67	12131	9.62
2003	0.07	1639.10	1639.03	11583	14.15
2004	0.25	232.36	232.11	13029	1.78
2005	0.40	864.21	863.80	13937	6.20
2006	6.53	309.92	303.38	15160	2.00
2007	3.54	491.85	488.31	15230	3.21

资料来源：进出口数量来自于尹成杰《粮安天下——全球粮食危机与中国粮食安全》，第 141 页；总产量来自于《中国统计摘要 2009》，第 127 页。

在中国的媒体和网络上常常有人危言耸听，海外也有不少政客信口开河，经常叫嚷对中国实施粮食制裁。只要耐心检查一下统计数据，就可以知道这种说法何等荒谬。如果中国大量进口谷物，那么还有可能通过禁止粮食贸易来冲击中国国内粮食市场。如果中国谷物进口量很少，甚至常年保持出口，禁止向中国出口谷物还有什么意义呢？由此可见，学风浮躁不仅是中国的问题，在西方世界也同样存在。

第六节　合理的谷物库存量

2007 年中国粮食总产量 5.02 亿吨，其中水稻 1.86 亿吨，小麦

1.09 亿吨，玉米 1.52 亿吨，大豆 0.13 亿吨。假定 2006~2007 年期间谷物库存量维持不变，那么，当年的粮食消费量也应当在 5 亿吨上下。

2000 年，全国粮食库存量 2.65 亿吨[①]。此外，在农民手中还有相当数量的存粮。由于农民家里存粮数量因时而变，全国各地的收获期差异很大，所以很难精确统计期末库存量。有人估计农民手里有 2 亿多吨存粮，这可能是庄稼收获季节的估计，偏高。保守一点估计，农民手中在期末结存的粮食可能占全年消费量的 20% 左右，那么在农民家里的口粮期末库存量在 0.5 亿吨左右。和国家储备加在一起，总的谷物库存量为 2 亿~3 亿吨。库存消费比保持在 35%~45% 之间。

如果选取谷物库存量的下限 2 亿吨，期初库存谷物总量为当年产量和期末转存量之和，大约 7.1 亿吨。

按照联合国粮农组织的规定，库存安全线为全年消耗量的 18%，则中国库存安全线为 0.92 亿吨。假设库存警戒线为库存安全线的 75%，则中国库存警戒线为 0.69 亿吨。在任何情况下，谷物库存量都不能低于这个数字。

按照最坏的假设：遭遇严重天灾和全面谷物禁运，由于天灾谷物产量下降 12.5%，收获量减少 0.64 亿吨。按照正常的消费水平，到该期期末谷物库存量从前期的 2 亿吨下降为 1.36 亿吨。这个水平不仅高于联合国规定的安全线，更高于触发粮食危机的警戒线。如果采用粮食安全线，必要的谷物库存量为 0.92 亿吨，如果采用库存警戒线，必要的谷物库存量为 0.69 亿吨。由此可见，中国谷物库存量还有 0.45 亿~0.67 亿吨的缓冲空间。由于长期以来许多中国人习惯于"广积粮"的思路，我们尽可能保守一些，采用联合国的粮食安全线。

---

① 参见中国科学院国情分析研究小组：《两种资源，两个市场——构建中国资源安全保障体系研究》（第八号国情报告），台北，大屯出版社，2001，第 185 页。

也就是说，如果中国的谷物库存量下调 4500 万吨，仍然有 99% 的信心保证中国不会遭遇粮食危机。

如果警戒线为库存安全线的 50%，则为 0.46 亿吨，即使谷物库存量下调 9000 万吨，在遭遇百年一遇的天灾情况下也未必会遭遇粮食危机。

1995 年中国小麦进口 1159 万吨，玉米进口 518 万吨，合计 1677 万吨，是近 30 年来昙花一现的进口高峰。随后，进口谷物的比例逐年下降，到 2006 年就变成了净出口国。退一万步来说，即使当前中国谷物进口量高达 1677 万吨，在外国发动对中国的粮食制裁之下一粒粮食都不能进口，再加上百年一遇的大灾，两者叠加，期末库存量从前期 2 亿吨下降为 1.22 亿吨。这个库存量还高于库存安全线 3000 万吨，更高于警戒线 5300 万吨。按照最坏的情况来估算，中国还有 3000 万～5300 万吨多余库存谷物。

综上所述，长期以来，中国恐怕不是缺粮而是一直保留着至少 4500 万吨的过度谷物库存。有资料显示，1998 年由于压库压资，造成粮食企业 2100 多亿元的亏损。近年来粮食企业的亏损一直居高不下。由于缺乏研究，不懂得利用国际市场调剂余缺，稀里糊涂地付出了很高的代价。只要我们有足够的生产谷物的能力，完全可以降低总库存量，减少损失，大幅度调整农业生产结构，优化资源利用效率，帮助农民增加收入，加快新农村建设步伐。

第七节　进口谷物的可能性

如果中国调整农业生产结构，增加进口谷物 4500 万吨，必须面对下述三个问题：中国是否有足够的财力进口这些谷物？国际市场上有没有这么多的粮食？会不会由于中国大量进口谷物而导致国际市场上粮价暴涨？

对第一个问题的回答非常简明：完全没有问题。如果进口的全部是小麦，按照 2007 年国际市场价格，每吨小麦大约 200 美元，进口 4500 万吨小麦只不过 90 亿美元。2008 年中国外贸顺差为 2955 亿美元，外汇存底在 2009 年 12 月超过 2.2 万亿美元[①]。用于进口 4500 万吨小麦的资金不过外贸顺差的 3%。中国的购买力绰绰有余，毫无问题。

第二，世界主要粮食出口国有没有增加谷物生产的能力？美国、加拿大和澳大利亚等国还有很大的增产粮食的空间，之所以它们维持当前的谷物产量是因为没有足够的市场需求，收获了谷物卖不出去。这些国家的农民拥有过剩的土地资源，不缺资金，不缺机械设备，无须添置大量设备和人力即可显著地提高谷物产量。他们巴不得订单越多越好。

第三，中国大量进口小麦是否会冲击国际粮食市场？如果突然在国际市场上抢购粮食现货，一定会在短期内造成谷物短缺，粮价暴涨。这样做不仅不利于世界上那些依靠粮食进口度日的国家，而且对中国也很不利。由于中国拥有足够的谷物库存，距离粮食危机爆发有较长的预警期，根本就用不着十万火急地四处抢购谷物。许多粮食出口国不是没有生产能力而是不愿意承担存货损失。如果签订长期合约，各粮食生产国当然乐于多签合同，创造就业机会，增加农民收入。中国采购的谷物并没有改变国际粮食市场的均衡，更不是从其他发展中国家嘴里夺粮。这些谷物原本并不存在，是因为中国新的农业政策，优化了世界上的资源配置，更加充分地利用了照射到地球上的太阳能和闲置的土地资源，增加了全球谷物生产量。因此，进口谷物是否会冲击国际粮价主要取决于中国粮食部门操作、运筹的水平。只

[①] 数据来源：《中国统计摘要 2010》，第 171 页。

要操作得当，即使扩大进口 4500 万吨谷物也未必会显著地推动国际粮价上涨，完全可以做到在增加谷物进口的同时维持国际谷物市场供求平衡，粮价稳定。

扩大谷物进口有利于谷物生产国，也有利于中国，有利于全球资源合理分配，显然，这是一个多赢策略。

第八节　海地——现代版寓言

按照一般人的理解，美国和欧盟大量补贴农产品，压低出口谷物价格，这实际上是在变相地补贴其他国家的消费者。既然它们愿意提供补贴，不拿白不拿。

有人说，不，美国、欧盟大量补贴农业是个大阴谋。美国的"食物帝国主要由一些食品联合体组成，已经捕获了政府、市场和消费者，从而建立了牢不可破的地位，以至于这样的利益分配结构已经固化，并从其美国大本营不断伸出巨爪，再捕获列国"。"（美国）廉价出口粮食，把各国农业挤垮。""然后在能源自足的借口下把粮食转化为燃料，减少出口，导致农产品价格暴涨，从而打击亚洲经济。"[1]美国补贴出口农产品，居心叵测，"他们的目的是让发展中国家习惯于接受西方廉价的粮食，最终迫使农民破产并离开农村，导致本土农业逐渐萎缩"。一旦形成对西方粮食的依赖，就不得不接受西方的控制。由于这些国家粮食对外依存度过高，一旦国际粮价上涨就难免陷入危机和动荡。他们说，海地就是一个典型的例子。

海地是一个位于加勒比海的小国，人口 903 万，2008 年人均 GDP 只有 1300 美元，80% 以上的居民生活在贫困线以下，在全球 229 个

---

[1]　引自尹成杰《粮食战争——全球粮食危机与中国粮食安全》，中国经济出版社，2009，第 38 页。类似的危言耸听还见诸于其他一些报刊、网站。

经济体中排名 209，是世界上出名的穷国。在 2010 年 1 月 12 日海地发生严重地震，损失惨重，给当地经济雪上加霜。

据说海地在 20 世纪 80 年代粮食生产基本自给自足，生产水稻 17 万吨，可以满足本国市场 95% 的需求。1995 年为了接受国际货币基金组织的贷款，将水稻进口关税从 35% 降低为 3%。因为"美国的水稻比本地水稻便宜了一半"，打开门后，大量美国水稻涌进海地。"海地农民认为种水稻不合算，纷纷离开他们的土地，到城市谋生。在 2008 年海地有四分之三的大米来自于美国。当粮食价格上涨之后，这些国家的穷人就买不起大米了。因此海地就会发生社会动乱。"①

海地开放粮食市场，结果遭遇粮食危机，这是现代版寓言所传达的主体思想。

这样的寓言其实早就存在。

在《战国策》中记述了这样一个故事。管仲劝齐桓公穿一种叫做"绨"的纺织品，并且高价向邻国收购。鲁国和梁国纷纷增加生产绨，放弃了农业生产。一年后，齐国改为穿"帛"，"闭关，毋与鲁、梁通使"；十个月后，鲁国和梁国的谷价飞涨，饿死不少人，三年之后不得不归顺齐国。故事还说，齐国高价收购楚国的活鹿，收购代国的狐皮，于是这些国家的老百姓都上山捕狐猎鹿，放弃了农业生产。齐国如法炮制，断绝粮食交易，楚国百姓降齐者，十分之四。代国只顾抓狐狸忘记了种粮食，只好投降齐国。

作为寓言故事，只要好听，《战国策》尽可随意想象发挥。实际上齐桓公成为春秋五霸，绝对不是靠这些伎俩。仔细想想，不难发现破绽。鲁国和梁国增产绨，是否一定要放弃农业生产？如果出现灾荒，为什么第二年还不种庄稼？非得饿上三年，然后才投降齐国？代

---

① 引自尹成杰《粮食战争——全球粮食危机与中国粮食安全》，中国经济出版社，2009，第 21 页。

国人抓狐狸卖给齐国，能多挣钱有什么不好？至于说为了抓狐狸就顾不上种庄稼，某几户也许可能，整个国家的农民都这样，有可能吗？（有那么多的狐狸可抓吗？）齐国采用贸易战方式，封锁粮食贸易，迫使这些邻国就范。难道当时只有齐国生产粮食，鲁国、梁国不是通过生产绨挣了不少钱，它们为什么不会去晋国、秦国、燕国购买粮食？

　　在阿来的小说《尘埃落定》中，也有类似的情节。麦其土司在其领地上种罂粟，卖鸦片，很快致富。当周边的土司跟着种鸦片的时候，麦其家的傻少爷却改种麦子。由于内地严重旱灾，粮食颗粒无收，而鸦片供过于求，价格暴跌，大批饥民投奔麦其土司，使得麦其土司成为一方霸主。这个故事说明了保持粮食自给的重要性。无论是金银、鸦片，再值钱也不能当饭吃。如果手里没有粮食，对方的粮食就成了威力无比的武器。在这个故事中，麦其土司的幸运有几个条件：第一，各家土司的土地数量有限，种了鸦片就不能种庄稼。第二，交通不便，各家土司不可能从外面购买粮食。第三，其他土司都没有足够的粮食库存，一旦当年没有收获粮食就得饿肚子。不能说发生这样事件绝对不可能，不过，出现这样事件的概率不会太高。

　　总之，寓言故事，听听而已，管它是非真假，姑妄言之。哪里知道，这些故事在 21 世纪居然被现代人翻出来，作为反对国际贸易的依据。学风浮躁，怎么会堕落到这等地步？

第九节　进口粮食不等于摧毁农业生产基础

　　进口廉价的粮食能不能摧毁发展中国家的农业基础？

　　按照某些人的逻辑推理，首先，发展中国家决定从外部购买粮食；其次，停止自己生产粮食，废弃农田；最后，发现上当受骗，可是已经坠入了帝国主义预设的陷阱，失去了掌握自己饭碗的能力，只好俯首听命于外国资本的控制。并不是说这个状况绝对不可能，不过，出现的概率非常低。实现这个逻辑推理有着两个非常严苛的条件，缺一不可。

第一，国际市场上粮价必须低于国内。实现交易的主体肯定是穷国自己。没有人把刀子架在你的脖子上，逼你掏钱。本来就穷，绝不会舍低就高，买高价粮。第二，要有钱。除了数量微小的国际粮食救援之外，必须掏钱才能买到粮食。否则，粮价再便宜也买不着。仔细推敲，这两点都存在问题。

首先，为什么海地自己生产水稻要比进口的美国水稻贵一倍？按理说，美国人工很贵，海地人工便宜，水稻是劳动力密集型农作物，海地应当具有生产水稻的比较优势。水稻历来是中国出口农产品的主力。由于美国大米比中国贵，没有一个正常人会傻到舍近求远，万里迢迢进口高价的美国大米①。如果海地大米比美国贵一倍，这本身就有问题。是否农业耕作技术上有问题？海地农民可以和中国农民交流经验，学习水稻种植技术，降低成本，增加产出。如果海地的土壤、气候确实不适应种植水稻，则当别论。

其次，进口粮食的资金从何而来？海地和其他穷国的农民肯定拿不出钱来买美国大米，唯一的可能是跑进城，找到工作，然后才有买粮食的钱。只有人们普遍预测，城里就业的收入大大高于农村，他们才会背井离乡，纷纷放弃种田，跑进城去。农民进城并不要紧，关键在于他们能不能找到工作。日本、"亚洲四小龙"当年大批农民进城，投入劳动力密集型产业，随后通过产业升级，迅速实现了工业化。但是切莫忘记，即使在农民进城的高潮时，日本和"亚洲四小龙"也没有放弃农业，在大量进口饲料的同时基本保证大米自给。它们进口廉价的粮食（主要是饲料和小麦），节省了国内的资源，将资金和劳动

---

① 2008 年，国际市场上大米 4622 元/吨，中国国内米价 2950 元/吨，国际价格高出 80%。

力使用到更有效率的领域，实现了经济高速增长。时至今日，日本和
"亚洲四小龙"仍然大量进口粮食，不过进口粮食和饲料的费用只占
GDP 很小的部分，粮价涨不涨，对它们的冲击并不大。

城市化是历史发展的趋势，可是实现城市化必须按部就班，循序
渐进。对于发展中国家而言，由于穷，国内市场规模有限，购买力
弱，如果增加生产很可能卖不出去，积压亏损。日本、"亚洲四小龙"
以及随后赶上来的中国都走上了出口导向的发展战略，以劳动力密集
型产品作为突破口，大量增加出口，赚取外汇。它们的劳动力密集型
产品在国际市场上具有较强的竞争力，能够迅速地攻城略地，取得市
场份额。在这种情况下，劳动力进城就顺理成章，水到渠成。如果把
发展顺序颠倒过来，结果就完全不一样。在 20 世纪 60 年代，大量墨
西哥农民进城，在很短时间内墨西哥城的人口超过 1000 万。由于许
多人找不到工作，滞留城市，形成大片贫民窟，带来严重的经济和社
会问题。直到今天还未能完全消除后遗症。

海地农民离开农村之后，他们的土地是否撂荒了？进城的农民是
否找到了工作？如果他们没有工作哪里来的钱买米？如果没钱又没饭
吃，而留在家乡起码还有饭可吃，他们为什么要不顾一切地进城？印
度在 2006 年农村人口比例非但没有减少反而增加了。其原因就是进
城的农民找不到工作，希望破灭，只好返回家乡。他们说，不管怎么
样，在家乡还有碗饭吃，总比待在贫民窟里强①。

按照正常的逻辑，如果国际粮价比国内便宜，那么进口粮食符合
资源优化配置。如果能少花钱，得到更充足的粮食供应，为什么不进
口？节省下来的资源，包括土地和劳动力理应投入更有效率的生产之
中，而绝对不是荒废土地或者让民众无所事事。扩大对外贸易，利用

---

① 请参见徐滇庆、柯睿思、李昕著《终结贫穷之路——中国和印度发展战略
　　比较》，机械工业出版社，2009。

海外资源，促进资源优化配置，有利于提高社会福利，而不会破坏农业生产基础。在进口粮食和破坏农业生产基础之间有一条鸿沟，风马牛不相及。

根据中国和"亚洲四小龙"的经验，农民进城就业之后，大大提高了劳动生产率，促进了社会发展。与此同时，农村经济也得到更多的投资，产出不是减少而是增加了。恐怕海地出现的问题和当年墨西哥一样，大量农民涌进都市，却没有足够的就业机会，形成巨大的贫民窟，或者由于农村政策失误，社会动荡不安，使得农民无法在农村生存下去，这才是饥荒和动乱的根源。

当然，我们在这里只不过就逻辑推理提出一些问号，究竟真实情况如何，尚需专门有人去调查研究，绝不可以轻易做出判断。

第十节　粮食补贴与倾销

有人认为"农产品倾销是巨额农业补贴的实质"。非洲联盟委员会主席科纳雷曾指出："富国对农业的补贴是我们发展的障碍，它削弱我们的经济，让我们的农民变得越来越穷。""农业是带领非洲走出贫困的唯一途径，现在却遭受富国农产品的入侵而濒临毁灭。"①

这些话正确吗？别的姑且不谈，起码和中国的经验截然不同。按照发展经济学的基本原理，农业是国民经济的基础，但是，农业的劳动生产率低于制造业和服务业，只有通过经济结构的不断优化和改善，将大量生产资源从农业转移到制造业和服务业才能摆脱贫穷。农业再重要也绝对不能带领一个经济体走出贫困。

有些人认为西方国家通过粮食倾销来破坏发展中国家的农业。"在

---

① 转引自尹成杰：《粮安天下——全球粮食危机与中国粮食安全》，中国经济出版社，2009，第108页。

WTO 农产品自由贸易框架下，各国要想保持其独立的农业与食物体系几乎不再可能。""粮食援助使得许多亚非拉国家不需要，也不能够生产粮食，大量的农民也在这样的种植结构调整和土地兼并过程中被赶出土地，流荡在城市的边缘。"① 在这里有必要弄清楚倾销的定义。

按照国际经贸法规，倾销的定义是：以低于本国市场的销售价格（normal price）出口某一产品，并对进口国的某项工业造成严重损害，或造成严重损害的威胁，或严重阻碍某项工业的建立②。进口国为了抵制国外商品倾销，而在正常关税之外另外课征的关税便称为"反倾销税"③。这个定义的关键有两点：第一，对出口价格的评估。第二，对进口国损害的评估。

为了确认粮食出口国是否倾销，必须证明出口粮食的价格不低于本国市场价格（或者成本）。这并不是一件很容易的事情。出口价格涉及汇率。在各国货币之间起码有两种换算法：汇率法和购买力平价（PPP）。购买力平价还有许多不同的算法。你按照汇率法说话，他按照购买力平价打算盘，往往是打不完的官司、扯不完的皮。

判定是否属于倾销的要害在于是否已经造成严重损害，或者是否有可能造成损害。损害的性质有三种：一是对进口国有关工业造成严重损害；二是形成严重损害的威胁；三是严重阻碍某项工业的建立。判断严重损害的主要标准是倾销商品的增长速度，不仅要看绝对数量还要考虑与进口国产品生产和消费量相比的相对数量，要调查对进口国同类产品价格的影响。关于对进口国工业的影响要审查一切有关经

---

① 类似的论述大量见诸于《粮食战争》一书，请参见中央电视台《中国财经报道》栏目组编《粮食战争》，机械工业出版社，2008，第 55 页、第 67 页。

② 参见"国际经贸法律法规"，董光祖：《新编实用国际贸易辞典》，经济科学出版社，1997，第 372 页。

③ 参见中华征信所编《国际金融贸易大辞典》，经济科学出版社，1997，第 37 页。

济因素，例如产量、销售、市场份额、利润、生产率、投资收益、设备使用率、就业、投资能力等。对损害性质的不同裁决与征收最终反倾销税的开始日期有直接联系。投诉国往往夸大损害程度，而出口国由于缺乏对方市场的数据而处于被动。

欧美粮食出口是否构成倾销，要看是否严重损害进口国的农业生产。富国对农业的补贴为时已久，可是并没有给中国农民带来什么不良影响。无论富国还是穷国，在商业谈判中都有选择退出的自由。了不起我不谈了，不买你的粮食还不成吗？美国和欧盟补贴它们的农业，使得它们出口的粮食价廉物美。你手里有钱就买，没钱就不买。拿主意的是你自己。只有你接受对方的价格，并且具有支付能力的时候才能成交。至于说进口粮食是否阻碍或者摧毁本国的农业生产，二者并没有必然的联系。阻碍或摧毁本国农业生产基础的只能是自身的错误政策和动乱不安的环境。

指责欧美倾销粮食，难道叫它们提高出口粮食价格吗？在遭受2008年粮价暴涨的冲击之后，许多穷国饱受高粮价之苦，如今反过来要求卖方涨价，不挨骂才怪！

第十一节　见怪不怪，走自己的路

《粮安天下——全球粮食危机与中国粮食安全》一书指出："粮食是人类赖以生存的必需品，更不能等同于一般的商品，将粮食供给完全托付给贸易自由化是一场十分危险的梦幻。"这段话非常正确。绝对不能从一个极端走到另外一个极端。在粮食贸易上，无论是彻底关门，还是完全依赖海外供应，这两个极端都失之偏颇。倘若在粮食供应上过度依赖进口，连吃饭都要靠别人，那就会站不直，立不住。一旦国际粮价上涨，或者遭遇粮食制裁，立刻阵脚大乱。另一方面，也没有必要神经紧张，草木皆兵。

如果美国农产品的价格比自己生产还便宜，从美国进口这些带有补贴的农产品实际上就是进口美国的补贴。既用不着缴纳税收，又能享受美国政府的补贴，何乐而不为？对于像中国这样土地资源短缺的国家，进口粮食就等于进口土地资源和水资源，有利于保护环境。唯独需要保持警惕的是，千万不要因为进口粮食就放弃了自己生产粮食的能力。

有些人把美国的粮食政策看成是个大阴谋，他们错在缺乏基本的经济学训练，没有定量的观念。阴谋论中隐含着这样的假设：无论美国出口多少粮食，中国进口多少粮食，国际市场的粮价始终保持一致。对于中国这样的人口大国来说，根本就不存在这种可能性。

只要建立一个定量的数学模型就可以很清楚地看到，中国在任何农业模型中都不符合"小国假设"。中国增加进口粮食将推动粮价上升，而粮价上升将有效地抑制粮食进口。世界粮食市场均衡点的移动只有一个很小的区间。

绝对不能拿海地的案例来套中国。2008 年，海地进口 21 亿美元，出口只有 4.9 亿美元。海地全年的进出口只相当中国半天的数量[①]。在经济学中，海地符合"小国假设"，无论进出口如何变化都不会对国际粮食市场产生显著的冲击。也就是说，粮价并不会因为海地进出口的变化而发生波动。2007 年全球谷物产量总计约 23.4 亿吨，中国生产 4.6 亿吨。中国是世界上最大的谷物生产国，总产量占世界的 19.6%，举足轻重[②]。在 2009 年底，中国水稻价格低于国际市场，小麦和玉米价格与国际市场基本持平，大豆价格高于国际市场。于是，中国出口水稻，也适量出口小麦和玉米，进口大豆。近年来，中国一直是谷物净出口国。中国如果大规模进口粮食，很快就会颠覆国际粮

---

① 2008 年中国出口总额 14285 亿美元，进口 11330 亿美元。数据来源：《中国统计摘要 2009》，第 171 页。

② 数据来源，《国际统计年鉴 2009》，第 243 页。

食市场的均衡，势必剧烈冲击国际市场的粮价，毫无疑问，到那个时候粮价不知道要涨到哪里去。如果国际市场的粮价比中国国内市场还贵，难道还会有人进口粮食吗？

由于近年来国内饲料需求大幅度增长，中国大量进口大豆，导致大豆价格急剧上升。在大豆价格居高不下的情况下，中国继续进口大豆，这说明中国农民没有吃亏。他们用豆粕饲养家畜，特别是养鱼、养虾，出口赚钱，经济效益良好。只要符合市场机制，就无可非议。

有人问，如果中国进口水稻会对国际市场产生什么冲击？这个问题逻辑混乱，外面的水稻价格比国内还贵，为什么进口？中国人在2007年水稻总产量19603万吨，出口134万吨。在粮食作物中水稻的劳动力密集度比较高，中国生产水稻符合比较优势的原则。

如果美国人加大对水稻的补贴程度，使得美国水稻比中国水稻还便宜，中国人应当怎么办？

很简单，中国人应当毫不含糊地进口美国水稻。进口美国水稻就是进口美国的补贴，进口美国的土地资源和水资源，尽可能让中国的耕地轮休一下，喘口气。不过，在任何时候都要保持清醒的头脑，耕地可以轮休，却绝对不可放弃。一旦需要，几个月之后又可以种植、收获一茬水稻。可惜，这样的好事几乎不可能出现。只要中国一出手购买美国水稻，立即颠覆了国际水稻市场的均衡，水稻价格猛涨。如果美国水稻的价格比中国本土水稻价格更贵，还有哪家粮食公司和美国人签订单？

进口粮食绝对不会无限制地膨胀。在中国增加粮食进口的时候确实获得了美国的一些补贴，可是，这种状态绝对不会持续，粮价上升之后，美国政府的补贴就消失了。所以指望不断地通过粮食贸易获得美国粮食补贴的想法也太幼稚了。

美国人能不能通过倾销来摧毁中国农民种植水稻的能力？笑话！美国就是把它生产的所有水稻都送到中国来，也填不满中国需求的一个角落。此外，中国农民会把土地撂荒，坐在家里吃美国运来的水稻吗？买美国水稻的钱从何而来？这些都是非常简单的问题，用不着高深的理论就可以想明白。所谓美国人倾销水稻的阴谋论，无稽之谈，一戳就穿。

如果今后大豆涨价了，或者美国政府不再给种植大豆发放补贴了，进口不进口，就看对中国农民是否有利。管它大豆涨价不涨价，只要出口大虾赚得更多，自然继续进口，而且还可能进口更多。好处到了中国农民（渔民）手里。我们高兴还来不及呢！

结论简单而又朴素，在国际粮食市场上没有什么阴谋，也不存在帝国主义的霸权。只要粮价低于国内价格，进口粮食对中国有利。只要中国扩大进口量，很快粮价就会上升，使得进口粮食还不如在国内生产。退一万步讲，就算美国有阴谋，人家挖个坑，你不往里面跳，其奈我何？见怪不怪，其怪自败。

不要动不动就疑神疑鬼。用阴谋论来讨论经济问题往往把简单的事情搞得很复杂。有人说，美国五角大楼有一个颠覆中国的长期战略计划，没准粮食补贴属于这项战略的一部分？我问一位美国的政治学教授，他听了一愣，随后哈哈大笑，他说："你们太抬举五角大楼了。我们经常批评美国政府缺乏长期战略。美国总统四年一任，一朝天子一朝臣，标新立异。各项战略性的决策缺乏连续性。唯独大法官是终身制，所以法律和法规得以连续。即使某位官员提出一项什么长期战略，等他一下台，哪个还记得？"

第十二节　未雨绸缪，有备无患

一　破除对粮食制裁的恐惧

为什么在民间和官方有很多人特别害怕粮食制裁？关键在于缺乏

知识，缺乏信息，使得他们不了解中国抵御天灾和外部冲击的能力，也不了解世界谷物供给的潜力。当前，根本就不存在对中国实施粮食制裁的可能。有些外国媒体叫嚣对中国实施粮食制裁，无异于痴人说梦，不足挂齿。遗憾的是，国内有些人语不惊人死不休，也在制造紧张空气。有一本书叫做《粮食战争》，说什么"粮食战争已经在世界范围内全面打响"。"现在已经不是踏上他国土地进行侵略才算战争的年代，也不是依靠火箭大炮去攻城略地才算战争的年代，粮食，在这21世纪初的时候，终于演化成一种悄无声息的武器，世界各地正硝烟四起，浓雾迷茫。"①

把《粮食战争》从头看到尾，也没有看懂作者说的粮食战争究竟是谁跟谁打，怎么打？书中谈及国际市场上粮价暴涨，在贫穷国家中粮食短缺，美国发展生物燃料，跨国粮商垄断粮食交易等等，唯独没有交代粮食战争的交战双方是谁？搞不清楚交战双方，还谈什么"战争"？对书中许多观点都不敢苟同，特别不赞成将只言片语的新闻拼凑在一起，采用不负责任的态度随意发挥，误导民众。

国际市场上粮价暴涨，要分析原因，采取对策，却无论如何不能用阴谋论来解释②。确实，有些国家经常出现饥荒，需要采取正确的政策，帮助它们走上健康发展的道路，摆脱贫穷。不能把贫穷的原因归咎于富国对穷国的粮食战争③。

"如果你控制了石油，你就控制了所有的国家。如果你控制了粮食，你就控制了所有的人。"据说这是前美国国务卿基辛格说的话。

---

① 参见中央电视台《中国财经报道》栏目组编《粮食战争》，机械工业出版社，2008，前言，第 V 页。

② 关于粮价波动的原因请参阅本书第四章。

③ 如何才能摆脱贫穷，这是一个非常严肃的课题。请参阅徐滇庆、柯睿思、李昕著《终结贫穷之路——中国和印度发展战略比较》，机械工业出版社，2009。

这段话乍看起来似乎有些道理，没有人能离开粮食和石油。可是仔细推敲一下，不难看出破绽。

世界上石油产地有限，有些国家受到资源禀赋的约束，脚底下没有石油，不能不靠进口。如果卡死了石油运输线，确实要命。可是，控制石油运输线也只能冲击那些依靠石油进口的国家，不能用来对付俄罗斯、委内瑞拉这样的石油输出国。

所谓控制粮食是故弄玄虚。世界上只有几个"港口国家"或者"城市国家"，例如新加坡等不生产粮食。除此之外，绝大部分国家都有各自的农业基础。发展中国家基本上还属于农业经济。世界上哪块有人住的地方不生产粮食？哪怕是非常偏僻的山沟里，农民也种些粮食，基本上自给自足，否则早就迁移到更适合居住的地区去了。他们根本就用不着到国际市场上采购粮食（也没有足够的外汇）。除非派兵去把当地农民的粮食都抢光，否则，怎么样才能控制他们的粮食？既然控制不了粮食，也就控制不了所有的人。

一定要提倡严谨的学风。如果听任胡言乱语泛滥，还没有上阵就被解除了思想武装。某些新闻媒体追求吸引眼球的轰动效应，语不惊人死不休，可以理解，但是，若没有严肃认真的研究机构，没有一群敢于说真话的学者，一个国家怎么可能屹立于世界民族之林？

二 外贸多元化

应当推进国际贸易多元化，不要把鸡蛋都放在一个篮子里。不要在国际贸易中过分依赖某个大国。对某个大国的贸易依存度过高，往往是鼓励对方实施经济制裁的诱因。不要忘记，经济制裁的一条基本原则是惩罚自己的朋友。如果发现外部势力试图采用粮食制裁来整中国，应当冷静应对，洞察局势，掌握信息，尽早决策。利用国际法保护中国的利益。利用对方阵营中的矛盾，破坏对方的统一战线，打破围剿。为此，需要人才，需要信息。

三 保证农业结构调整的弹性

在实施农业结构改革的时候一定要特别谨慎小心。在战略上藐视敌人，在战术上重视敌人。扩大农产品开放程度无非就是多进口一些土地密集型农产品，例如大豆、小麦等。无论如何，对外开放之后中国的土地一寸都不会少。进口大豆之后，并不是把土地闲置起来。肯定会在这块土地上种植价值更高的经济作物，例如药材、花卉等。粮食制裁有一个相当长的预警期。一定要保持粮食生产结构调整的灵活性。如果认为有可能出现粮食制裁，要设法迅速增加谷物种植面积。了不起中国农民将种植花卉、药材的土地再改回来种粮食。中国农民祖祖辈辈种粮食，驾轻就熟，只要土地还在，改回来种粮食，毫无问题。

恰如卢锋教授所指出："与自给自足状态相比，进口粮食使得一部分本来必须用于生产粮食的要素，尤其是部分耕地资源释放出来。这里的资源释放可从两重意义上加以理解。一是耕地仍用于粮食生产，但复种指数下降，从而降低了耕地的使用强度以及其他要素投入量。虽然这块耕地在农地使用性质上仍为粮田，但由于时间上利用强度下降，单位面积粮田在一年内对应的播种面积下降。这里减少的播种面积代表了从粮食生产过程中释放出来的资源。二是耕地完全脱离粮食生产。这又至少可以分为四类情况：①耕地闲置或抛荒；②耕地用于其他经济作物如蔬菜、瓜类、花卉的栽培生产；③用于其他农业生产用途，例如种果树、挖塘养鱼等；④非农业用地，如修建房屋、工厂、道路等。这些不同种类情况下，虚置不用或另做他用的农地资源还原为粮田的可能性及其需要的时间不同，从而使得有效粮食禁运对粮食安全的风险具有重要差别。"①

如果仅仅是复种指数的调整，例如，原来种三季稻，现在改为两季，从播种面积上来讲，减少了几乎三分之一，其实粮田面积并没有改变。双季稻的大米质量优于生长期很短的三季稻。种植三季稻过度使用地力，从长期来看未必是件好事。一旦面临外部经济制裁，改回来再种三季稻就可以了。粮田的还原能力很强。如果粮田被用来种植瓜果蔬菜、经济作物，问题也不大。耕地闲置或抛荒，有助于恢复地力，恢复种植粮食作物可以获得更好的收获。在美国、加拿大等土地资源比较丰富的国家，有意识地将部分耕地闲置保护起来，实行轮作制度。如果能够大量进口饲料，也许中国也能实现局部轮作制度，将部分耕地有计划地闲置，恢复地力。万一遇到外部粮食禁运，在很短时期内就可以恢复播种粮食。粮食制裁的预警期为 270 天，无论是改种其他作物还是闲置都可能在预警期内将土地还原为粮田②。

唯独改变耕地为建筑用地会影响土地的还原能力。有些土地一旦被用于工业建筑就无法逆转。因此，在韩国和中国台湾，严格监管农田转为工业、商业用途，却并不在意农田是否用于生产粮食。因此，务必要严格保护耕地，量力而行，限制将粮田转化为工业或建筑用地，防止耕地大量流失。

四　节流挖潜

需要预先做好对抗粮食制裁的准备，尽力改变谷物库存线的斜

---

①　卢锋教授在他的论文中详细分析了非粮食用地还原成粮田的可能性。参见卢锋：《我国粮食贸易政策调整与粮食禁运风险评价》，北京大学中国经济研究中心论文讨论稿，1997 年 8 月。

②　美国的《期货贸易法》明确规定即使发起粮食制裁也必须执行制裁发起之前 270 天内签订的粮食购销合同。

率，推迟粮食危机爆发的时间。如果能将粮食危机爆发的时间推迟到下一个收获期，也就在事实上排除了粮食危机。改变库存线斜率意味着：①节约粮食，改进粮食储运系统，减少库存损失；②减少酿酒或其他工业用粮；③改善信息系统，在更大范围内调剂余缺，有效利用库存。

只要手中有足够的粮食库存，信息畅通，保证有一定长度的口粮预警期，调整农业生产结构并不会威胁到粮食安全。粮食制裁并不可怕。如果能够顶过了头几波的冲击，那么，苦撑待变，时间对应战国一方比较有利。挑战一方没有更多的牌可出，不可能继续增加压力。除非挑战一方铤而走险，把冲突升级到武装入侵，事情不会变得更坏。弱小的应战国往往会拖垮强大的挑战国。只要能坚持到下一个收获期，粮食库存依然在警戒线之上，那么应战方就取得了反制裁的胜利①。

---

① 在这里粮食制裁和贸易战的胜负标准是：如果发起制裁的一方没有达到预期的目标就算失败。当然在贸易战中双方都要付出相当的代价，两败俱伤。

参 考 文 献

[1] 丁宁、徐滇庆：《人口扰动与就业压力》，《数量经济技术与经济研究》2006 年第 11 期。

[2] 樊胜根、M. A. 萨姆比拉：《21 世纪的中国粮食供求：基本预测和政策建议》，美国农业经济学会论文，1997。

[3] 韩俊：《破解三农难题》，中国发展出版社，2008。

[4] 黄祖辉等人著《农业现代化：理论、进程与途径》，中国农业出版社，2003。

[5] 林毅夫、蔡昉、李周著《中国的奇迹：发展战略与经济改革》，上海人民出版社，1999。

[6] 林毅夫：《经济发展与转型》，北京大学出版社，2008。

[7] 卢峰：《服务业外包的经济学分析：产业内分工视角》，《世界经济》2007 年第 8 期。

[8] 卢锋：《我国粮食供求与价格走势（1980～2007）——粮价波动、宏观稳定及粮食安全问题探讨》，北京大学中国经济研究中心讨论稿，1997 年 8 月。

[9] 卢锋：《我国粮食贸易政策调整与粮食禁运风险评价》，北京大学中国经济研究中心讨论稿，1997 年 8 月。

[10] 卢建：《我国经济周期的特点、原因及发生机制分析》，《经济

研究》1987 年第 4 期。

[11] 茅于轼、汤敏主编《现代经济学前沿专题》，商务印书馆，1993。

[12] 聂振邦：《2005 中国粮食发展报告》，经济管理出版社，2006。

[13] 秦兴方：《农村劳动力转移的次序》，社会科学文献出版社，2005。

[14] 萨克斯：《全球视角的宏观经济》，上海人民出版社，1997。

[15] 萨克斯：《贫穷的终结：我们时代的经济可能》，上海人民出版社，2007。

[16] 天则经济研究所：《粮食安全与耕地保护》，2008。

[17] 托达罗：《经济发展与第三世界》，中国经济出版社，1992。

[18] 王小鲁、樊纲：《中国收入差距的走势和影响因素分析》，《经济研究》，2005 年第 10 期。

[19] 王小鲁：《灰色收入与居民收入差距》，《比较》2007 年第 31 期。

[20] 王宏广：《中国粮食安全研究》，中国农业出版社，2005。

[21] 温铁军：《三农问题与世纪反思》，读书·生活·新知三联书店，2003。

[22] 吴敬琏：《吴敬琏自选集》，山西经济出版社，2006。

[23] 徐滇庆、柯睿思、李昕：《终结贫穷之路——中国和印度发展战略比较》，机械工业出版社，2009。

[24] 徐滇庆：《中国国有企业改革》，中国经济出版社，1996。

[25] 徐滇庆：《台湾经验与海峡两岸发展战略》，中国经济出版社，1996。

[26] 徐滇庆、李瑞：《政府在经济发展中的作用》，上海人民出版社，1999。

[27] 徐滇庆：《金融之变：尼亚加拉的声音》，朝华出版社，2005。

［28］ 尹成杰:《粮安天下——全球粮食危机与中国粮食安全》, 中国
经济出版社, 2009。

［29］ 尹尊声、姜彦福:《技术管理: 开发和贸易》, 上海人民出版
社, 1995, 第 220～224 页。

［30］ 张培刚:《新型发展经济学的由来和展望》,《经济研究》1991
年第 3 期, 第 21 页。

［31］ 张培刚:《农业国与工业化: 农业国工业化问题再论》, 华中科
技大学出版社, 2002。

［32］ 中国科学院国情分析研究小组:《两种资源, 两个市场——构
建中国资源安全保障体系研究》, 台北, 大屯出版社, 2001。

［33］ 中央电视台《中国财经报道》栏目组:《粮食战争》, 机械工业
出版社, 2008。

［34］ Appenzeller, 2004, "The End of Cheap Oil", *National Geographic*,
June.

［35］ Cheung Y. W., Chinn M. D, Fujii, 2006, "The overvaluation of
renminbi undervaluation", *Journal of International Money and Fi-
nance*, 26, 762－785.

［36］ Das D. K., 2008, "The evolution of renminbi yuan and protracted
debate on its undervaluation: An integrated review", *Journal of Asian
Economics*, 20, 570－579.

［37］ Gilmore, R., 1982, *A Poor Harvest——The Clash of Policies and
Interests in the Grain Trade*, New York and London, Longman.

［38］ Kuznets, Simon, 1955, "Economic Growth and Income Inequality",
The American Economic Review, Vol. 45, No. 1.

［39］ McKinnon, R. I., 2007, "Why China should keep its dollar peg: A
historical persperctive from Japan", *International Finance*, 10,
43－70.

[40] Olson, 1982, *The Rise and Decline of Nations: Economic Growth Stagflation and Social Rigidities*, New Haven, Yale University Press.

[41] Paarlberg, R. , 2000, "The weak link between world food markets and world food security", *Food Policy Volume*, 25, Issue 3 June.

[42] Senator Robert P. Casey & Senator Richard G. Lugar, 2008, *A Call for A Strategic U. S. Approach to The Global Food Crisis*, A Report of the CSIS Task Force on the Global Food Crisis Core Findings and Recommendations, July.

[43] Werleigh, 1995, "The use of sanction in Haidi: Assessing the economic realities", in Cortright and Lopez, *Economic Sanctions: Panacea or peace building in a post-cold war world*, Westview Press.

[44] Winters, 1990, "Digging for victory: Agricultural policy and national security", *The World Economy*, Vol. 13.

[45] Woodward, 1995, "The use of sanctions in former Yugoslavia: Misunderstanding political realities", in Cortright and Lopez, *Economic Sanctions: Panacea or peace building in a post-cold war world*, Westview Press.

[46] Xu Dianqing and Crister, 2008, "What's the real size of China's Economy", *China Economic Journal*, Vol. 1, No. 1.

[47] Xu, Y. , 2009, "Relevant international experience of real exchange rate adjustment for China", *China Economic Review*, 20, 440 – 451.

社会科学文献出版社网站

www.ssap.com.cn

1. 查询最新图书　　2. 分类查询各学科图书
3. 查询新闻发布会、学术研讨会的相关消息
4. 注册会员，网上购书

本社网站是一个交流的平台，"读者俱乐部"、"书评书摘"、"论坛"、"在线咨询"等为广大读者、媒体、经销商、作者提供了最充分的交流空间。

"读者俱乐部"实行会员制管理，不同级别会员享受不同的购书优惠（最低 7.5 折），会员购书同时还享受积分赠送、购书免邮费等待遇。"读者俱乐部"将不定期从注册的会员或者反馈信息的读者中抽出一部分幸运读者，免费赠送我社出版的新书或者光盘数据库等产品。

"在线商城"的商品覆盖图书、软件、数据库、点卡等多种形式，为读者提供最权威、最全面的产品出版资讯。商城将不定期推出部分特惠产品。

咨 询 / 邮购 电 话：010-59367028　　邮箱：duzhe@ssap.cn

网站支持（销售）联系电话：010-59367070　　QQ：168316188　　邮箱：service@ssap.cn

邮购地址：北京市西城区北三环中路甲 29 号院 3 号楼华龙大厦　社科文献出版社读者服务中心　邮编：100029

银行户名：社会科学文献出版社发行部　　开户银行：工商银行北京东四南支行　　账号：0200001009066109151

图书在版编目（CIP）数据

中国不怕：徐滇庆论汇率、贸易战与粮食安全/徐滇庆，李昕著 . —北京：社会科学文献出版社，2011.1
ISBN 978 - 7 - 5097 - 2029 - 5

Ⅰ.①中… Ⅱ.①徐… ②李… Ⅲ.①人民币（元）-汇率 - 研究②对外贸易 - 研究 - 中国③粮食 - 问题 -研究 - 中国 Ⅳ.①F822.1②F752③F326.11

中国版本图书馆 CIP 数据核字（2010）第 253162 号

中国不怕
——徐滇庆论汇率、贸易战与粮食安全

著　　者／徐滇庆　李　昕

出 版 人／谢寿光
总 编 辑／邹东涛
出 版 者／社会科学文献出版社
地　　址／北京市西城区北三环中路甲 29 号院 3 号楼华龙大厦
邮政编码／100029
网　　址／http：//www.ssap.com.cn
网站支持／（010）59367077
责任部门／财经与管理图书事业部　（010）59367226
电子信箱／caijingbu@ ssap.cn
项目负责人／周　丽　王玉水
责任编辑／刘　思　王玉水
责任校对／郭红生
责任印制／蔡　静　董　然　米　扬

总 经 销／社会科学文献出版社发行部
　　　　　（010）59367081　59367089
经　　销／各地书店
读者服务／读者服务中心（010）59367028
排　　版／北京步步赢图文制作中心
印　　刷／三河市文通印刷包装有限公司

开　　本／787mm×1092mm　1/16
印　　张／17
字　　数／220 千字
版　　次／2011 年 1 月第 1 版
印　　次／2011 年 1 月第 1 次印刷

书　　号／ISBN 978 - 7 - 5097 - 2029 - 5
定　　价／39.00 元

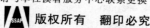